BARBARA KROHN

Die Toten von Santa Lucia

Buch

Das Leben als Journalistin und allein erziehende Mutter kann verdammt anstrengend sein. Das und vieles andere geht Sonja Zorn durch den Kopf, als sie in Neapel aus dem Flugzeug steigt, hinein in die drückende Hitze des süditalienischen Sommers, hinein in das Chaos ihrer verdrängten Erinnerungen. Sonja ist auf der Suche nach ihrer neunzehnjährigen Tochter Luzie, die vor ein paar Wochen nach einem heftigen Streit ebenfalls nach Neapel aufgebrochen ist – um dort nach ihrem Vater zu fahnden, von dem sie nichts als den Namen kennt. Sonja macht sich große Sorgen. Seit Wochen schon hat sie nichts mehr von Luzie gehört, und Neapel steht immerzu in den Schlagzeilen, kaum ein Tag vergeht ohne neue Todesopfer im blutigen Machtkampf der Camorra. Zu ihrer Überraschung wird Sonja am Flughafen abgeholt – von Commissario Gennaro Gentilini, den einer ihrer Hamburger Freunde informiert hat. Zunächst ärgert sich Sonja über diese männliche Bevormundung, sie ist es gewohnt, ihre Probleme allein zu lösen. Bald aber wird sie immer dankbarer für Gennaros Unterstützung. Vor allem, als in der Brusttasche eines erschossenen Fotografen und Kleinkriminellen ein Foto von Luzie gefunden wird …

Autorin

Barbara Krohn wurde 1957 in Hamburg geboren. Nach dem Studium folgte ein vierjähriger Auslandsaufenthalt als Lektorin an der Universität in Neapel. Seit 1992 lebt die Autorin mit ihrem Mann und zwei Kindern in Regensburg. Ihre ersten beiden Romane »Der Tote unter der Piazza« (1998) und »Weg vom Fenster« (1999) wurden für den Friedrich-Glauser-Preis nominiert. Ihr dritter, 2002 erschienener Kriminalroman »Rosas Rückkehr« wurde kürzlich fürs ZDF verfilmt. Der Reigenerzählung »Die Liebe der anderen« (2003) folgte im Frühjahr 2004 ein Lyrikband mit dem Titel »Orte der Liebe«. Im Jahr 2002 erhielt Barbara Krohn den Kulturförderpreis der Stadt Regensburg. Sie unterrichtet Kreatives Schreiben und hat zahlreiche Romane aus dem Italienischen übersetzt. »Die Toten von Santa Lucia« ist der erste Band einer Krimiserie mit Schauplatz Neapel.

Barbara Krohn

Die Toten von Santa Lucia

Roman

GOLDMANN

FSC
Mix
Produktgruppe aus vorbildlich
bewirtschafteten Wäldern und
anderen kontrollierten Herkünften

Zert.-Nr. SGS-COC-1940
www.fsc.org

Verlagsgruppe Random House FSC-DEU-0100
Das FSC-zertifizierte Papier *Münchner Super* für Taschenbücher
aus dem Goldmann Verlag liefert Mochenwangen Papier.

1. Auflage
Originalausgabe Mai 2006

Umschlaggestaltung: Design Team München
Umschlagfoto: Getty Images/Ross
JE · Herstellung: MW
Satz: DTP Service Apel, Hannover
Druck und Bindung: GGP Media GmbH, Pößneck
Printed in Germany
ISBN-10: 3-442-46177-4
ISBN-13: 978-3-442-46177-6

www.goldmann-verlag.de

in memoriam Vincenzo Scognamiglio

Napule è nu sole amaro
Napule è addore 'e mare
Napule è 'na carta sporca
e nisciuno se ne importa ...

(Pino Daniele)

I

Es war Abneigung auf den ersten Blick: Eine seit Ewigkeiten nicht mehr geputzte eingestaubte Smogglocke hing über der Stadt. Als die Boeing in diesen gelblichen Dunstkreis eintauchte, hielt Sonja automatisch die Luft an. Der Pilot legte wie zur Beschwichtigung eine extrem sanfte Landung hin, die überwiegend deutschen Fluggäste spendeten Applaus. Napoli Capodichino.

Die Cockpittür öffnete sich, Heißluft schwappte herein, Saunacharakter, doch ohne verführerische Duftessenzen. Dann im Urlauberpulk in der sengenden Sonne zu Fuß über das Rollfeld. Schweißgebadet betrat Sonja die Ankunftshalle.

Sie war zum ersten Mal in Neapel und aus ganzem Herzen entschlossen, die Stadt nicht zu mögen. Zwanzig Jahre lang hatte sie versucht, Neapel von der inneren Landkarte zu tilgen. Übrig geblieben war ein weißer Fleck mitten in Italien, um den sie bei all ihren Reisen über die Alpen einen großen Bogen gemacht hatte.

Gruppengelächter. Ein Stück weiter rechts stand ein Trupp gut gelaunter Deutscher mit Sonnenhüten, Shorts und Shirts, die ihrer Vorfreude auf den Inselurlaub freien Lauf ließen.

»Kennst du das Land, wo die Orangen blühen …«

»Das waren Zitronen, Herbert!«

»Dann eben Zitronen.«

»Sind ja auch Zitrusfrüchte, muss man nicht so genau nehmen.«

»Also, der alte Schiller würde sich im Grabe umdrehen, wenn er wüsste ...«

»Goethe, Luise, das war Goethe!«

Erneut schallendes Gelächter.

Den ganzen Flug über hatte Sonja sich hinter einem Band mit Erzählungen von Elsa Morante verkrochen, den sie von Maris zum Geburtstag bekommen hatte. Sie verspürte das Bedürfnis abzutauchen und sich abzuschirmen: gegen Erinnerungen, die sie für immer eingemottet zu haben glaubte, gegen diese gnadenlosen Gedankenirrgärten, die sie seit einem guten Monat von innen aushöhlten. Nicht zuletzt auch gegen die Flut von Reisetipps, die ringsum lautstark ausgetauscht wurden: die Qualität der Thermalbäder auf Ischia, die Sauberkeit der Strände am Golf von Neapel, die Namen preiswerter Restaurants. Aber es war ihr schwer gefallen, sich zu konzentrieren. Gegen ihren Willen hatte sie immer wieder der einen oder anderen Anekdote gelauscht, die von ihren Landsleuten zum Besten gegeben wurde. Darin ging es um Triumphe beim Feilschen, um kleinere Diebstähle oder Betrügereien wie in der Geschichte der besonders günstig erworbenen Spiegelreflexkamera, die sich beim Auswickeln im Hotelzimmer als schnöder Ziegelstein entpuppte. Karambolagen mit dem Leben, bei denen nur leichte Blechschäden zu verzeichnen waren, die sich aber gerade deshalb vorzüglich dazu eigneten, abends bei einem Glas Wein auf der Hotelterrasse und nach dem Urlaub zu Hause ausgeschmückt zu werden: Man hatte etwas erlebt, konnte etwas erzählen und sich einreihen in den Reigen ähnlicher Geschichten, denn fast jeder war irgendwann in seinem Leben einmal beklaut oder betrogen worden.

Sie erwartete nichts von dieser Stadt. Keine Geschichten, keine Karambolagen jedweder Art, bloß nicht! Sie wollte nicht in der Sonne sitzen, nicht den Vesuv besteigen, nicht nach Capri fahren. Sie hasste es, um Preise zu feilschen, und Pizza konnte sie ebensogut woanders essen.

Das leere Transportband, das sich durch die Gepäckhalle wand wie die schuppige Haut eines ausgestorbenen Reptils, war noch immer nicht angesprungen. Vielleicht diente das ewige Warten auf das Gepäck als Maßnahme zur Akklimatisierung. Auf jeden Fall war es eine Prüfung in Sachen Geduld. Die ersten Beschwerden wurden laut. Zwei Urlauber steuerten auf einen uniformierten Flughafenbeamten zu.

Sonja dachte, dass ihr Koffer vielleicht just in diesem Moment unter der sengenden Sonne des Südens von einer Gruppe Kleinkrimineller beiseite geschafft wurde.

Es wäre nicht das erste Mal. Sie erinnerte sich nur zu gut an den Rückflug von der Algarve mit Zwischenlandung in Madrid. Mit Tochter und Mutter hatte sie auf dem Hamburger Flughafen auf das Gepäck gewartet. Alle drei hatten sie wie gebannt auf die sich lichtende Schlange aus Koffern und Reisetaschen gestarrt, die vor ihnen auf dem Transportband vorbeizog. Luzie war damals fünf oder sechs gewesen und entsprechend zuversichtlich, Oma Hilde hatte wie immer wortreich die finstersten Aussichten beschworen, und Sonja stand dazwischen, innerlich auf hundertachtzig, nach außen die Ruhe selbst. Zum Schluss hatten nur noch zwei fremde Reisetaschen einsam ihre Runden gedreht – fehlgeleitetes Gepäck, auf das in irgendeinem anderen Flughafen irgendwo auf der Welt irgendwer vergeblich wartete. Innerhalb von vierundzwanzig Stunden würden auch ihre Koffer wieder auftauchen, hatte der Flughafenangestellte prophezeit, aber er sollte sich irren. Das Gepäck war und blieb verschwunden. Jahre später hatte Sonja in der Zeitung eine Notiz entdeckt, dass in Madrid eine Bande von Gepäckdieben aufgeflogen war, die mit dem Bodenpersonal gemeinsame Sache machten.

All das stand ihr jetzt wieder lebhaft vor Augen: Luzie, die Tränen über den Verlust der am Strand gefundenen Muscheln vergoss, Oma Hilde, die sich seither standhaft weigerte, ein Flugzeug zu besteigen, sie selbst, die damals geschworen hatte, nur noch mit Handgepäck zu reisen …

Sie musste ein wenig lächeln. Das war auch so einer dieser vielen Seifenblasenvorsätze, die im Nu an der Wirklichkeit zerplatzten. Und wie lange das alles her war. Vierzehn, fünfzehn Jahre. Damals war Luzie so klein gewesen, ein Kind, das noch viele Muscheln suchen und finden sollte. Sonja dachte, dass die Zeit zum Glück die scharfen, verletzenden Kanten der Erlebnisse abschliff, so dass man immer mehr Erinnerungskiesel mit sich herumtrug, runde Steine, Seelenschmeichler. Und sie konnte nur hoffen, dass es sich mit dieser Reise ähnlich verhalten würde. Dass keine Narben zurückblieben, sondern nur die milden Erinnerungen, die man später mit einem Lächeln bedenken konnte.

Aber in diesem Prozess ließ die Gegenwart sich nicht überspringen. Leider. Und Gegenwart hieß vieles: Da war der Riesenstreit mit Luzie und ihr Verschwinden. Da waren die zermürbenden schlaflosen Nächte und die Entscheidung, nach Neapel zu fliegen und nach ihrer Tochter zu suchen, die sich seit über vier Wochen nicht gemeldet hatte. Sonja hatte immer wieder vergeblich versucht, sie per Handy zu erreichen, aber Luzie hatte es entweder ausgeschaltet, oder es war ihr geklaut worden. Da war

Neapel, der weiße Fleck in ihrer Erinnerung, der nach Farbe verlangte und sich einfach nicht länger ignorieren ließ. Seit Luzies Verschwinden stolperte Sonja unentwegt über kleine wie große Meldungen in den Zeitungen, in denen die Rede war von den brutalen Machtkämpfen der Camorra-Clans in der Stadt am Vesuv, von den über zweihundert Toten in einem einzigen Jahr. Die Opfer waren zunehmend unschuldige Außenstehende: Ein Verbrecher hatte ein junges Mädchen bei einer Schießerei als Schutzschild benutzt. Einem Jugendlichen auf der Vespa war zum Verhängnis geworden, dass er, vermutlich auf Drängen seiner Eltern, einen Integralhelm getragen hatte und zur falschen Zeit am falschen Ort aufgetaucht war – jemand hatte ihn für den Killer eines verfeindeten Clans gehalten und eiskalt abgeknallt.

Sonja hatte diese Notizen widerwillig, mit wachsender Beklemmung gelesen. Dass sie nicht wusste, wo Luzie steckte, machte sie ganz verrückt vor Sorge. Fast zwanzig Jahre lang war Luzie Sonjas Tochter gewesen und Sonja Luzies Mutter. Und alles war gut. Sie brauchten keine alten Geschichten. Vor allem brauchten sie keine Suche nach einem Vater, der nie einer gewesen war. Ausgerechnet Neapel. Das war wirklich das Allerletzte.

Da musst du durch, sagte eine innere Stimme. Kopf hoch, Augen auf und durch.

Ist alles nur halb so wild, beschwichtigte eine andere Stimme. Neapel sehen und sterben – so schlimm wird's schon nicht werden, und die Hoffnung stirbt bekanntlich zuletzt.

Mit einem Ruck kam Bewegung in das Transportband und riss Sonja aus ihren Gedanken. Das Gepäck wurde nacheinander vom Band gepflückt. Ihr Koffer tauchte als einer der letzten auf. Das war immerhin ein Anfang.

2

Als Sonja durch die Sperre ging, stellte sich ihr ein Mann in den Weg. Südländer, aber einen halben Kopf größer als sie. Kaugummi kauend hielt er ihr ein Stück Pappkarton vor die Nase, auf dem ihr Name stand. Nicht zu übersehen: *Sonja Zorn.*

Sie stutzte, blieb stehen. Da musste ein Irrtum vorliegen.

Er sah sie erwartungsvoll an.

»*Si sbaglia*«, wehrte sie ihn in bestem Sprachkursitalienisch ab. »Das muss ein Irrtum sein. Ich gehöre zu keiner Reisegruppe.« Sie wollte an ihm vorbei.

Der Mann öffnete mit einem entwaffnenden Lachen die Arme, als wäre die Welt ein großer Witz. Es sah aus, als wollte er Sonja umarmen. Oder sie daran hindern weiterzugehen.

»*Benvenuta a Napoli*, Signorina Zorn. Ich bin Commissario Gentilini. Gennaro Gentilini.«

Es dauerte einen Moment, bis die Information zu ihr durchgedrungen war. Commissario? Der Mann war von der Polizei? Sie gefror augenblicklich zu einem Eisblock. Luzie ... Vor ihrem inneren Auge spielten sich im Bruchteil von Sekunden Dramen ab, grauenvolle Bilder stürzten auf sie ein, die allesamt Luzie zum Mittelpunkt hatten, Luzie als Hauptfigur, als Opfer. Die Angst schnürte Sonja die Luft ab.

Dann registrierte sie wie durch einen Schleier das Lächeln im Gesicht des Kommissars. Wer so lächelt, hat nicht den Tod im Gepäck, sagte ihre innere Stimme, bleib ruhig, es ist nichts passiert. Der Eisberg in ihr begann zu tauen. Sie gewann die Fassung zurück.

»Ich wüsste nicht, dass wir uns kennen.«

»Noch nicht«, sagte der Mann. »Aber wir haben einen gemeinsamen Freund.« Er fuhr fort, Lion Lichtenberg (er sagte *Licktenberrrge*) habe ihn heute früh angerufen und gebeten, Signorina Zorn (was sich aus seinem Mund eher wie *Dsorne* anhörte) am Flughafen abzuholen. »Und hier bin ich.«

Sonja war sich sicher, dass Lion nie und nimmer *Signorina* gesagt hatte.

»Signora«, verbesserte sie kühl.

»*Mi scusi*«, sagte er. »Natürlich. Signora.«

»Trotzdem danke«, sagte sie. »Nett von Ihnen.«

»Nichts zu danken.«

Einen Moment lang starrten sie sich an, der Commissario unerschüttert lächelnd und nonstop das Kaugummi umwälzend, Sonja unerschüttert nichtlächelnd. Im nächsten Moment nahm Gentilini ihr wortlos den großen Rollkoffer aus der Hand und begann ihn mannhaft und zielstrebig in Richtung Ausgang zu schleppen, statt das Gepäck wie ein folgsames Hündchen über den glatt polierten Terrazzoboden zu dirigieren. Bitte sehr, wenn ihm das lieber war.

Sonja folgte ihm mit sehr gemischten Gefühlen im Abstand von zwei Metern. Kaum setzte sie einen Schritt außer Landes, hatte sie auch schon zwei Männer im Nacken. Der eine fädelte von Hamburg aus Kontakte ein, um die sie ihn nicht gebeten hatte, der andere nahm sie gleich auf den ersten Metern in Gewahrsam. Natürlich konnte man die Sache auch anders sehen: Ihr uralter treuer Freund Lion Lichtenberg, mit dem sie im Sandkasten Burgen gebaut hatte und der später bei der Hamburger Kripo gelandet war, sorgte auch aus der Ferne rührend für sie, indem er sie mit jemandem bekannt machte, der ihr in dieser Stadt nützlich sein konnte. Dagegen war nichts zu sagen, das war, solange keine Hintergedanken im Spiel waren, lieb und nett, und auch dieser Kaugummi kauende, lachende, Koffer schleppende Commissario wollte vermutlich auf seine Art nur nett und gastfreundlich sein – *gentile* eben, um seinem Namen alle Ehre zu machen. Dennoch fragte sie sich verärgert, was Lion ihm wohl erzählt haben mochte, über sie, Luzie, den Hintergrund ihrer Reise ... Sie brauchte keine Hilfe. Sie kam allein klar.

Während sich das Polizeiauto im sprichwörtlichen Schneckentempo durch die verstopften Straßen der Peripherie schob, tauschten Sonja und Gentilini die üblichen Höflichkeiten aus. Wie der Flug gewesen war, das Wetter in Hamburg, das Wetter in Neapel, dergleichen mehr.

Nein, sie war noch nie in Neapel gewesen. Weder auf Ischia noch auf Capri.

Nein, auch nicht an der amalfitanischen Küste.

Sorrento? Nein.

Nicht auf dem Vesuv. Auch nicht in Pompeji, nein. Überall im Norden, ja, am Gardasee, in der Lombardei, im Friaul, natürlich Toskana, Cinque Terre, Elba, Sardinien, mehrmals in Rom und Venedig, sogar auf Sizilien – aber Neapel, nein, noch nie.

Sie fügte ein *leider* hinzu, das klang höflicher.

»Warum nicht?« Gentilini sah sie interessiert von der Seite an. »Für Sie als Journalistin muss Neapel doch ein gefundenes Fressen sein.«

»Es hat sich nicht ergeben.«

Darum eben, dachte sie. Weil sie sich damals geschworen hatte, niemals einen Fuß in diese Stadt zu setzen. Und hätte Luzie nicht vor ein paar Wochen angefangen, beharrlich nach ihren Wurzeln zu graben und Fragen zu stellen, die sie früher nie gestellt hatte, und auf Dachböden zu stöbern und alte Koffer zu öffnen, würde Neapel vermutlich weiterhin hinter verstaubten Oleanderbüschen im Straßengraben von Sonjas kurvenreichem Lebensweg verrotten. Von wegen gefundenes Fressen. Aber das ging diesen Commissario nichts an.

»Ich finde, es gibt genügend andere Probleme auf der Welt, als sich zu fragen, weshalb man irgendwo noch nicht gewesen ist«, fügte sie hinzu. »Waren Sie etwa schon mal in Hamburg?«

Gentilini schnalzte verneinend mit der Zunge.

»Und warum nicht?«

Er grinste. »Hat sich nicht ergeben. Leider.«

Sonja fächerte sich unauffällig Luft zu. Die Temperaturen im Inneren des Lancia kletterten allmählich in den roten Bereich. Aus dem Augenwinkel stellte sie fest, dass der Dienstwagen zwar eine Klimaanlage hatte, diese aber nicht eingeschaltet war. In Hamburg hatte es in den letzten zwei Wochen fast ununterbrochen geregnet, und Anfang Mai war es noch einmal richtig kalt geworden. Alle in der Redaktion hatten sich so aufgeführt, als könne man die Sonne herbeijammern, unentwegt wurden Reisepläne geschmiedet und wieder verworfen – und nun saß Sonja neben diesem durchaus ansehnlichen neapolitanischen Commissario im Auto, schwitzte und war noch nicht einmal angemessen dankbar.

Commissario Gentilini wedelte mit der Hand vor den Schaltern auf dem Armaturenbrett herum, als wolle er ihnen gut zureden. Oder ihnen kühlende Luft zufächern. Die Kippschalter schienen es ihm nicht danken zu wollen.

»*Guasto*«, sagte er lakonisch. »*Kaputt.*« Dann lachte er. »Eins der wenigen deutschen Wörter, die ich kenne.« Er fügte hinzu, die Vertragswerkstatt der neapolitanischen Polizei sei leider heillos überlastet. »*C'aggia fa'*. Da kann man nichts machen.«

Offenbar waren auch die Straßen überlastet. Oder es gab einfach zu viele Autos. Jedenfalls steckten sie schon seit ein paar Minuten hoffnungslos im Stau. Nichts ging mehr. Der Commissario schaltete den Motor aus.

»Wie kommt es, dass Sie so gut Italienisch sprechen?«

»Ich habe es mit der Zeit gelernt.«

»Aber warum ausgerechnet Italienisch? Haben Sie in Italien Verwandte?«

Er sagte nicht Verwandte, sondern *famiglia*. Haben Sie in Italien Familie ... Und sofort war Sonja auf der Hut. War das eine unschuldige freundliche Frage, oder wollte er sie aushorchen? Wie schrecklich empfindlich sie doch war, so leicht aus der Fassung zu bringen.

»Nein«, sagte sie.

Luzies Vater war kein Verwandter und gehörte nicht zur Familie. Jedenfalls nicht aus Sonjas Sicht. Um sich abzulenken fügte sie hinzu: »Ich habe einfach so damit angefangen, an der Volkshochschule. Ich war damals siebzehn. Es hat mir gefallen. Also habe ich weitergemacht.«

Ja, aber warum eigentlich? Warum tat man in seinem Leben etwas und etwas anderes nicht? Warum fuhr man an einen Ort und ließ einen anderen links liegen?

Italienisch zu lernen war eine dieser unbewussten, intuitiven Entscheidungen gewesen, hinter denen sich kein Lebensplan entfaltete wie auf einer riesigen Landkarte mit fest abgesteckten anvisierten Zielen: erst das, dann das, dann das. Alles hätte ebenso gut ganz anders kommen können. Es waren doch letztlich Zufälle, die einen im Leben hierhin oder dorthin führten, wichtig war nur, was man daraus machte. Manche Steine am Wegrand sammelte man auf und passte sie ins Lebensmosaik ein, andere ließ man liegen. Es gab Ideen, die plötzlich vor dem inneren Auge auffunkelten und andere, die man maximal zur Kenntnis nahm, und das war's. In dem Sprachkurs damals hatte Sonja Maris kennen gelernt, und daraus war eine Freundschaft fürs Leben geworden. Andere Leute, denen sie damals begegnet war, waren schnell wieder im Dickicht des Alltags verschwunden. Wie Antonio …

Ihr brach der Schweiß aus.

»Ich habe früher mal versucht, Japanisch zu lernen«, sagte Gentilini. »Ist ziemlich kompliziert.«

»Und warum ausgerechnet Japanisch?«

»Damals wollte ich möglichst weit weg aus Neapel und möglichst viel Geld verdienen. Japan erschien mir dafür der passende Ort.« Er lachte leise. »Was für verrückte Ideen man hat, wenn man jung ist.«

»Was ist daraus geworden?«

»Wie Sie sehen, bin ich in Neapel geblieben und bei der Polizei gelandet.«

»Mit Zwischenstation in Japan?«

Er antwortet nicht, aber sie bemerkte, dass das Lächeln aus seinem Gesicht verschwunden war. Vielleicht ein versteckter Hinweis, dass auch bei ihm zwischen der verrückten Idee von damals und der nüchternen Gegenwart eine Geschichte von zerplatzten Träumen, pragmatischen Entscheidungen, verletzten Sehnsüchten lauerte. Jeder trug solche Geschichten mit sich herum. Weg aus Neapel? Das hatte sie schon einmal gehört, vor über zwanzig Jahren …

Dass man den Wunsch hatte, dieser Stadt zu entfliehen, wunderte sie allerdings nicht. Der Blick aus dem Autofenster bot außer viel Blech nur einen räudigen Wurf von im Nichts endenden Betonpfeilern und planlos wuchernden, heruntergekommenen Behausungen, vor denen statt grüner Pflanzen und bunter Blumen rostiges Blech und jede Menge Müll blühten. Sie hielt Ausschau nach dem Vesuv, sah aber nichts als ein Meer aus Autos und ein zweites aus Häuserdächern mit Fernsehantennen, die wie Periskope von U-Booten in den graublauen Himmel äugten. Sie horchte auf das Rauschen des Meeres, das Raunen von Sibyllen, den Gesang von Sirenen, doch was ihr ersatzweise angeboten wurde war das ungeduldige Aufheulen frisierter Vespamotoren und Hupen in allen Varianten und Lautstärken.

Irgendwo im Hinterkopf vibrierte Lion Lichtenbergs Stimme, die etwas von einer sinnlichen Stadt faselte. Sinnlich? In der Nase beißende Abgasschwaden, in den Gehörgängen Verkehrslärm, vor Augen ein einziges unerfreuliches Chaos, das sich gerade selbst strangulierte – und auf der Zunge eine Reihe unansehnlicher Worte, die dem Ganzen entsprechend Ausdruck verleihen würden. Aber das hatte Lion wohl nicht gemeint.

»Und – gefällt es Ihnen?«, fragte Commissario Gentilini, der ihren Blick bemerkt hatte.

Wahrscheinlich erwartete er ein paar begeisterte, zumindest erwartungsvolle Floskeln, aber Sonja konnte nicht anders, auch auf die Gefahr hin, ihren Chauffeur endgültig zu verprellen.

»Ehrlich gesagt, nein.«

»Das merkt man.« Er grinste beifällig, und ihr war unklar, ob er ihr insgeheim Recht gab oder sich im Gegenteil über sie lustig machte.

Sie verschränkte die Arme über der Brust. »Und Ihnen?«

»Ich lebe hier«, sagte er achselzuckend. Und dann geschah etwas Unerwartetes: Der Commissario fing an zu singen.

Sul mare luccica / l'astro d'argento / placida è l'onda …

Im ersten Moment war Sonja peinlich berührt. War das ein Willkommensständchen für die widerspenstige Reisende aus dem Norden? Eine schmalzige Kostprobe aus dem Reich Mandolinen spielender Machos? Doch dann spürte sie, dass nichts davon zutraf. Da war kein Schmalz und keine Spur von Theatralik, Kitsch oder Übertreibung. Das Schmalzige existierte einzig und allein in ihrem Kopf. Neben ihr am Steuer des Polizeiwagens saß ein leibhaftiger Neapolitaner, der nicht grölte oder leierte oder schmetterte oder brummte, sondern einfach sang. Mit weicher, wohlklingender Stimme und vor allem völlig ungeniert, während die Melodie sanft auf und ab schaukelte wie ein Fischerboot auf dem glitzernden Meer.

… venite all'argile / barchetta mia …

Der Gesang eroberte ihr Herz zwar nicht im Sturm, aber er riss eine ansehnliche Bresche in die Mauer ihrer Abneigung. Einen Moment lang hatte sie eine Opernbühne vor Augen, darauf eine Hand voll Autoattrappen vor einem blauen Leinwandmeer, und in den ramponierten Gehäusen mit künstlich aufgepinselten Roststellen saßen echte Sänger, die nun aufstanden und ihre Oberkörper durch die offenen Autodächer schoben und im Chor losschmetterten wie in einer Oper von Verdi …

Der Kommissar wiederholte den Refrain und legte dabei ein paar Dezibel zu: *Santa Lucia! Santa Lucia!*

Wie auf ein unausgesprochenes Kommando setzte zeitgleich ein Hupkonzert ein. Vielleicht hatte irgendwer im Stau die Geduld verloren und augenblicklich eine Vielzahl anderer frustrierter Autofahrer angesteckt, die alle nur darauf warteten, sich endlich Luft machen zu können.

Gentilini hörte genauso abrupt auf zu singen, wie er begonnen hatte, betätigte zwei Schalter auf dem Armaturenbrett – sie waren also doch nicht allesamt kaputt –, woraufhin sich erstens lautlos die Fenster schlossen und zweitens die Polizeisirene auf dem Dach zu heulen begann.

Nach einigem Zögern öffnete sich im blickdichten Verkehrsgewimmel ein Spalt, gerade so groß, dass der Lancia, ohne Kratzer oder Beulen zu riskieren, hindurchpasste. Mit Einsatzhorn kamen sie deutlich schneller voran.

»Neapel ist ein Monstrum an Stadt, und wenn es mir zu dicht auf die Pelle rückt, singe ich, das beruhigt«, sagte er, wie um zu überspielen, dass er die Grenze der belanglosen Nettigkeiten zwischen ihnen ebenso eindeutig überschritten hatte wie Sonja mit ihrer unverhohlenen Abneigung.

Sie hatte das Gefühl, irgendetwas erwidern zu müssen. Aber was? »*Molto bello*«? Oder: »Was für ein schönes Lied!«. Oder: »Singen Sie in einem Chor?«

Aber nichts davon kam ihr über die Lippen, alles, was ihr einfiel, klang so unzulänglich und platt, Geplapper ohne Sinn und Verstand. War es reiner Zufall, dass er ausgerechnet *dieses* Lied gesungen hatte? Santa Lucia … Luzie … Hatte Lion ihm womöglich doch erzählt, weshalb sie hier war?

3

Gentilini warf einen Blick auf seine Armbanduhr und verkündete kategorisch, es sei höchste Zeit, in der Altstadt etwas zu essen. Sonja lag ein Protest auf der Zunge. Sie wäre zumindest gern gefragt worden. Doch ihr Magen meldete sich unüberhörbar mit Gegenprotest.

Sie dachte daran, wie oft sie und Hendrik bis zur Appetitlosigkeit darüber diskutiert hatten, wo man essen gehen solle: beim Inder, beim Thailänder, beim Chinesen, Türken, Spanier, Portugiesen oder doch im neuen Bistro hinter der Oper oder lieber gleich beim Italiener, wo man immer wieder landete, wenn einem partout nichts anderes einfiel? Hendrik arbeitete ein Stockwerk über den Räumen von *Sweet Home* in der *Friss-oder-stirb-Abteilung*, wie die Redaktion der Gourmetzeitschrift intern genannt wurde. Natürlich war er immer über neueröffnete Restaurants auf dem Laufenden, aber die Entscheidung hatte er – wie eigentlich alle Entscheidungen – stets Sonja überlassen. Einer der Gründe für ihre Trennung, aber nur einer von vielen. Wenigstens schien dieser Gentilini zur Abwechslung einmal ein entscheidungsfreudiger Mann zu sein.

Nach einer verwirrenden, kurvenreichen Fahrt durch ein Labyrinth enger Gassen hielt der Commissario auf einer kleinen Piazza direkt vor dem Eingang einer namenlosen Trattoria. Ein älterer Mann mit Schirmmütze, der auf einem Küchenstuhl im Schatten gesessen hatte, humpelte auf die Fahrertür zu.

Gentilini stieg aus. Sonja beobachtete, wie er dem Mann etwas in die Hand drückte.

»*Grazie, Commissarioprofessò, grazie.*«

»*Mi raccommando, Pasquale.*«

Der Mann tat empört: »*Ma professò, dite la verità, è mai successo niente?*«

»*Niente*«, lächelte Gentilini. Er ging ums Auto herum und hielt Sonja die Beifahrertür auf.

Pasquale setzte sich hinters Steuer und fuhr los.

»Und mein Gepäck?«, rief Sonja in einem Anflug von Panik.

Einen Moment lang wurde sie von dem absurden Gedanken gepackt, dass hier alles Lug und Betrug war, der Parkplatzwächter genauso unecht wie der Kommissar. Vor nicht allzu langer Zeit hatte sie einen Roman von Robert Coover gelesen. Darin kehrt Pinocchio als alter, ehrwürdiger Professor in seine Heimatstadt Venedig zurück, und kaum verlässt er den Bahnhof, wird er wie in seiner Jugend nach allen Regeln der Kunst übers Ohr gehauen und von Fuchs und Katze in die Zange genommen ... Hatte dieser Parkplatzwächter nicht ein Gesicht wie ein Fuchs? Hatte sie sich Gentilinis Ausweis zeigen lassen? Woher wusste sie, dass das alles nicht ein abgekartetes Spiel war? Und waren sie nicht im Begriff, eine Trattoria zu betreten, die nicht einmal einen Namen zu haben schien, sodass sie sie später niemals wiederfinden würde? Sie kannte sich in Neapel nicht aus und würde nicht einmal erklären können, wie ihr das alles passiert war ...

Wie angewurzelt stand sie da, das T-Shirt klebte ihr auf der Haut. Dann spürte sie, wie eine Hand sich auf ihren Arm legte.

»Keine Sorge. Einen besseren Bewacher als Pasquale gibt es in der ganzen Stadt nicht.«

Die Stimme klang sanft und entschieden. Sie tat ihr wohl und vertrieb die lähmenden Gedanken. Kurz darauf begrüßte auch die Wirtin Gentilini unmissverständlich als Commissario.

Auf dem Tisch lagen noch die mit Tomatensauce und Rotwein bekleckerten Papiersets der Vorgänger. Ein unrasierter junger Mann mit deutlichem Ansatz zur Fülligkeit schlurfte heran, knüllte die Sets zusammen und fegte einmal mit dem Geschirrtuch die Krümel von der Tischplatte. Dann teilte er wie Spielkarten neue Sets aus und knallte wortlos vier Wassergläser darauf, die entsprechend robust aussahen. Schließlich baute er sich an der Kopfseite des Tisches auf und fing an, die Speisekarte zu erzählen – jedenfalls klang das, was er in gutturalem neapolitanischem Singsang vortrug, in Sonjas Ohren wie eine Erzählung, eine Erzählung von Essen und Trinken, deren Exposition und Höhepunkte sie leider nicht mitbekam. Sie hörte zwar das eine oder andere Wort heraus, *spaghetti* zum Beispiel oder *pasta* oder *costoletta*, aber das war nun wirklich keine Kunst. Nichts zu machen: ihren Sprachkenntnissen zum Trotz musste sie sich von Commissario Gentilini übersetzen lassen, was ihren Magen erwartete. Der junge Mann mit dem Geschirrtuch blieb die ganze Zeit über am Tisch stehen, ungeladener Zeuge dieser peinlichen Niederlage. Sie bestellte, was Gentilini ihr empfahl: als Primo *polpi affogati*, als Hauptgang *alici fritte*.

»*Vino bianco*?«

Sie nickte. *»E un'aqua minerale.«* Wie verführerisch einfach. Keine fünfseitige Weinkarte, kein überflüssiger Firlefanz.

Der junge Mann stellte eine Karaffe Wein und eine Flasche Wasser auf den Tisch. Dann brachte er einen Korb mit frisch geschnittenem Weißbrot. Gentilini schenkte ein.

»Auf Ihre Zeit in Neapel.«

Sie tranken sich zu.

»Wo haben Sie und Lion sich eigentlich kennen gelernt?«

»Während der Ausbildung. Wir waren einen Monat zusammen in New York auf einem Lehrgang«, sagte er. »Wir hatten von Anfang an die gleiche Wellenlänge. Und jede Menge Spaß. Lion ist nicht so engstirnig wie viele meiner Kollegen. Wir waren zusammen in der Metropolitan Opera und bei den Yankees. Seitdem hat er mich ein paarmal hier besucht.«

»Aber Sie ihn nicht.«

Gentilini nickte. »Steht schon lange auf meinem Programm. Aber der Norden ist weit.«

»Nicht weiter als für uns der Süden«, sagte sie.

»Stimmt. Außerdem hätte ich Sie dann eher kennen gelernt.«

Macho, dachte sie. Der hat seine Sprüche gut gelernt.

Gentilini hatte hellbraune Augen mit dunkleren Flecken. Einer davon kam zu ihr herübergetrieben, sie fing ihn auf, ohne zu wissen, was sie damit anfangen sollte. Ein aufgesammelter Blick. Sie hatte seit längerem keine Männerblicke mehr aufgesammelt, es war der erste seit der Trennung von Hendrik vor zwei Jahren.

»Und jetzt erzählen Sie mir, weshalb Sie in Neapel sind.«

Das klang schon wieder verdächtig nach dem kategorischen maskulinen Imperativ. Sie warf den Kopf in den Nacken.

»Hat Lion Ihnen das nicht verraten?« Es klang weniger schroff, als sie eigentlich vorgehabt hatte.

»In mancher Hinsicht sind Männer sehr diskret«, konterte er und lächelte verschmitzt. »Aber er hat ausgeplaudert, dass Sie Journalistin sind. Vielleicht kann ich Ihnen bei der Recherche behilflich sein.«

Ganz schön von sich überzeugt, der Herr Kommissar. »Normalerweise schreibe ich über Inneneinrichtung«, sagte sie. »Ich besinge Fußböden, Regale, pfiffige Ideen für schräge Wände oder wie man Arbeits-, Schlaf- und Wohnzimmer auf zwölf Quadratmetern unterbringt.«

Er grinste. »Wenn man keine hohen ästhetischen Ansprüche stellt, kann man sich dazu in Neapel viele Anregungen holen. In den *Bassi* in den *Quartieri Spagnoli* leben zehnköpfige Familien mitsamt Madonna und TV in einem einzigen Zimmer. Man kann zwar Neapel nicht gerade als Hauptstadt des Designs bezeichnen, aber ein Onkel von mir kennt …«

»*Sweet Home* ist nur ein Job«, unterbrach sie ihn. »Ich verdiene damit mein Geld, das ist alles.«

Er nickte. »Und was konkret ist Ihr Thema in Neapel?«

Sollte sie ihn mit irgendeiner erfundenen Recherchestory abspeisen? Oder ihm vielleicht von der widerwärtigen Mobbingkampagne in der Redaktion berichten, bei der es zwei Tote gegeben hatte …

»Das ist eine lange Geschichte«, murmelte sie ausweichend.

»Gibt's keine Kurzfassung?«

Der Kerl ließ nicht locker. Einen Augenblick lang zog sie in Erwägung, ihm von Luzie zu erzählen. Zumindest zu sagen, dass sie in Neapel nach ihr suchte. Nur das. Mehr nicht. Aber das ging nicht. Denn er würde nachfragen, er war ein Profi. Und sie würde antworten müssen. Sie würde sagen müssen, meine Tochter sucht hier in Neapel nach ihrem ihr unbekannten Vater, und dann kämen das Warum und Wieso und das Damals und ihre eigene

Rolle dabei auf den Tisch. Nüchtern betrachtet war Luzie neunzehn und somit volljährig und für sich selbst verantwortlich. Sie ist kein dummes Gör mehr, sie geht ihren eigenen Weg. Hatte Lion gesagt. Hatte, mit ähnlichen Worten, auch Maris gesagt. Hätte Sonja mit mehr Abstand vermutlich selbst so gesehen. Wenn Luzie nicht ihre eigene Tochter gewesen wäre. Das brachte sie auf eine Idee. Ein kleiner Rollenwechsel war eine gute Tarnung. Wer weiß, vielleicht konnte dieser Gentilini tatsächlich weiterhelfen.

»Ich suche nach einer jungen Frau. Sie ist die Tochter einer guten Freundin aus Hamburg.«

Er wirkte fast enttäuscht. »So eine Art Recherche meinen Sie.« Er griff in den Brotkorb, riss ein Stückchen Weißbrot ab und schob es sich in den Mund. »Und ich dachte schon, ich könnte etwas über Duschvorhänge dazulernen. Wie alt ist sie?«

»Sie wird im Juni zwanzig. Sie hat sich seit Monaten nicht mehr zu Hause gemeldet. Zuletzt aus Neapel.«

Das war leicht übertrieben, beeindruckte Gentilini aber trotzdem nicht im Geringsten.

Er zuckte die Achseln. »Als ich zwanzig war, bin ich fast ein Jahr lang kreuz und quer durch Südostasien gereist. In der ganzen Zeit habe ich nur eine einzige Postkarte nach Hause geschrieben, und zwar am Tag vor meinem Rückflug. Die Postkarte kam allerdings erst ein halbes Jahr später an. Ich meine …«

»Ich weiß, was Sie sagen wollen«, schnitt Sonja ihm das Wort ab. Sie ärgerte sich bereits über die dumme Idee mit der Halbwahrheit. Hätte sie bloß ihren Mund gehalten und sich lieber mit Gentilini über die Wohn- oder die Kochkunst in Neapel unterhalten. Sie versuchte, eine Spur Gelassenheit in ihre Stimme zu legen. »Mit zwanzig probiert man die verrücktesten Sachen aus und schert sich einen Teufel darum, ob die Eltern Bescheid wissen oder etwas gutheißen oder nicht. Ich habe selbst versucht, meiner Freundin das klar zu machen. Aber wenn man auf der anderen Seite steht, sieht man das plötzlich nicht mehr so locker. Sie macht sich einfach große Sorgen.« Sie griff nach dem Wasserglas wie eine Verdurstende und trank es in einem Zug leer. »Wie auch immer. Gut möglich, dass Luzie morgen von selbst wieder auftaucht.«

»Warum macht Ihre Freundin sich nicht selbst auf die Suche?«

Die dunklen Flecken in seinen Augen tanzten auf sie zu. Sonja ließ das unsichtbare Gitter runter.

»Sie hat noch einen jüngeren Sohn und kann unmöglich aus Hamburg weg.« Eiskalt gelogen und nicht mit der Wimper gezuckt. »Außerdem hatte ich gerade Zeit. Das Aufspüren von Informationen, Dingen, Menschen gehört zu meinem Beruf.«

Er lachte leise. »Da haben wir etwas gemeinsam. Aber wieso ausgerechnet Neapel? Gibt es einen speziellen Grund?« Der Profi in ihm ließ nicht locker. Und sie nicht aus den Augen.

Sie starrte zurück, zögerte. Wer A sagte, konnte ebensogut auch B sagen. »Sie ... Sie sucht nach ihrem Vater. Er ist Neapolitaner.«

Er machte eine Geste, als wollte er sagen, jetzt kommen wir der Sache langsam näher. »Kennt sie ihn?«

Sonja schüttelte den Kopf.

»Verstehe. Neapel ist groß. In Neapel kann man sich leicht aus den Augen verlieren. Wie heißt er?«

Sonja griff nach dem Weinglas, um sich irgendwo festzuhalten. Sie hatte es ja gewusst. Dass er immer weiterfragen würde. Er war ein Kommissar, egal wie breit sein

Lächeln sein mochte und wie anrührend sein Gesang. Genau das aber hatte sie nicht gewollt. Sie hätte es an seiner Stelle vermutlich ähnlich gemacht. Aber sie war nicht an seiner Stelle. Und sie suchte nicht die Tochter ihrer Freundin. Die Erinnerung, die zu dieser ganzen vermaledeiten Geschichte gehörte, war ihre eigene. Sie kam nicht drum herum.

Ihre Stimme war belegt. »Sie kennt offenbar nur seinen Vornamen.«

»Keine Adresse?«

Sonja schüttelte den Kopf.

Gentilini schwieg und drehte das Glas in den Händen. »Das wird nicht einfach. Weiß er von seinem Vaterglück?«

»Wieso Glück?«, entfuhr es Sonja viel zu heftig. Sie biss sich auf die Zunge und war froh, dass just in diesem Augenblick der Kellner schwungvoll zwei dampfende Teller vor ihnen abstellte.

»Ecco due purpetielle affucate. Buon appetito, Commissario.«

Gentilini schenkte ihm ein strahlendes Lächeln. »Grazie, Gigìno.« Dann stopfte er die weiße Stoffserviette mit einer Ecke in den Halsausschnitt seines Hemdes, wünschte auch Sonja einen guten Appetit und tauchte die Gabel in den mit Tomatensauce, Kapern, Oliven und Tintenfisch bedeckten Berg Spaghetti. *»Delizioso«*, murmelte er. Mit einem Blick auf ihre beige Seidenbluse fügte er hinzu: »Würde ich Ihnen übrigens auch empfehlen. Ich meine, die Serviette.«

Zwei, drei Minuten lang widmeten sie sich beide wortlos den leiblichen Genüssen, und Sonja wollte gerade innerlich aufatmen, als der Commissario den Gesprächsfaden wieder aufnahm.

»Was ich trotzdem noch nicht verstehe, ich meine, wozu das Ganze? Wieso wartet Ihre Freundin nicht einfach ab? Wieso lässt sie ihre Tochter nicht einfach in Ruhe ihren Vater suchen und vielleicht finden oder auch nicht? Wieso hat sie Sie hinterhergeschickt?«

»Ich kenne Luzie ... habe ich erwähnt, dass ihre Tochter Luzie heißt ... nein, wahrscheinlich nicht ... seit sie auf der Welt ist«, sagte Sonja. »Ich bin also eine Vertraute und soll vermitteln, weil ...«

Es war gar nicht nötig, lange nach einer Antwort zu suchen. Sie kannte das Motiv dieser fiktiven Freundin bestens. Ihre Stimme zitterte ein wenig, als sie sagte: »Ich glaube, sie hat einfach Angst, dass ihre Tochter nicht zurückkommt. Dass sie ihr nicht verzeiht, dass ... *Ecco.*«

Sie brach den Satz ab, spürte, wie ihr das Blut ins Gesicht schoss. *Basta!*, dachte sie wütend. Es reicht! Was ging ihn das eigentlich an? Schließlich kannte sie den Typen kaum. Je mehr sie redete, desto dünner wurde das Eis, auf dem sie sich bewegte. Sie wollte das nicht. Sie wollte nicht einbrechen. Wollte nicht darüber reden. Kurz entschlossen griff sie nach ihrem Lederrucksack, kramte Luzies Foto hervor und schob es ihm hin.

»Wer weiß, vielleicht läuft sie Ihnen zufällig über den Weg.«

Der Kommissar nahm das Foto und sah es sich kurz an. In dem Moment klingelte sein Handy. Während er telefonierte, verfinsterte sich seine Miene. Die Welt war jetzt eindeutig kein großer Witz mehr, vielleicht war sie es nie gewesen und wurde nur ab und zu von einem Lachen übertönt, das man brauchte, um über die Runden zu kommen. Sonja hörte ihn knapp *»dove«* und *»va bene«* und *»vengo subito«* sagen, dann fluchte er einmal unmissverständlich.

»Ich muss weg. Tut mir Leid.« Er warf einen bedauernden Blick auf den halb vollen Teller vor seiner Nase. Dann schob er den Stuhl zurück und stand auf.

»Was ist los?«

»Eine Schießerei mit zwei Toten in den Quartieri Spagnoli. Genießen Sie das Essen, und lassen Sie sich danach ein Taxi rufen.«

»Nein. Ich komme mit.«

Der Kommissar sah sie irritiert an. Die dunklen Flecken in seinen Augen waren abwehrbereit. Ihm war anzumerken, dass er Widerspruch dieser Art nicht gewohnt war. Dann zuckte er mit den Schultern.

»Die deutsche Presse … Warum eigentlich nicht.« Er legte ein paar Scheine auf den Tisch und griff sich eine Scheibe Weißbrot. »Aber das wird sicherlich kein schöner Anblick. Hier geht's um was anderes als um stilvolle Esszimmereinrichtungen.«

»Zerbrechen Sie sich bloß nicht meinen Kopf«, sagte Sonja, während sie zur Tür gingen.

»Commissario, Sie müssen weg? Aber die Pasta, was für ein Jammer …« Die Wirtin war aus der Küche gekommen und rang die Hände.

Gentilini blieb kurz stehen. »Was soll ich machen, Giuseppina, so ist das Leben. Tut mir Leid.«

Sie stemmte die Hände in die Hüften. »Tut Ihnen Leid? Und was ist mit Ihrem Magen? Haben sich wieder mal ein paar dieser *malviventi* gegenseitig eine Kugel in den Kopf geballert? Kommen Sie, kommen Sie, auch ein Commissario muss essen. Davon, dass Sie hungern, werden diese Mistkerle auch nicht wieder lebendig. Wer tot ist, ist tot. Sage ich die Wahrheit oder nicht, he?«

Ihr Sohn zuckte lahm die Schultern. »Mamma, der Commissario muss …«

»Natürlich haben Sie Recht«, sagte Gentilini sanft. »Mein Magen ist ganz auf Ihrer Seite, Signora. Aber was sein muss, muss sein. *C'aggia fa'*.«

4

Frisch gewaschene, unbefleckte Laken hingen an den Leinen wie Friedensfahnen. An der Straßenecke die rosa Neonbeleuchtung eines Marienaltars, ästhetisch reizvoll im Kontrast zum Blaulicht der kreuz und quer geparkten Polizeiwagen. Die beiden Leichen lagen direkt vor dem Eingang eines Metzgerladens: zwei Männer, jeder offenbar von mehreren Schüssen getroffen. Es gab viel Blut. Eine unschöne Szene, ein bisschen wie Sonntagabend auf der Mattscheibe, nur in echt. Im Schaufenster hinter den Toten hingen an Eisenhaken befestigte halbe Schafe und gerupfte Hühner mit langem Hals, darunter standen Aluschalen mit Fleischklumpen darin, eine Schale mit einer hellen Masse, vermutlich Hirn, eine andere mit dunkelroten Lappen, vermutlich Leber. Der Laden selbst war leer gefegt. Zwei Uniformierte hielten Anwohner und Passanten auf Abstand.

Sonja war aus Gentilinis Auto ausgestiegen, hatte nur aus einiger Entfernung kurz einen Blick auf die leblosen Körper geworfen, die den Eingang zur Metzgerei versperrten, und sich dann an den Rand des Geschehens zurückgezogen, in den Schutz einer Hauswand. Niemand beachtete sie. Dies war nicht ihr Terrain, sondern Gentilinis Heimspiel.

Bühnenhintergrund war ein heruntergekommener Platz in den Quartieri Spagnoli, ein schachbrettähnliches

Geflecht enger, teils dunkler Gassen, die sich jenseits der Flaniermeile Via Roma an den Hang des Vomero pressten. Rings um den kleinen Platz vom Charme eines Trümmergrundstücks drängten sich fünf-, sechsstöckige Häuser mit unansehnlichen Fassaden und schmalen Balkonen, zwischen denen wie als notdürftiger Halt Wäscheleinen gespannt waren. Angesichts des sichtbaren Mangels an Raum und Licht wirkte der freie, unbebaute Fleck allerdings fast wie Luxus: eine Minioase inmitten einer Millionenstadt. Es gab Spuren, die auf einen Ort der Begegnung hindeuteten: Skelette von Sitzbänken um einen Sandkasten, dessen karger Inhalt angereichert war mit Blechdosen und sonstigen Untergruppen der Gattung Müll und der, wie es aussah, maximal noch als Katzenklo diente; zwei verrostete, planlos sich in die Luft schraubende Spiralen, auf denen ursprünglich wohl Schaukeltiere montiert waren; die Halterung für eine Wippe, die jetzt vielleicht anderswo als langer Tisch diente; eine Reihe ehemals weißer, mit Neonfarben besprühter Pflanzgefäße, die offenbar nur deshalb nicht geklaut oder demoliert worden waren, weil sie aus Beton bestanden. Der Ort des Miteinander – ein Ort des Vandalismus.

So oder ähnlich würde Sonja die Reportage über solch ein Pflaster betitelt haben. Sie hätte über die Kinder und Jugendlichen geschrieben, die hier wohnten, über ihre Eltern, wie sie ihr Geld verdienten, über Arbeitslosigkeit und Perspektivenflaute und gescheiterte, in Aggressionen umgeschlagene Hoffnungen. Leichen waren dabei nicht vorgesehen. Aber auch die Reportage war nicht vorgesehen; diese Ödnis hier hatte in der Tat nichts mit *Sweet Home* zu tun.

Damals, als Sonja mit dem Journalismus anfing und das erste Praktikum bei einem Wochenblatt in Bergedorf bekam, war sie voller Elan gewesen. Zeitungsschreiber sollten aufklären, Hintergründe aufdecken, Verhältnisse analysieren, über die vergessenen Menschen und Orte der Welt berichten. Stattdessen hatte sie Kochrezepte zusammenstellen und einen Artikel über Schrebergärten schreiben müssen, der ihr zu drei Vierteln zusammengestrichen wurde. Mit Luzie im Schlepptau waren dann die restlichen Illusionen zerstoben. Pragmatik war angesagt. Geldverdienen. Was das betraf hatte das rabiate Kürzen der Artikel Sonja sogar vorangebracht. Nach dem Wochenblatt war sie für ein Jahr bei einer Fernsehzeitschrift gelandet und nach diversen Zwischenstationen in der Redaktion von *Sweet Home*. Auf der vergleichsweise sicheren Seite des Lebens.

Irritiert sah sie sich um. Eine sonderbare Stimmung lag in der Luft, wie ein kollektiver Sud aus Protest und Resignation, Entsetzen und Gleichmut, Aufschrei und gleichzeitigem Verstummen – große Gefühle, die sich gegenseitig in Schach hielten und zu annullieren versuchten. Übrig blieb der Eindruck, als sei eigentlich gar nichts Besonderes passiert, als sei nur kurz der Tod vom Himmel herabgefahren oder aus der Hölle heraufgestiegen, um sich zwei neue Opfer zu holen – ein Achselzucken, da kann man nichts machen.

Ein paar Schritte entfernt standen mehrere Leute aus dem Viertel zusammen. Ein älterer, ziemlich dicker Mann brummte halblaut, doch für Sonja verständlich genug: »Sollen sie sich doch alle gegenseitig umbringen. Dann haben wir endlich Ruhe.«

Ein anderer Mann winkte ab: »Unmöglich. Es sind viel zu viele.«

»*Centocinquantadue*«, sagte ein jüngerer Mann mit ausdrucksloser Stimme.

»Was soll das sein, hundertzweiundfünfzig, die neue Buslinie in den Himmel?«

Irgendwer rief: »Neue Tombolazahlen! Todsichere Sache!«

Ein Mann lachte. »Da hast du Recht, todsicher ist es …«

»Letzte Woche war im *Mattino* die Rede von hundertfünfundfünfzig!«

Eine jüngere Frau mit Kleinkind auf dem Arm, die in einem Hauseingang stand, mischte sich ein: »Im *Telegiornale* haben sie was von hundertachtzig Toten gesagt.«

Der erste Mann zuckte die Achseln: »Nichts als Zahlen. Eine so gut und so falsch wie die andere. Dann nehmen wir eben die Mitte, das wären dann … hundertachtundsechzig.«

»Hehe, Pasquale, wo hast *du* denn rechnen gelernt?«, höhnte der zweite.

»In derselben Schule wie du, Klugscheißer. In der Schule des Lebens.« Die beiden lachten mit rauen Stimmen.

»*E chi se ne frega*«, brummte ein vierter Mann, der seinen Kopf aus einer Wohnung im Erdgeschoss steckte, sozusagen Parkett erste Reihe. »152, 155, 168 und wenn es der tausendeinhundertdreiundsiebzigste wäre!« Er spuckte aus. »Nachwachsen würden sie trotzdem. Wie die Arme einer Krake. Wenn du zwei davon abschlägst, wachsen sofort vier neue nach. Da kann man nichts machen. Gar nichts.«

Einige Leute, die zugehört hatten, machten zustimmende Gesten.

»Hier muss jeder sehen, wie er über die Runden kommt«, sagte eine Frau.

»Man muss sich überall auf der Welt arrangieren«, ergänzte der Mann namens Pasquale.

»Wie denn, wo denn, was heißt hier arrangieren«, mischte sich eine zweite Frau ein, »dass ich nicht lache, du bist allein, du kannst gut reden, du arrangierst dir dein Leben nach Belieben, aber zieh du erst mal sechs Kinder groß und finde für sie eine Arbeit, eine anständige Arbeit, für die sie anständiges Geld bekommen, kein dreckiges Geld, an dem Blut klebt von ...«

»*Calmati*, Maria, beruhige dich, nicht so laut.«

»Ist doch wahr ...!«, schimpfte die Frau weiter. »Alle wollen sie das große Geld, und zwar möglichst schnell. Der eine verkauft in den Schulen Drogen, der andere steht Schmiere ...«

»Wenn es genug Arbeit gäbe, käme keiner von den Jungs auf dumme Gedanken.«

»Das sagst du.«

»Ja, das sage ich.«

Eine ältere Frau legte stumm die Hände gegeneinander und sandte flehentliche Blicke gen Himmel.

»Du glaubst doch nicht, dass die zwei da drüben einer anständigen Arbeit nachgegangen sind, das ist denen doch zu mühsam, in die Fabrik zu gehen und sich ans Band zu stellen ... Neinneinnein, die wissen selbst am allerbesten, weshalb es sie erwischt hat!«

»Welche Fabrik, he, welche Fabrik?! Siehst du hier in der ganzen Gegend irgendeine Fabrik?«

»*Ha ragione*«, sagte eine andere Frau in einer Kittelschürze mit hellblauen Blümchen und nickte Sonja auffordernd zu. »*Ha ragione*. Oder etwa nicht?«

Sonja nickte, ohne zu wissen, wem sie damit Recht gab. Wahrscheinlich allen.

»Die machen unsere Kinder mit Drogen kaputt und

fahren dicke Motorräder, die sie von ihrem dreckigen Geld kaufen, der Sohn von …«

»*Enzo, zitto*!«, zischte seine Frau und schob den Sprecher unsanft in den Hauseingang. »*Managgia*, nicht so laut!!«

»Und die Polizei?«, rief ein anderer Mann herausfordernd. »Was tut die Polizei?«

Der Mann namens Pasquale verscheuchte zwei Gassenjungen, die angefangen hatten, unter lautem Scheppern eine Blechdose über das Pflaster zu kicken.

»Die kassieren jeden Monat dicke Gehälter und sehen ansonsten zu, dass sie aus der Schusslinie bleiben«, bemerkte ein junger Mann lakonisch. »Wie hieß das neulich so schön? *Der Innenminister schickt zehntausend Polizisten nach Neapel* … Die müssen es sich unterwegs anders überlegt haben … Oder habt ihr nachts hier schon mal eine Streife gesehen?«

»Du hast doch nachts deine Augen sowieso ganz woanders«, rief einer. Lautes Gelächter.

»*Peppino, si mangia!*«, erscholl eine Stimme aus dem Inneren einer Wohnung. Essen ging vor. Der junge Mann verschwand im Hausflur.

Sonja erkundigte sich bei der Frau in der Kittelschürze, was eigentlich genau passiert sei.

Die Frau musterte sie mit wachsamem Misstrauen. Offenbar hatte sie sofort herausgehört, dass Sonja keine Einheimische war. »Woher kommen Sie? *Francia?*«

»Nein, ich bin Deutsche.«

»*Ah, tedesca, brava.*« Ihre Miene hellte sich auf.

Sonja hatte nicht die geringste Ahnung, was gegen die Franzosen vorlag, außer dass sie bei den Fußballmeisterschaften der letzten Jahrzehnte vielleicht einmal zu oft gegen die Italiener gewonnen hatten. Oder gab es hier in

Neapel andere uralte Ressentiments gegen die Nachfahren Napoleons?

»Unser Kühlschrank kommt aus Deutschland«, sagte die Frau. »Miele. Gute Ware. Tipptopp. Läuft seit zwanzig Jahren, ohne einmal aufzumucken.«

»*Che vuoi, la Germania funziona*«, kommentierte ihr Mann. »Das war schon immer so. *Ma l'Italia, Napoli …*« Er machte eine abfällige Geste mit der Hand. »Korrupte Politiker, korrupte Gesellschaft, einige wenige profitieren, und die meisten …« Er zeigte auf eine der Quergassen. »Wenn Sie da lang gehen, sehen Sie noch die alten, längst verrosteten Gerüste, die die Häuser abstützen – und zwar seit dem Erdbeben! Seit einem Vierteljahrhundert, um genau zu sein. Die Häuser wurden nie repariert, und die Gelder aus Rom, Abermilliarden Lire, sind spurlos futsch, versickert im Dunkel der …«

»Euro«, unterbrach ihn seine Frau, »wir rechnen jetzt in Euro …«

»Mein Sohn lebt in *Stoccarda.*« Der Mann am Fenster wechselte das Thema. »Stuckard. *Bella, Stoccarda.*«

»*Sì.* Sehr schön.« Sonja kannte Stuttgart nur vom Hörensagen, aber sie lächelte zustimmend.

»Bei euch gibt es wenigstens Arbeit«, der erste Mann ließ nicht locker. »Da muss niemand kriminell werden, um seinen Lebensunterhalt zu verdienen.«

Einen Augenblick war Sonja versucht, das Bild zurechtzurücken und zu sagen, dass auch in Deuschland in den letzten Jahren zigtausend Arbeitsplätze verloren gegangen waren und Betriebe haufenweise in Konkurs gingen oder ihre Produktion nach Rumänien, Polen, Tschechien verlagerten und dass die Kriminalitätsrate vor allem in den Großstädten in die Höhe geschossen war – aber dann kam es ihr idiotisch vor, fehl am Platze. Hier ging es nicht um vergleichsweise kuschlige Fragen wie Wellness oder Eigenheimzulagen, das sah man dem gescheiterten Versuch eines Kinderspielplatzes an, das war aus den Kommentaren der Leute herauszuhören. Hier in Neapel stand längst etwas Existentielleres auf dem Spiel, es ging ums Überleben, um Sein oder Nichtsein. Sie dachte an Luzie, und ihr wurde flau im Magen.

Am Tatort waren mindestens zehn Polizisten zugange, auch die Leute von der Spurensicherung waren eingetroffen, Gentilini redete gerade mit einem von ihnen, er wirkte aufgebracht und fuchtelte mit den Händen.

Sonja wiederholte ihre Frage. Hatten die Leute gesehen, was vor der Metzgerei passiert war? Kannten sie die beiden Toten?

Der erste Mann antwortete gar nicht.

Der zweite brummte nur, er habe die Schüsse gehört. »Das ging alles sehr schnell.« Wegwerfende Handbewegung, als sei der Vorfall kaum der Rede wert, eine Lappalie des Alltags.

Die ältere Frau schlug flüchtig ein Kreuz.

»Und wer hat geschossen?«

»Zwei Kerle auf Motorrädern.«

Sonja fragte weiter, aber die Antworten waren vage, ausweichend. Über die Marke der Motorräder gingen die Meinungen auseinander, BMW, Suzuki, Honda, alles war vertreten, auch die Farbe der Helme, schwarz, dunkelblau, silber, denn natürlich hatten die Täter Integralhelme getragen, die verhinderten, dass jemand sie erkannte. Insbesondere aber hatte Sonja plötzlich den Eindruck, vor einer unsichtbaren Wand zu stehen. Sie kam zwar aus dem Land der funktionierenden Kühlschränke, aber das hieß noch lange nicht, dass man in ihrer Gegenwart von Dingen sprach, die sie als Fremde nichts angingen.

»Sind Sie etwa von der Polizei?«, fragte einer der Männer misstrauisch.

»*Io?*« Sie lachte. »Nein.« Aber sie hütete sich davor hinzuzufügen, dass sie Journalistin war.

»Was machen Sie hier, Urlaub?«

Sonja zögerte. An die Frage würde sie sich gewöhnen müssen. Gentilini gegenüber hatte sie ein doppeltes Spiel gespielt. Das hier war etwas anderes. Sie war eine Fremde und würde die Leute vermutlich nie wiedersehen. Sie gab sich einen Ruck.

»Ich … Ich suche meine Tochter, sie heißt Luzie, Lucia, sie ist neunzehn und sucht irgendwo in Neapel nach ihrem Vater, den sie noch nie gesehen hat und …« Die Worte sprudelten plötzlich aus ihr hervor, und sie spürte, wie sich auch Tränen daruntermischten. Der innere Druck ließ ein klein wenig nach.

Sie schluckte, brach ab. Im nächsten Moment schon kam sie sich lächerlich vor, die ganze Fahrt nach Neapel erschien ihr absurd. Was hatte sie hier eigentlich verloren? Ihre Tochter … Nun, die würde schon wieder auftauchen, schließlich war sie selbst im Alter von neunzehn genau wie Luzie ihre eigenen Wege gegangen. Der Commissario hatte völlig Recht.

Aber die Leute wandten sich nicht ab, niemand lachte oder lächelte auch nur. Die unsichtbare Wand war im Handumdrehen wieder verschwunden.

Die ältere Frau legte ihr eine Hand auf den Arm. »Seien Sie unbesorgt. Sie wird ihn sicherlich finden, *figlia mia*.«

»*E come si chiama*?«, fragte die zweite Frau. »Wie heißt er denn, der Papa?«

Sonja schluckte. »Antonio«, sagte sie leise und spürte, wie ihr heiß wurde vor Scham. Sie wusste, was als Nächstes kam und dass sie sich auch an diese Frage gewöhnen musste.

»Und weiter?«

Es war ihr peinlich, dass sie nicht einmal den Nachnamen des Vaters ihrer Tochter kannte.

»Ich muss weiter«, sagte sie schnell und warf einen improvisierten Blick auf die Uhr. Sie nickte den Umstehenden zu. »*Grazie, arrivederci* …«

Sie hastete die Gasse hinunter und um die nächste Ecke aus dem Blickfeld. Etwa zwanzig Meter weiter entdeckte sie das Reklameschild einer Bar. Sie war leer. Der Barmann stand seelenruhig hinter seinem Tresen und las in der rosa Sportzeitung. Auf einem Aluminiumtablett lagen appetitlich aussehende Blätterteighörnchen. Bei ihrem Anblick knurrte Sonjas Magen laut und vernehmlich. Zwischen Cornetto zwei (mit Marmelade) und Cornetto drei (mit Cremefüllung) fragte sie den Barmann, der längst wieder über der Zeitung hing, ob er mitbekommen habe, was eine Straße weiter passiert war.

Er hob kurz den Kopf und sah sie verständnislos an, als müsse er sich erst wieder in der Welt zurechtfinden.

»Ach so, Sie meinen die Schießerei? Nichts Besonderes. Der tägliche Krieg der Camorra.«

Er zuckte die Schultern wie angesichts einer Naturkatastrophe. Wozu sich darüber aufregen … Und damit sofortige Rückkehr zu den Fußballergebnissen der Serie A.

5

Die Pension mit dem berückenden Namen *O sole mio* hatte im Internet richtig behaglich ausgesehen: mitten in der Altstadt in einer ruhigen Seitengasse gelegen, verkehrszentral, Blick auf eine der ältesten Kirchen, Sonnenterrasse, Innenhof mit Palmen, alles in einer kleinen netten Fotogalerie anschaulich dokumentiert und vom Preis her erschwinglich.

Es war Sonja ein Rätsel, wie die Fotos zustande gekommen waren. Vielleicht hatte die Pensionswirtin sich die im Netz gezeigten Ein- und Ausblicke in den Wohnungen von Verwandten und Freunden ausgeliehen und eine Art Collage daraus gebastelt, ganz nach dem Motto: Wie verwandle ich eine Kamera in einen Backstein und eine Bruchbude in einen Hochglanzpalast. Wenigstens stimmte die Lage: Die Pension befand sich tatsächlich im Stadtzentrum. Das war immerhin etwas. Und dieses Etwas lebte, vibrierte, lärmte, und zwar anscheinend rund um die Uhr.

Irgendwann musste Sonja dann doch eingeschlafen sein, denn mitten in der Nacht wachte sie plötzlich davon auf, dass ein Motorrad mit Getöse quer über ihr Bett fuhr. Sie schrak hoch und stellte erleichtert fest, dass sie unversehrt geblieben war. Nur ihr Traum war ein wenig ramponiert. Sie hatte von dem Mann in der Bar geträumt, der ihren großen Koffer auf den Tresen wuchtete, den Deckel aufklappte und dann ungeniert in ihrer Wäsche zu wühlen begann … die aber gar nicht ihre Wäsche war, sie gehörte einer Französin, die Koffer waren auf dem Flug vertauscht worden, und plötzlich förderte der Barmann ein Blätterteighörnchen zutage und sagte mit triumphierendem Lachen: *Mammmmammmmmorrrrra*, danach verwandelte er sich übergangslos in Commissario Gentilini, das Cornetto wurde zur Pistole, mit der er den Barmann, der sich als Camorrakiller entpuppt hatte, in Schach hielt, bis ein Motorradfahrer hereinbrauste und direkt auf sie zusteuerte …

Sie fuhr hoch und brauchte einen Moment, bis sie wieder wusste, wo sie war. Traumtrunken stand sie auf und wankte ans Fenster. Sie stieß die Fensterläden auf und blickte direkt auf die schmutzigbraune, pockennarbige Seitenwand einer alten Kirche. Aus den Rissen im Mauerwerk sprossen Gräser wie die ungepflegten Haare eines Vagabunden. Tief unten lag die Gasse, finster und eng wie eine Schlucht, was jedes Geräusch vertausendfachte. Irgendwo in der Nähe schienen junge Leute mit leeren Blechdosen zu kicken und sich dabei prächtig zu amüsieren. Sonja hörte Hundegebell, eine Polizeisirene, Autogehupe, laute Stimmen. Dann, ganz kurz, wenigstens eine Atempause lang: Stille.

Es war heiß im Zimmer, eng, stickig. Nicht einmal das Dunkel der Nacht war zum Retuschieren der bedrückenden Stimmung geeignet.

Mit einer düsteren Vorahnung war Sonja der Pensionswirtin am späten Nachmittag durch den ebenso düsteren, scheinbar endlosen Korridor gefolgt, vorbei an einer Phalanx uralter Neapelplakate und einem bodenlangen Spiegel, der mit dunklen Schichten überwachsen war wie mit Moos. Die Innenwelt, in der sie in Neapel wohnen würde, wirkte verstaubt, muffig und zutiefst deprimierend. Dunkle, schwere Möbelstücke drängten sich im Wohnzimmer zusammen, es roch nach Staub und verschlossenen Türen, nach dem, was bleibt, wenn das Leben längst weitergezogen ist.

Signora Russo, die Vermieterin, war eine Frau undefinierbaren Alters, vermutlich Ende fünfzig, Anfang sechzig, die sich in einem rosafarbenen T-Shirt mit Mickymausaufdruck, eng anliegenden hellgelben Leggings, blondgefärbten, toupierten Haaren und Tigerpantoffeln vergeblich zu verjüngen versuchte. Anscheinend lebte sie allein, Sonja hatte an ihren Händen keinen Ehering entdeckt.

Am Ende des verwinkelten Flurs hatte die Vermieterin schließlich mit großer Geste die Tür des Zimmers geöffnet, das sie Sonja zugedacht hatte: eine Art Abstellkammer, die es aus sofort ersichtlichen Gründen gar nicht erst in die Fotogalerie auf der Website geschafft hatte – es gab einfach keinen passenden Blickwinkel für die beabsichtigte Illusion. Aber nüchtern betrachtet war alles da, was der Mensch brauchte: Bett, Waschbecken, Stuhl, Kommode. Toilette und Dusche auf dem Gang drei Türen weiter. Auf dem Bett lag eine fleckige, hellblaue Wolldecke, darauf ein rosa Plüschhase mit selbstgehäkeltem Dress. Über dem Bett hing ein an den Rändern eingerissenes, ausgeblichenes Plakat, auf dem sich unter einem ehemals azurblauen Himmel Pompeji-Trümmer stapelten – als Ersatz für die im Internet gepriesene schöne Aussicht, hatte Sonja mit zugeschnürter Kehle gedacht.

»*Va bene*? Gefällt es Ihnen?«

So ähnlich hatte der Kommissar es auf der Fahrt vom Flughafen in die Stadt auch formuliert. Sonja hatte konsterniert in der Tür gestanden und nicht ein zweites Mal die Kraft gehabt zu einem Nein. Sie war müde und erschöpft und konnte gerade noch *grazie* murmeln und ein verlogen freundliches Lächeln aufsetzen. Dahinter kam sie sich vor, als wäre sie maximal sechs Jahre alt und müsste sich für ein Geschenk bedanken, das sie, sobald sie allein war, in die hinterste Ecke des Schrankes pfeffern würde.

Sonja schlüpfte wieder unter das Laken, wälzte sich von einer Seite auf die andere. Ein Bild schob sich über das andere, Bilder vom Flughafen, von ihrer Ankunft, der Trattoria, dem verwahrlosten Platz, den Bewohnern der Quartieri Spagnoli. Sie versuchte sich ihre halb erwachsene Tochter vorzustellen, die hoffentlich wohlbehalten irgendwo in dieser großen Stadt im Bett lag und schlief. Es gelang ihr nicht.

Luzie war wieder ein Kind, noch nicht in der Schule, aber schon im Kindergarten. Eines Tages hatte sie auf dem Heimweg die Frage gestellt, vor der Sonja sich insgeheim schon lange gefürchtet hatte: »Wo ist mein Papa?«

»Weit weg«, hatte Sonja ausweichend geantwortet.

»Wie weit?«

»Sehr weit. Fast so weit wie der Nordpol.«

»Oder der Mond.«

»Ja, oder der Mond.«

Danach war ein paar Wochen Pause gewesen. Luzie hatte angefangen, Bilder mit einem gelben Mond zu malen, den die Kindergärtnerin hartnäckig für eine Sonne hielt, weshalb sie Luzie ständig dazu überreden wollte, Sonnenstrahlen und Blumen und eine Wiese zu malen, während Luzie sich nicht von Schafen und einem Bett und einem Mann im Mond abbringen ließ.

Oma Hilde fand das verwerflich. Schädlich. »Du machst dein Kind noch mondsüchtig«, sagte sie Woche für Woche, wenn sie abends zum Essen kam. »Wie sagen die Engländer? *Lunatic*? Ein Irrer mit Mondtick? Du musst ihr endlich sagen, wo ihr Vater lebt. Wenn du es ihr nicht sagst, tue ich es.«

»Untersteh dich«, fauchte Sonja regelmäßig zurück,

»misch dich gefälligst nicht in meine Angelegenheiten ein!«

Aber sie wusste, dass ihre Mutter Recht hatte. Eines Abends hatte sie Luzie also in den Arm genommen und ihr erklärt, dass ihr Vater nicht auf dem Mond lebe, sondern in Neapel.

»Wo ist das, Neapel?«

»Gaaaaanz weit weg«, hatte Sonja geraunt und so viel Märchenatmosphäre wie möglich in ihre Stimme gelegt.

»Können wir ihn da besuchen?«

»Nein, das können wir nicht. Die Reise ist sehr beschwerlich, man muss zuerst durch das Land der Feen und Zauberer, und wenn man die drei Rätsel gelöst hat, die ...«

»Ist es schön dort?«

»Sehr schön, fast wie im Paradies.«

Das war eindeutig schön genug und stellte Luzie für eine gewisse Zeit zufrieden. Neapel war zu einem unerreichbaren, magischen Ort mutiert, der mindestens ebenso weit weg lag wie die Weihnachtsmanninsel und das Nikolaushaus. Natürlich war es nur eine Frage der Zeit gewesen, bis Luzie aufhörte, an den Weihnachtsmann zu glauben, und selbst wenn die hausgemachte Magie danach noch eine Weile wirksam blieb, war sie spätestens in dem Moment unwirksam geworden, als Neapel auf einer Landkarte auftauchte. Am Tag nach den ersten Schulferien war es so weit.

»Sabrina war in Neapel«, verkündete Luzie, kaum dass sie ihre Schultasche in die Ecke geschleudert hatte. »Ich will da auch hin.«

»Ich nicht«, hatte Sonja mit trockenem Hals geantwortet.

»Ich aber!«, hatte Luzie gekräht.

Ab dem Moment war Neapel überall präsent gewesen. Dutzende von Pizzerien und Eisdielen hießen so, und wenn sie zum Pizzaessen gingen, bestellte Luzie schon aus Trotz eine Pizza Napoli, obwohl sie viel lieber eine mit Salami gegessen hätte. Immer wieder, in zig Varianten von quengelig bis zuckersüß, hatte Sonjas Tochter das Thema auf Neapel gebracht und dass sie in den Ferien hinfahren würde, um Papa zu besuchen, zusammen mit Oma Hilde, notfalls auch ganz allein …

Wie lange das alles zurück lag … Sonja hatte etwas unternehmen müssen, damit sich dieser Traum von einem Papa in Neapel nicht weiter in ihrer Tochter ausdehnte, nicht noch konkretere Formen annahm und Land in Luzies Herzen besetzte, das sich nie wieder zurückerobern ließe. Daher der Griff in die Kiste der Notlügen, als Eingeständnis kaschiert: »Luzie, weißt du, das mit Neapel … Das stimmt gar nicht. Früher hat er dort gelebt, aber dann ist er weggezogen … Ich weiß selber nicht, wo er jetzt wohnt, ich habe nicht einmal seine Adresse, gar nichts …«

Sonja wurde erneut wach, als sie in nächster Nähe einen Knall hörte, dann einen zweiten – Schüsse, echte Schüsse, keine geträumten. Drei Uhr irgendwas. Sie stand nicht ein zweites Mal auf, um auf eine trostlose Kirchenwand und eine verlassene Gasse zu blicken. Schweißgebadet blieb sie liegen und versuchte, nicht an die Leichen vor der Metzgerei zu denken, nicht an die Blutlache, die Schaufensterdekoration aus Hirn, Leber und Tierkadavern. Es war nicht ihre Stadt. Die Schüsse gingen sie nichts an. Auch die Toten gingen sie nichts an, nur die Lebenden.

Sie versuchte, ein paar Seiten zu lesen, aber die Worte und Sätze waren wie eine undurchdringliche Tür, die sie verständnislos mit den Augen abtastete. Als sie glaubte, müde genug zu sein, löschte sie das Licht, doch sobald es dunkel war, fühlte sie sich wieder hellwach. Also Entspannungsübungen: einatmen, ausatmen, den Atem fließen lassen bis zur Kopfhaut, zurück bis unter die Fußsohlen und wieder ausatmen, einatmen, den Atem fließen lassen, sich von Kopf bis Fuß als Einheit spüren – normalerweise klappte das ganz gut, aber ihre Gedanken ließen nicht locker.

Wie wurden Kinder gezeugt – in den Bilderbüchern gab es dafür stets einen Papa und eine Mama, Punkt Punkt Komma Strich, und die Samen flossen als lustige kleine Kaulquappen durch einen Sprechblasenkanal vom Strichmännchenpapa zur Strichmännchenmama und tanzten dort mit dem Ei, heididei. Doch wie sah dieser Strichmännchenpapa in Wirklichkeit aus? Wie breit war sein Mund, welche Farbe hatten seine Haare, wie klang seine Stimme, sein Lachen, war er dick oder dünn, sah er gern die Sportschau, konnte er auch Pfannkuchen backen wie der Papa von Luzies bester Freundin Jara?

»Sieh in den Spiegel«, hatte Sonja gesagt, »du siehst ihm ähnlich, die dunklen Haare hast du von uns beiden, aber die Augen von ihm …«

Sie hatte diese Gespräche gehasst und war ihnen am liebsten aus dem Weg gegangen, indem sie schnell das Thema wechselte oder sagte, sie müsse dringend telefonieren oder vorschlug, sie könnten ja am nächsten Nachmittag zusammen ins Kino gehen.

Als Luzie dreizehn war, hatte Sonja versucht, ihrer Tochter die Vorgeschichte nüchtern zu erklären, ohne Firlefanz, nur die nackten Tatsachen: Es gab da einmal einen Mann, bei einem Campingurlaub in Italien, mit dem sie geschlafen hatte, es hatte sich eben so ergeben, und ein paar Wochen später hatte sie entdeckt, dass sie schwanger war, und beschlossen, das Kind – »das warst du, Luzie« – zu bekommen und allein großzuziehen.

»Und er ist nie wieder aufgetaucht?«

»Tja, weißt du ... Weißt du was? Überraschung, Überraschung! Ich hab Karten für das Madonna-Konzert bekommen ...«

Nach diesem Gespräch hatte Luzie nie wieder nach ihrem Vater gefragt. Anscheinend war die Auskunft zufriedenstellend gewesen und half, den Vater in den Hintergrund zu rücken. Im Vordergrund standen nun Schwärmereien für Jungen in ihrem Alter, erste Verliebtheiten, Händchenhalten, der erste Kuss, der erste Freund. Über alles hatten Mutter und Tochter ganz offen geredet, natürlich über Empfängnisverhütung und Aids und woran man, außer durch Gänseblümchenblätterzählen, merkte, ob an einem Flirt mehr dran war oder weniger, und dass man die Männer lieber an der langen Leine laufen ließ, als ihnen hinterherzurennen, und Luzie hatte sich voll und ganz in die Pubertät gestürzt, mit Haut und Haaren, und sich bei Sonja Rückhalt geholt, und alles war gut gewesen, alles, alles. Jahrelang. Bis zu dem Tag, als Luzie den kleinen Koffer fand.

Es war Ende März gewesen, ein verregneter Tag. Zusammen mit zwei Freunden war Luzie auf den Dachboden gestiegen, um den alten Schrank ihrer Urgroßmutter, in dem Winterjacken und dicke Mäntel aufbewahrt wurden, drei Stockwerke runter in ihr Zimmer zu schleppen, wo sie ihn später abbeizen wollte. In dem Verschlag unter dem Dach lagerten alle möglichen von Sonja ausrangierten, nicht mehr in die Zeit passenden, störenden Dinge. Luzie hatte zu stöbern begonnen ...

Der Karton war ganz unscheinbar. Hellbraune Pappe,

mehrfach benutzt, mit eingerissenen Grifflöchern. Sonja hatte ihn damals in die hinterste Ecke geräumt, er enthielt Erinnerungen an ihre eigene Kindheit: ihre ersten Schuhe, ein altes Mensch-ärgere-dich-nicht-Spiel, eine Puppe, Stofftiere, eine kaputte Flöte, alte Schulhefte, viele Bilder, die Sonja als Kind gemalt hatte. Und einen uralten kleinen braunen Lederkoffer, in dem Sonja als Kind ihre Puppenkleider aufbewahrt hatte. Und später das Wenige, was von Antonio geblieben war …

Sonja wälzte sich von einer Seite auf die andere – und mit ihr wälzten sich Gedanken über alles, was sie wann falsch gemacht hatte, wälzten sich Worte, die sie hätte sagen sollen und andere, die sie besser heruntergeschluckt hätte.

Luzie hatte Sonjas Zimmer betreten, den kleinen Koffer in der Hand. Wortlos hatte sie ihn aufgeklappt und alles, was darin lag, auf dem Fußboden ausgeschüttet: den braunen Umschlag, das Foto, die Postkarte, den roten Glücksbringer.

»Woher …?«

Luzie hatte das Foto herausgefischt und demonstrativ hochgehalten. »Ist er das? Ist das mein Vater?«

Sonja hatte genickt.

»Und er heißt … warte mal« – Luzie hatte so getan, als lese sie die Postkarte zum allerersten Mal –, »er heißt Antonio?«

Sonja hatte sich geräuspert und genickt.

»Und weiter?«

Achselzucken.

»Aber er hat deine Adresse, ja?« Luzies Tonfall war schriller geworden. »Er hat dir geschrieben?«

»Nur einmal«, hatte Sonja kleinlaut gesagt. »Das da. Mehr nicht.«

»Und du hast ihn belogen«, hatte Luzie daraufhin gebrüllt. »Du hast ihm verschwiegen, daß es mich gibt oder geben wird, stimmt das, ist das die Wahrheit? Du wolltest mich ganz für dich haben? Ist es das?«

»Quatsch! Nein! … Ich …«

Doch Luzie hatte ihre Mutter nicht mehr zu Wort kommen lassen. Sie hatte angefangen zu schreien und Sonja wüst zu beschimpfen. Es folgte Türenknallen, dann Totenstille. Und zwei Stunden später war Luzie weg gewesen. Ohne ihre Mutter nur noch eines Blickes zu würdigen.

Als sie das dritte Mal aufwachte, war es draußen schon hell. Sonja fühlte sich wie zerschlagen.

Die Stadt der Sinne war offenbar schon lange auf den Beinen. Jedes Autohupen wurde wie durch einen Trichter verstärkt in ihre Kammer gelenkt, die sich außerdem im Fadenkreuz diverser Fernsehsendungen befand, die hinter den Wänden und Zimmerdecken hysterisch gegeneinander auftrumpften. Irgendwo wurde lautstark gestritten, es war nicht klar, ob auf dem Bildschirm oder in echt. Sonja zog sich die Decke über den Kopf und tauchte ab in einen Luxuswunsch nach einem hellen, komfortablen, ruhigen, klimatisierten Hotelzimmer: mit leisem Meeresrauschen, Blick auf den silberblau schimmernden Golf von Neapel einschließlich der unvergleichlichen Silhouette von Capri, dazwischen Platz für Segelboote und angenehme Träume …

Je schneller ich Luzie finde, desto schneller bin ich wieder weg, dachte sie, sprang entschlossen aus dem Bett, warf sich eine Hand voll Wasser ins Gesicht, zog sich an und beschloss, auf keinen Fall in der Pension zu frühstücken. Eine zweite Portion Trostlosigkeit würde sie nicht ertragen.

6

Es war sehr früh, als Commissario Gentilini sein Büro betrat, kurz nach sechs. Seit er vor einem halben Jahr aufgehört hatte zu rauchen, hatte er sich angewöhnt, den Tag früh zu beginnen. Das war keine heroische Entscheidung, er musste sich nicht zwangshalber jeden Morgen aus dem Bett quälen, um eine Angewohnheit durch die nächste zu ersetzen. Es war einfach so, dass er, der notorische Langschläfer und Morgenmuffel seit frühester Jugend, neuerdings jeden Morgen gegen halb sechs aufwachte. Und fit war, hellwach. Sein Körper befand sich offenbar massiv im Umbruch.

»*Midlife crisis*«, hatte sein Kollege Stefano diagnostiziert. »Mit vierundvierzig bist du einfach dran. Such dir 'ne Fünfundzwanzigjährige, das wirkt Wunder, geschieden bist du zum Glück ja schon.« Stefano di Maio hatte fünf Kinder und war glücklich verheiratet, was ihn vor gewissen Männerphantasien offenbar nicht schützte.

Livia, eine gute Freundin von Gentilini, hatte es anders ausgedrückt: »Auch Männer kommen in die Wechseljahre, Gennaro, wusstest du das nicht?«

Nein, das wusste er nicht.

»Und das Gieren nach einer jungen Frau ist nichts anderes als ein Leugnen des Älterwerdens.«

Aha. Wenigstens ein Trost. Denn er verspürte diese Gier nicht. Er hatte sich seit der Trennung von Rosaria nicht mehr verliebt und zuletzt vor über einem Jahr eine nackte Frau in den Armen gehalten, ein großes Missverständnis nach irgendeiner Vernissage, zu der Livia ihn mitgeschleppt hatte.

»Eine Zeit des Umbruchs.«

Das schon eher.

»Eine große Chance, dein Leben zu verändern, alles über den Haufen zu werfen, durcheinander zu rühren und neu zu sortieren.«

Hmm. Es musste ja nicht gleich alles sein. Aber mit dem Nichtrauchen hatte es begonnen, und zwar in dem Moment, als Gentilinis dreizehnjähriger Sohn Giorgio wie selbstverständlich ein zerdrücktes Päckchen Marlboro aus der Jeansjacke gefischt und sich eine Zigarette angezündet hatte. Er hatte auch seinem Vater eine angeboten, und dieser hatte im ersten Moment automatisch zugreifen wollen. Dann war er fuchsteufelswild geworden. Sie hatten sich schließlich darauf geeinigt, dass Giorgio von seinem Vater zweitausend Euro bekäme, wenn er es schaffte, bis zum achtzehnten Geburtstag keine Zigarette mehr anzurühren. Zweiter Teil der Abmachung: Gentilini musste ab sofort aufhören zu rauchen.

Seither hatte er drei Kilo zugenommen, joggte aber zum Ausgleich zweimal pro Woche am Lungomare oder im Park der Villa Comunale und wachte morgens automatisch gegen halb sechs auf. Er schlürfte dann auf der Terrasse einen Espresso mit viel Zucker, aß dazu zwei, drei Kekse, wässerte die Pflanzen und ging danach zu Fuß zur Arbeit.

Von seiner Wohnung in den Quartieri Spagnoli bis zur Questura in der Via Medina brauchte er speziell morgens, wenn außer ihm kaum eine Menschenseele unterwegs war, nur knapp zehn Minuten. Mittlerweile genoss Gentilini diese spezielle Stimmung am frühen Morgen, wenn die lichten Seiten der Stadt sanft schimmmerten, wenn der allgegenwärtige Verkehrslärm und das Chaos noch schliefen – und die meisten seiner Kollegen auch. Zwischen sechs und acht konnte er konzentrierter arbeiten als während der restlichen Stunden des Tages, er las Berichte, schrieb Protokolle, studierte Akten, recherchierte im Internet, dachte nach.

Zwei Tote am Montag. Am Wochenende hingegen kein einziger, das war schon was, das schmeckte beinahe nach Frieden. Aber eben doch nur beinahe. Der Eindruck verflüchtigte sich ebenso schnell wie die Kühle des Morgens. Letzte Woche hatte es bei einer Auseinandersetzung zweier Banden vier Tote gegeben, allesamt draußen in Scampia. In Castellammare war der Besitzer eines Nachtclubs niedergestochen worden, in Portici hatte ein Mann seinen Schwager erschossen. Und täglich kamen neue Fälle dazu. Der Wert eines Menschenlebens tendierte allmählich gegen null.

Trotzdem war die Rate der Aufklärung von Verbrechen im Schnitt höher als die der Verurteilungen. Immer wieder wurden Kriminelle, die Gentilini und seine Kollegen nach aufwendigem Zusammentragen von Beweisen endlich hatten verhaften können, nach Ablauf der Untersuchungshaft wieder auf freien Fuß gesetzt, weil die Fristen bis zum Prozessbeginn abgelaufen waren. Wenn es ausnahmsweise doch zu einer Verurteilung kam, standen schon am nächsten Tag vier Nachwuchscamorristi auf der Matte. Das Wort Katastrophe war geprahlt. An die fünfzigtausend Verfahren waren aktuell anhängig. Die Gerichte erstickten geradezu in Akten, und schon arbeitete er an weiterem Trockenfutter für die Vorratskammern der Justiz.

Der Drogenhandel war ironischerweise der einzige Sektor, auf dem Neapel samt Hinterland Anschluss an den Weltmarkt gefunden hatte – allerdings wurde der Konkurrenzkampf derzeit nicht über Angebot und Nachfrage geregelt, sondern mit Handfeuerwaffen, die problemlos in Ex-Jugoslawien und Albanien beschafft wurden. Im letzten Sommer war das Gleichgewicht unter den Clans, speziell was den Markt für harte Drogen betraf, aus dem Lot gekommen. Durch die Verhaftung eines Clanbosses und den offenbar natürlichen Tod eines weiteren wichtigen Camorristen war ein Machtvakuum entstanden. Mehrere Clans hatten sofort begonnen, ihren Einflussbereich auszuweiten, kriminelle Emporkömm-linge hatten versucht, auf eigene Faust zu arbeiten, neue Allianzen waren entstanden, unter anderem mit dem Ziel, sich gegenseitig auszuschalten. Im Vergleich zum Camorrakrieg der achtziger Jahre waren die Sitten noch kaltblütiger und brutaler geworden. Verrohung auf jeder Ebene. Schon beim geringsten Anlass wurde geschossen, oft genug traf es Unschuldige.

Was allerdings nicht für die beiden Opfer von gestern galt. Giuliano Amato und Angelo Benincasa gehörten beide zum engeren Kreis um den Mariani-Clan, der das Viertel Montesanto kontrollierte. Die Mariani wiederum waren seit Urzeiten mit den Sanguinelli verfeindet, außerdem spielte natürlich auch hier wieder der Machtanteil im Drogengeschäft eine Rolle. Anfang April war das Auto des ältesten Mariani-Sohns in die Luft geflogen, zum Glück war niemand zu Schaden gekommen. Eine Woche später hatten Kinder beim Spielen in einer Bauruine in Aversa einen Onkel von Enrico Mariani tot aufgefunden. Vorletzte Woche hatten die Sanguinelli die Haftentlassung des ältesten Sohnes Riccardo gefeiert, vielleicht eine Spur zu feucht und ausgelassen, was wiederum die Mariani genutzt hatten, um im wahrsten Sinne des Wortes zurückzuschießen, nämlich auf den jüngsten Spross des Clans, Alfredo Sanguinelli, der seither schwer verletzt und schwer bewacht im Krankenhaus Cardarelli lag.

Nach der Schießerei in den Quartieri sah es ganz so aus, als würde sich die Dauerfehde nun auch auf Nichtverwandte ausweiten.

»Logisch, der Doppelmord ist eine Antwort auf den Überfall in der Via Santa Teresa Degli Scalzi vor zehn Tagen«, hatte Ispettore Cava getönt.

»Einen Doppelmord als *Antwort* zu bezeichnen, ist verharmlosend und euphemistisch zugleich«, hatte Gentilini schlecht gelaunt erwidert, obwohl Cava inhaltlich vermutlich Recht hatte.

»Euphe-was?«, hatte Cava misstrauisch gefragt.

»Euphemistisch. Beschönigend. Ein Doppelmord ist nicht schön. Und auch keine Antwort auf eine Frage. Antworten bestehen, wie das Wort schon sagt, aus Worten, nicht aus Projektilen.«

Cava war rot angelaufen, weil er wieder einmal in eine der Fallen gestolpert war, die Gentilini von Zeit zu Zeit auslegte. Animositäten waren in einem so großen Betrieb völlig normal. Dass Cava und Gentilini sich nicht ausstehen konnten, war ein offenes Geheimnis. Gentilini allerdings saß auf der Karriereleiter ein paar Sprossen höher.

»Dann eben Rache«, hatte Cava wütend erwidert und diesen Impuls vermutlich problemlos nachvollziehen können. »*Va bene così, professore*?

»Schon besser«, hatte Gentilini kühl erwidert.

Er verabscheute diese sinnwidrigen, vorgestanzten Formulierungen, wie die Medien sie seit Berlusconis Machtantritt verstärkt in Gebrauch hatten. Alle Welt benutzte sie, auch ihm selbst passierte das zuweilen, aber er konnte die Verflachung, Verdummung und Verrohung einfach nicht unkommentiert hinnehmen. Cava wiederum speiste seinen Wortschatz und seine Halbbildung überwiegend aus den Quellen von TV, Sportschau, Werbespots und Co. Der Ispettore würde es ihm heimzahlen, das wusste der Commissario. Vor allem aber war Cava ein Opportunist ersten Ranges mit feiner Nase für jedwede Machtveränderung im Universum der Kriminalpolizei. Auch bei Gentilini hatte er sich vor drei Jahren anzudienen versucht, ohne Erfolg. Jetzt arbeitete er im Team von Coppola, der jedoch seit drei Monaten krankgeschrieben war. Das bedeutete, dass Gentilini und di Maio die Arbeit von Coppolas Team mit betreuten, und das wiederum bedeutete, dass sie häufiger mit Cava zu tun hatten, als ihnen lieb war.

Gentilini stand auf und reckte sich. Er trat ans Fenster. Von seinem Büro aus sah er einen schmalen Streifen Meer. Was hieß da schon Meer. Hafen. Drecksbrühe. Er sollte wieder einmal auf die Inseln fahren, er war schon viel zu lange nicht aus Neapel herausgekommen. Ein Cousin von ihm war Kapitän auf den Fährschiffen der *Caremar*. Vielleicht konnte er es am nächsten Sonntag mit Giorgio und Isabella einrichten. Papawochenende. Sofern es dabei blieb. Er fing leise an zu summen.

Draußen auf dem Flur ertönten Schritte. Es klang wie ein zweibeiniger Elefant. Gentilini blickte erstaunt auf die Uhr. Schon zehn nach acht. Die Tür flog auf. Stefano di Maio stand im Raum.

»*Buon giorno, Gennà*«, dröhnte er mit seinem vollen Bass und steuerte mit festem Schritt auf seinen Schreibtisch zu.

»*Ciao, Ste. Tutto bene?*«

Sein Kollege strahlte über das das ganze Gesicht. »Klar. Wieso auch nicht? Zwei neue Leichen. Alle Welt ist am Stöhnen, aber uns geht die Arbeit nicht aus.« Er rieb sich die Hände.

»Deinen Humor möchte ich haben«, brummte Gentilini.

»Wieso Humor? Harte Tatsachen sind das.« Di Maio ließ sich schwer auf den Stuhl fallen. Er war etwa eins sechzig groß und hatte sein Gewicht in den vergangenen Jahren verdoppelt, was ihn nicht im Geringsten störte. »Und selbst? Was machen die Frauen?«

Gentilini verdrehte die Augen. »*Ste, ti prego ...*«

Die tägliche Frage nach den Frauen hatte vor einiger Zeit die tägliche Frage nach der Liebe abgelöst. Ganz offensichtlich war beides nicht identisch, diese Einsicht hatte sogar di Maio ereilt. Seit Gentilini wieder allein lebte, lud Stefano ihn alle paar Wochen zu sich nach Hause zum Abendessen ein, und dazu meistens irgendeine Freundin des Hauses, die auch Single war. Diese Tatbestände vorsätzlich versuchter Kuppelei waren bisher jedoch nicht von Erfolg gekrönt. Aber Stefano ließ nicht locker.

»Wen hattest du gestern im Auto dabei? Wer war das? Raus mit der Sprache!«

Gentilini hob die Augenbrauen. »Führst du deine Vernehmungen auch mit dem Holzhammer durch?«

Di Maio schnitt eine Grimasse und hängte sich ans Telefon. »Peppino, zwei *caffé,* ja, mit Zucker, *vabenegrazieciao.*«

Gentilini schwenkte den Zeigefinger. »Du weißt doch, dass du mich nicht bestechen kannst.«

»Also?«

»Na gut. Jedenfalls keine Fünfundzwanzigjährige. Zufrieden?«

»Fürs Erste«, grinste di Maio und gähnte ausgiebig. »Gibt's was Neues zu Amato und Benincasa?«

Gentilini zuckte die Achseln. »Das Motorradkennzeichen war gefälscht. Aber das ist ja nichts Neues. Der Bericht der Gerichtsmedizin ...«

Das Telefon klingelte. Gentilini nahm ab. Er stöhnte lautlos, drehte sich dann weg. Es war Rosaria.

»Ja ... Nein ... Ja, natürlich, aber ... Wieso zum Teufel ... Ja ... Klar ... Also dann.« Er legte auf.

»Lass mich raten – deine Ex?«

»Hellseher.«

»Hat sie das nächste Papawochenende abgesagt?«

»Nein, den Mittwochabend.«

Gentilini und seine geschiedene Frau Rosaria hatten nach zähen Verhandlungen vor Gericht eine Dauervereinbarung getroffen, die vorsah, dass die Kinder jeden Mittwochabend, jedes zweite Wochenende und vier Wochen der Sommerferien bei ihrem Vater verbrachten. Oft kam es allerdings vor, dass Gentilini berufsbedingt einen Termin nicht einhalten konnte. Mord und Totschlag scherten sich einen Dreck um seinen Terminkalender. Seine Exfrau rächte sich dann, indem sie ihrerseits Termine absagte und als Grund die Schule oder die Freizeit der Kinder vorschob: »Isabella hat am Mittwoch Generalprobe mit der Theatergruppe« oder »Giorgio ist am Wochenende von einem Freund zum Segeln eingeladen worden, das gönnst du ihm doch sicherlich ...« Klar gönnte er seinen Kindern alles. Auch dass sie ausgerechnet Mittwochabend von Rosarias Bruder, der sich alle Jubeljahre allergnädigst von Mailand nach Neapel herabließ, zum Pizzaessen eingeladen waren.

Es klopfte. Der neue Laufjunge der Bar an der Ecke kam herein, er trug ein Tablett mit zwei kleinen Plastikbechern, die mit Alufolie abgedeckt waren.

»In Plastikbechern?«, dröhnte Stefano vorwurfsvoll.

Der Barjunge, der höchstens vierzehn war, sah ihn erschrocken an. Aber di Maio lachte bereits und hielt ihm ein Zweieurostück hin. »Rest für dich. Und nächstes Mal bringst du uns richtige Tassen.«

»Natürlich, Signor Commissario. *Millegrazie*.«

»So kommt er wenigstens nicht auf die Idee, auf die falsche Seite zu wechseln«, kommentierte Stefano, als der Junge den Raum verlassen hatte. »Gute Arbeit wird auch gut entlohnt.«

Gentilini nahm die Alufolie vom Becher. »Und du meinst, zwei Euro sind genug?«

»Bin ich Krösus?«

Das Telefon klingelte erneut. Di Maio nahm ab. Er lauschte, dann bedeckte er die Sprechmuschel mit der Hand. »Moment. Für dich, Gennaro. Cava. Er will sich mit dir aussöhnen.«

»Cava?« Gentilini streckte die Hand nach dem Hörer aus.

Cava war tatsächlich am Apparat. Aber nicht mit dem angekündigten Anliegen. Er hatte gerade den Anruf erhalten, dass im Hafenbecken eine Leiche trieb. Vielleicht Selbstmord. Vielleicht auch nicht.

»Ist Massone denn noch nicht da? Beim Zahnarzt? Gut, einer von uns kommt mit.«

Gentilini legte stöhnend auf. Dann drohte er di Maio mit der Faust.

7

Die Frage war nur, wie Sonja ihre Tochter in der riesigen Stadt finden wollte. Sie war halsüberkopf abgereist. Lion fand ihr Vorhaben so absurd wie aussichtslos.

»Du suchst die berühmte Stecknadel im Heuhaufen«, hatte er gesagt. Vermutlich hatte er deshalb für alle Fälle seinen alten Freund Gentilini mobilisiert.

»Meine Tochter ist keine Stecknadel«, hatte Sonja hilflos protestiert.

Natürlich war auch sie nicht frei von Pessimismus und Zweifeln, diesen Energieaussaugern namens *Das-wird-sowieso-nichts, Lass-es-bleiben, Das-klappt-nie-im-Leben.* Aber sie fand es allemal erträglicher, die Sache planlos anzupacken als tatenlos zu Hause zu sitzen.

Sie würde auf ihren weiblichen Spürsinn vertrauen, hatte sie Lion entgegengehalten. Das war ein Gebiet, auf dem Männer selten mitreden konnten. Und ein gutes Argument, um unangenehme Diskussionen zu beenden. Aber wie sie konkret bei der Suche vorgehen sollte, wurde dadurch kein Stück klarer. Weiblicher Spürsinn schön und gut – in manchen Situationen war das nicht mehr als eine wohlfeile Floskel und basierte überdies ganz wesentlich auf Neugier. Doch Neugier verspürte Sonja nicht für fünf Cent. Kein bisschen Neugier auf das Auftauen eines eingefrorenen Stücks Vergangenheit. Und schon gar keine Neugier auf ein *face-to-face* mit dem Erzeuger ihrer Tochter. Wenn sie schon mit weiblichem Spürsinn kokettierte, musste sie auch damit rechnen, dass er ihr tatsächlich irgendwo in Neapel über den Weg lief. Was würde sie dann sagen? Würde sie ihn überhaupt erkennen? War er alt geworden, hatte er Falten, graue Haare, eine Glatze, einen Bauch? Hatte er sich vom jugendlichen Sponti mit Jeans, Gitarre und Turnschuhen in einen Bürohengst in Anzug und Krawatte verwandelt wie etliche ihrer Bekannten von damals? Hatte die Zeit an ihm ihre Zähne gewetzt, oder trug er den ewigjungen Verführer zu Markte – wie der etwa fünfzigjährige braun gebrannte Neapolitaner, der soeben die in der Nähe der Pension gelegene Bar betrat, Sonja über den Rand seiner Armani-Sonnenbrille hinweg taxierte und sich neben sie an die Theke stellte?

Sie biss in ein Blätterteigteilchen, das außen knusprig und innen weich war, irgendeine Ricottavariation. Lecker, aber schwer zu essen – die Hälfte landete zu ihrem Bedauern auf dem Fußboden.

»*Gianni, dai, dà un'altra sfogliatella alla signora!*« Der Mann zeigte blendend weiße Zähne und nickte ihr zu.

Sie konnte nicht protestieren, weil sie noch kaute, aber sie winkte mit Nachdruck ab.

»Woher kommen Sie?«

Nicht zu antworten war idiotisch. »Aus Frankreich.«

»*Bella la Francia.*«

»*Sì.*«

»*Parigi?*«

Warum eigentlich nicht. Oder? Nein, lieber aus Marseille.

»*Marsiglia.*«

»Sie sprechen gut Italienisch.«

Diese Nummer schon wieder …

»Mein Mann ist Italiener«, sagte sie lächelnd.

»*Ho capito … di Napoli?*«

»Ja, aus Neapel.«

Daraufhin rückte der Mann wieder auf normale Distanz von ihr ab, bestellte einen Espresso und begann ein Gespräch mit dem Barmann.

Wunderbar, wie das immer wieder klappte. Sobald sie den nicht existenten Ehemann aktivierte, wurde sie in ganz Italien in Ruhe gelassen. Meistens jedenfalls.

Diesmal aber hatte die kleine Szene einen bitteren Beigeschmack: *mein Mann aus Neapel …* Ein paar Monate nach der folgenreichen nächtlichen Begegnung hatte Antonio ihr eine Postkarte vom Vesuv geschickt und auf die Rückseite irgendein Gedicht gekritzelt, noch dazu auf Neapolitanisch, das Sonja weder entziffern noch verstehen konnte. Und als Unterschrift nur knapp: Antonio, und eine Zeile darunter di Napoli – für den Fall, dass sie mehrere Antonios auf Lager hatte, darunter immerhin einen aus Neapel ...

Vor dem Abschied hatte sie ihm ihre Adresse auf eine Packung MS gekritzelt, er hatte ihr seine Telefonnummer auf den Handrücken geschrieben. Mehr nicht. Am Tag danach hatte Sonja die Nummer unter A wie Antonio in das kleine Adressbuch mit dem chinesischen Einband übertragen, das voll war mit Adressen und Telefonnummern von Leuten aus der ganzen Welt, die sie irgendwo mal getroffen hatte, beim Trampen in Südfrankreich, in Kopenhagen, aber nie wiedersehen würde. Dass sie nach dieser einen Nacht schwanger sein würde, hatte sie ja nicht ahnen können.

Sonjas Gedanken wanderten zu dem Tag, an dem sie sich durchgerungen hatte, endlich den Test zu machen, den sie schon eine Woche zuvor gekauft hatte. Ungläubig hatte sie auf die beiden Abschnitte auf dem Teststreifen gestarrt, die sich verfärbt hatten und eindeutig *schwanger* signalisierten – *schwanger, schwanger, schwanger* –, verschwörerisch, wissend, unmissverständlich. Das war mehr als zwanzig Jahre her. Sie hatte unbändige Freude verspürt und ebenso große Angst. Aber sie hatte sofort gewusst, dass sie dieses Kind wollte. Es war da, es gehörte zu ihr. Sicher, sie hätte sich davon befreien können, sie hatte keine moralischen Bedenken, aber eine Abtreibung war ihr nicht eine Sekunde lang in den Sinn gekommen.

Später am Tag war sie lange rastlos um das Telefon gekreist. Schließlich hatte sie die Nummer gewählt, die Antonio damals auf ihren Handrücken geschrieben hatte, und diese Frau war am Telefon gewesen, auch am nächsten Tag …

Schluss mit den unseligen Erinnerungen. Sie bestellte einen weiteren Espresso und widmete sich wieder der Liste, die sie auf einem kleinen Block zusammengestellt hatte. Darauf hatte sie die Orte verzeichnet, an denen sie nach Luzie suchen würde. Ganz oben stand: *Sprachenschulen und Pensionen*. Darunter: *angesagte Cafés, Bars, sonstige Treffpunkte*. Eine weitere Kategorie hieß: *Buchläden, CD-Läden, Schuhläden etc.*

Beginnen würde sie mit den Sprachenschulen. Luzie konnte ja nur ein paar Brocken Pizzeria-Italienisch, aber sie kommunizierte gern und viel. Außerdem lernte sie Fremdsprachen schnell und leicht. Sollte sie ihren Vater, auf welchem Weg auch immer, tatsächlich ausfindig machen, dann würde sie ihn nicht nur mit großen Augen anstarren, sondern vor allem mit ihm reden wollen, was sonst. Und das hieß zu allererst, Italienisch zu lernen.

Sonja schrieb *Museen, Galerien* in die nächste Zeile. *Pompeji, Capri etc.* Vielleicht hatte Luzie den Kontakt zu deutschen Institutionen in Neapel gesucht? Sie notierte *Konsulat* und *Goethe-Institut*, setzte aber mehrere Fragezeichen dahinter.

Sie hatte Maris gefragt, ob sie sich noch an die Namen der anderen drei Neapolitaner erinnerte, die damals auf dem Zeltplatz in Venedig mit dabei waren. Einer hieß offenbar Sergio. »Das war der mit den kurzen Beinen«, hatte Maris sich erinnert, »und der andere mit der Brille, warte mal, nee, sorry, echt keine Ahnung, das ist einfach zu lange her.«

Sie fragte den Barmann nach einem Telefonbuch, um nach den Adressen der Sprachenschulen zu suchen.

»*Mi dispiace, signora.*« Telefonbücher seien in Neapel eine Rarität, fügte er hinzu.

»Können Sie mir sagen, wie ich zur Touristeninformation komme?«

Er schnalzte bedauernd mit der Zunge. »Da kenne ich mich nicht aus. Bin ich ein Tourist? Nein, ich stehe hinter der Theke, sieben Tage die Woche.« Er beschrieb ihr den Weg zur Kirche San Domenico Maggiore. Am Zeitungskiosk auf dem Platz vor der Kirche arbeite ein Cousin von ihm. Dort solle sie weiterfragen.

Doch schon das Vorwärtskommen war alles andere als einfach. Auf der Via Tribunali herrschte ein Chaos, das dem Klischee vom regen Treiben in einer süditalienischen Stadt voll und ganz gerecht wurde. Ständig musste Sonja auf hupende Autos achten, Frauen mit Kinderkarren ausweichen, zur Seite springen, wenn von Halbwüchsigen gelenkte Vespas rasant wie auf der Achterbahn um die Ecken brausten. Es war laut, eng, stickig und anstrengend, und die weiblich-intuitive Suche wurde Meter für Meter von einer Flut von Sinneseindrücken unterspült. Unentwegt gab es etwas zu sehen, zu hören, zu riechen, das verheißungsvolle Aroma von Espresso, frisch gebackenen Teigwaren, den Geruch nach Fisch, modrigem Mauerwerk. Da waren die lockenden Rufe der Verkäufer, Musikgedudel, lautstarke Gespräche, Kindergeschrei. Vor fast jedem Laden blieb Sonja stehen: vor Türmen von Nudelpackungen und Pyramiden aus Dosentomaten, vor Schaufenstern mit Spitzenunterwäsche und altmodischen Schlafanzügen, vor Käselaiben und Schweinefüßen und Armbanduhren, Gemüseständen mit Bergen von Orangen, Artischocken, Brokkoli, Tomaten, vor Plastikschüsseln voller Herzmuscheln, Venusmuscheln und Eimern mit lebenden Aalen und Calamari, vor Auslagen mit Kerzen und kitschigen Heiligenfiguren, vor den Vitrinen der vielen kleinen Geschäfte mit Haushaltswaren, Eisenwaren, Elektrobedarf – und endlich auch am Zeitungskiosk auf der Piazza San Domenico Maggiore.

Schlagzeile war der Doppelmord in den Quartieri Spagnoli. Sonja kaufte eine Zeitung, widerstand aber der Versuchung, sich auf die Stufen vor der Kirche zu setzen und zu lesen, was über das gestrige Blutbad berichtet wurde. Das konnte warten. Sie erkundigte sich nach dem Weg zum Büro der Touristeninformation. Es war nicht weit.

8

An den Wänden hingen Plakate mit den bekanntesten Sehenswürdigkeiten rund um den Golf von Neapel. Vier amerikanische Touristen belagerten den Informationstresen. Es ging unüberhörbar um die Frage, wie man an einem Tag die Ausgrabungen in Pompeji, eine Vesuvbesteigung sowie einen Besuch der Oper San Carlo kombinieren konnte. Zwei junge Neapolitanerinnen erklärten in gebrochenem Englisch, dass es sowieso keine Opernkarten mehr gebe, aber Theaterkarten hätte sie noch, *Napoli Milionaria* von Eduardo de Filippo.

»But we won't understand a single word!«, stöhnte eine der beiden Amerikanerinnen.

»Doesn't matter«, sagte der dazugehörige Mann. *»We get the local picture.«* Er kaufte vier Karten. Danach ging es eine Weile um Preise und Fahrzeiten von Vorortzügen,

Bussen, Taxis. Dann zog das Grüppchen ab. Endlich wandte sich eine der Angestellten Sonja zu. Sie musste ungefähr in Luzies Alter sein, hatte wie sie dunkle Augen und dunkle, lockige Haare, die mit vielen bunten Spangen zurückgesteckt waren. Ihr Blick wirkte abweisend und arrogant, aber vielleicht war nur eine Überdosis Langeweile daran Schuld.

»Deutsch?«

»*Sì.*«

Unaufgefordert bückte sich die junge Frau, griff unter den Tresen, legte einen Stadtplan und eine Broschüre auf die Glasplatte. Sonja dachte, dass Luzie vor ein paar Wochen an derselben Stelle gestanden haben könnte, um sich mit Informationen zu versorgen. Vielleicht hatte eins der beiden Mädchen auch ihr einen Stadtplan und eine Veranstaltungsbroschüre in die Hand gedrückt. Hatte Luzie nach einer preiswerten Pension gefragt, sich von der Gleichaltrigen Tipps fürs neapolitanische Nachtleben geben lassen? Vielleicht erinnerten sich die Mädchen ja an sie …

»Wo haben Sie so gut Deutsch gelernt?«, fragte Sonja und legte ihre ganze Überzeugungskraft in die Stimme. Ein Lob wirkte manchmal Wunder.

»An der Universität«, antwortete das Mädchen, ohne eine Miene zu verziehen.

»Toll«, strahlte Sonja sie an. »*Bravissima.*«

Ein erstes Lächeln wurde sichtbar. »*Parla italiano*?«

Sonja nickte. »*Un poco.* Aber nur ein bisschen.«

»Nein, sehr gut. Wo haben Sie gelernt?«

»An der Volkshochschule«, sagte Sonja, »wie heißt das auf Italienisch, *università del popolo* …«

»*Università popolare!*« Jetzt strahlte das Mädchen mit den Haarspangen, der Kontakt war hergestellt.

Sonja holte das Foto aus der Tasche, das sie schon Gentilini gezeigt hatte.

»Erinnern Sie sich zufällig daran, ob in letzter Zeit dieses Mädchen hier war?«

»Eine Deutsche?«

Sonja nickte.

Das Mädchen mit den Haarspangen musterte das Foto, schüttelte den Kopf. »Antonella, was meinst du?« Sie gab das Foto weiter. Ihre Kollegin zuckte die Achseln. »Keine Ahnung. Sieht gar nicht aus wie eine Deutsche. Spricht sie Italienisch?«

»Wenig. Aber sie will es lernen«, sagte Sonja. »Vielleicht hat sie sich hier nach einer Sprachenschule erkundigt.«

»Wann soll das gewesen sein?«

Die Tür ging auf, eine Gruppe japanischer Touristen kam herein, gleich hinter ihnen drei ältere deutsche Frauen.

»Vor drei oder vier Wochen.«

»Nach Sprachenschulen hat in letzter Zeit niemand gefragt. Aber hier kommen jeden Tag so viele Leute, Sie sehen ja selbst. Unmöglich, sich da an Einzelne zu erinnern.«

»Außerdem sind wir nicht jeden Tag da, nur montags bis mittwochs«, ergänzte das Mädchen mit den Haarspangen. »Kommen Sie übermorgen wieder, vielleicht wissen die Kolleginnen mehr.« Sie wollte sich den Japanern zuwenden, die es unübersehbar eilig hatten. Aber Sonja war noch nicht fertig.

»Welche Sprachenschule *hätten* Sie ihr denn empfohlen, *wenn* sie danach gefragt hätte?«

Aus den Untiefen des Informationstresens wurde ein schweres Telefonbuch hochgewuchtet und landete mit leichtem Knall auf der Glasplatte. Das Mädchen schlug die entsprechenden Seiten auf, versorgte Sonja auch mit Block und Kugelschreiber.

»Hier. Die meisten Sprachenschulen liegen im Zentrum. Wenn Sie mich fragen, ich hätte sie zu *De Filippo* geschickt«, sagte sie.

»*De Filippo? Sei impazzita* …?« Antonella, die den deutschen Frauen gerade die farblich verschieden markierten historischen Rundgänge durch die Altstadt erklärte, mischte sich von der Seite ein. »*Caruso* ist viel größer und vor allem billiger.«

Ihre Kollegin grinste. »Kriegst du von denen Prozente, Maria?«

Sonja zog sich an den Rand des Tresens zurück und schrieb sich die Adressen ab. Danach schlug sie auch unter *Pensionen* nach. Andauernd kamen Touristen herein. Als sie fertig war, verließ gerade eine Gruppe Italiener das Büro. Die beiden Mädchen wirkten ziemlich gestresst. Ihr kam eine Idee.

»Mögt ihr einen *caffè? Offro io.*«

Die beiden strahlten. »*Espresso, grazie, troppo gentile.*« Antonella rief in einer Bar an.

Während sie warteten, fragte Sonja, wo man in Neapel günstig übernachten konnte.

»Pension?«

»Ja, oder Privatzimmer. Egal.«

Maria zog die Augenbrauen hoch und lächelte verschmitzt. »Und jetzt wollen Sie wahrscheinlich wissen, welche Pension wir diesem Mädchen auf dem Foto empfohlen hätten, falls sie uns *zufällig* danach gefragt hätte, richtig?«

»*Fonseca*«, sagte Antonella ohne zu zögern. »Was meinst du?«

Maria nickte.

»Und die Pension *O sole mio*?«

Das Achselzucken war beredt genug.

Sonja schrieb dennoch die Telefonnummer ihrer Pension auf einen Zettel. »Nur für den Fall, dass sie in den nächsten Tagen zufällig hier reinschneit und ihr sie wiedererkennt ... Wäre es möglich, ihr das hier zu geben?«

Beide nickten.

9

Um zur Sprachenschule *Caruso* zu gelangen, musste man den Eingang finden, der ziemlich versteckt in einem schmalen Gang zwischen einer *Salumeria* und einem Schuhgeschäft lag. Sonja ging zweimal daran vorbei, bis sie ihn entdeckte. Nur ein winziges Schild wies auf die *European Language School Caruso* im zweiten Stock hin. Während sie die Treppen hochstieg, malte sie sich schon aus, dass sie auf Anhieb genau die richtige Sprachenschule erwischt hätte. Sie würde den Namen ihrer Tochter nennen, und sofort würde es heißen: »Aber natürlich, *certo*, *Lucia*, die besucht bei uns den Kurs B 2 ...«

»Kann ich etwas für Sie tun?«, fragte die Frau im Sekretariat leicht blasiert. Sie war blond, trug riesige goldene Ohrringe, hatte auch mit Make-up und Duftnoten nicht gespart, so dass Sonja einen Moment glaubte, sie hätte sich in der Tür geirrt. Dann aber entdeckte sie diverse Stapel Italienisch-Lehrbücher auf einem Tisch an der Wand.

»Ich suche eine junge Deutsche, die an einem Italienischkurs teilnimmt«, begann sie. »Anfänger vermutlich. Sie heißt Luzia Zorn.«

Die Miene der Frau verriet nicht, ob sie die Frage überhaupt gehört hatte. Sonja wiederholte ihr Anliegen. »Könnten Sie vielleich in Ihrem Computer nachsehen, welchen Kurs Luzia Zorn besucht?«

»Das machen wir eigentlich nicht ... Datenschutz, das kennen Sie in Deutschland ja sicherlich auch.«

»Natürlich.« Sonja lächelte genauso künstlich wie ihr Gegenüber aussah. Vielleicht förderte das die Kommunikation. »Das kennen wir genau.«

Typischer Zickenfeldzug, dachte sie. Ich will was von ihr, also lässt sie mich erst mal zappeln. Kennen wir alles. Vor fünf, sechs Jahren hatte Luzie diese weibliche Masche eine Zeit lang an ihr getestet, ähnlich wie sie ihre Wirkung vor dem Spiegel und das Rauchen und das Vegetariertum und das neue Joghurtmarilleneis vom Italiener an der Ecke ausprobierte. Wenn Sonja etwas fragte, hatte ihre Tochter mit den Augen gerollt und dann diesen gelangweilten, oberklugen Blick aufgesetzt, der zu sagen schien: Was willst du, he? Willst du Ärger? Egal, ich lass dich auflaufen, von mir bekommst du nichts, gar nichts, vor allem keine Antwort. Am Anfang war Sonja irritiert, ja verletzt gewesen, denn sie und Luzie hatten immer offen miteinander geredet, ohne Umwege, Falltüren, Trickserei. Dann hatte sie beschlossen, nicht mehr darauf zu reagieren. Sich weder aufzuregen noch auf die Tour einzugehen. Auch zum Zickenspiel gehörten mindestens zwei. Für eine Person allein war das Spiel langweilig. Nach einiger Zeit hatte Luzie von selbst wieder damit aufgehört.

Sonja lächelte noch immer und sah die Barbiepuppe mit dem Goldohrring dabei unverwandt an.

»Und worum geht es?«

»Um eine dringende Familienangelegenheit.«

Das musste reichen. Je weniger Drumherum, desto wirkungsvoller. Familie … Luzie hatte ja Recht. Dass sie sich auf die Suche machte. Nach ihrem Vater, nach sich selbst. Dass sie sich nicht abspeisen ließ mit wohlfeilen Sprüchen über Väter im Allgemeinen und die Freundschaft zwischen Töchtern und Müttern im Besonderen. Wahrscheinlich hätte Sonja sich an Luzies Stelle nicht anders verhalten: aufzubegehren, sich zu wehren gegen das Maß an Wahrheit, das ihr vorgesetzt wurde, sich nicht zufrieden zu geben mit der erstbesten Antwort, die ihr angeboten wurde. Was heißt hier *hätte* und *wahrscheinlich* … War Sonja nicht auch deshalb Journalistin geworden? Um weiterzubohren, beharrlich nachzuforschen, einer Sache bis zum Grund nachzugehen?

Sie atmete tief durch. Sie würde nicht eher wieder gehen, als bis dieses albern aufgeschminkte Geißlein mit den Modeschmuckohrringen sich endlich bequemen würde, ihrem Computer mit lackierten Fingernägeln ein paar Befehle zu erteilen. Die ganze Anspannung der letzten Tage und die nun aufsteigende Wut mündete in einen einzigen Satz, den Sonja in einen autoritären, aber dennoch sanften Tonfall bettete: »*Sono la mamma.*«

Kurze Pause. Ein Riss in der blonden Fassade.

Zauberwort. Es wirkte.

In den Augenwinkeln der Dame zeigten sich zwei hübsche Fältchen. »Wenn das so ist …« Sie wandte sich dem Computer zu. »Wie war noch der Name?«

»Luzia. Luzia Zorn.«

»*Un attimo* …« Die Frau tippte den Namen ein, stutzte, tippte weiter, betätigte diverse Tasten, seufzte. Sonja musste den Namen aufschreiben.

»LUZIA ZORN. *Ho capito, con la zeta.*« Wieder gab sie den Namen ein. Luzia mit Z statt mit C. Sie schüttelte den Kopf. »Nichts. Also bei uns ist sie auf jeden Fall nicht.« Damit war der Fall für sie erledigt.

Schade, es wäre aber auch zu schön gewesen, gleich bei der ersten Station einen Zufallstreffer zu landen.

Sonja hatte die Lage der Sprachenschulen im Altstadtplan markiert. Die nächste Schule, bei der sie nachfragen wollte, lag keine fünf Minuten entfernt schräg gegenüber vom majestätischen Portal des *Istituto Universitario Orientale*. Sie betrat einen schmucklosen Innenhof. Ein offenes Treppenhaus führte in die oberen Stockwerke. Auf der Treppe kamen ihr zwei schwatzende Asiatinnen entgegen, hinter ihnen, am Akzent leicht zu erkennen, eine Gruppe junger Amerikaner. Auch bei *De Filippo* saß eine Frau am Empfang, die aber freundlich und entgegenkommend war. Allerdings hatte Sonja auch hier kein Glück. Eine Lucia oder Luzia hatte in diesem Jahr noch nicht an den Kursen teilgenommen. Eine Lucille hingegen ja, auch eine Lucy.

Es war normal, es war zu erwarten gewesen, aber Sonja war plötzlich zum Weinen zumute.

Die Frau am Empfang sah sie mitfühlend an. »Was ist Ihre Glückszahl?«

Glückszahl? Was hatte das damit zu tun?

»Dreizehn«, murmelte Sonja automatisch, denn Luzie war an einem Dreizehnten zur Welt gekommen, am dreizehnten Juni, einem Donnerstag.

Jedes Mal, wenn ihr Geburtstag auf einen Freitag fiel, hatten sie etwas Besonderes organisiert, um dem Aberglauben und seinen vermeintlichen Anhängern ein Schnippchen zu schlagen. An Luzies zwölftem Geburtstag hatten sie eine Nachtwanderung unternommen. Die ganze Nacht hindurch waren Sonja, Luzie und dreizehn eingeladene Freundinnen unterwegs gewesen, mit Fackeln, Decken, Proviant und Geschichten. Um zehn Uhr abends waren sie gestartet, ab Mitternacht wurden stundenlang unter einer Trauerweide Gruselgeschichten erzählt und über einem kleinen Feuer Würstchen und Marshmallows gegrillt, das erste Vogelgezwitscher war der Auftakt zum Baden im See, während hinter den Baumwipfeln die Sonne aufging. Vor zwei Jahren war Luzie am Freitag, den dreizehnten, volljährig geworden. Sonja hatte ihr einen Flug nach New York geschenkt und es so eingerichtet, dass sie hoch über dem Atlantik mit Champagner auf Luzies neues Leben als Erwachsene anstoßen konnten …

Die Frau klatschte begeistert in die Hände. »*Tredici?* Das ist ja Sant' Antonio!«

Sonja stockte der Atem. »Antonio?« Sie sah die Frau entgeistert an.

»Jede Zahl von eins bis neunzig hat bei uns eine Bedeutung. Die Eins zum Beispiel ist Italia, die Neunzig *la paura*, die Angst, die Zweiundzwanzig *o pazzo*, der Verrückte, die Zweiundfünfzig die Mutter und so weiter. Und die Dreizehn ist eben Sant' Antonio. Er ist der Schutzheilige der Reisenden und der Liebenden und hilft in allen Lebenslagen. Besonders aber, wenn man etwas verloren hat.« Sie nickte aufmunternd.

»Meine Tochter, also Luzia, ist an einem Dreizehnten zur Welt gekommen«, sagte Sonja mit belegter Stimme.

»Wie Sant' Antonio! Dann wird er Ihnen bestimmt helfen.«

Als Sonja die Stufen wieder hinunterstieg, wusste sie nicht, ob sie weinen oder lachen sollte. Antonio, Schutzheiliger der Liebenden … Dann hilf mir gefälligst, meine

Tochter wiederzufinden, dachte sie grimmig. Doch vielleicht musste man erst eine größere Spende abliefern, bevor ein Heiliger sich an die Arbeit machte.

In der Via Mezzocannone kam sie an einem Kino vorbei. Neben dem Eingang warb ein Schild für eine Sprachenschule namens *Europa.* Wenn wir schon bei den Zahlen sind, dachte Sonja: Aller guten Dinge sind drei, jedenfalls im Märchen.

Der hinter dem Kino gelegene Hof war schmutzig und düster. In einer Ecke stapelten sich schwarze Plastiksäcke, einige davon waren aufgeplatzt, Müll quoll hervor. Sonja dachte schon, sie hätte sich im Weg geirrt, dann entdeckte sie ein weiteres *Europa*-Hinweisschild: fünfter Stock, immer höher hinaus. Leider entpuppte sich der Kraftaufwand als verlorene Liebesmüh: *Europa* war eine reine Fremdsprachenschule. Man konnte Deutsch, Französisch, Englisch, Russisch lernen, sogar die skandinavischen Sprachen, aber kein Italienisch.

»Sie werden sie sicherlich finden«, sagte ein kleiner Mann, den Sonja angesprochen hatte und der, wie sich herausstellte, Spanisch und Portugiesisch unterrichtete. Sie schätzte ihn auf mindestens siebzig. Er wirkte gütig und lebensweise, aber Sonja hatte Mühe, Zuversicht aufzubringen.

Er gab ihr den Rat, es auf der Piazza San Domenico Maggiore oder der Piazza Bellini zu versuchen. »Da finden Sie jede Menge Cafés. Wenn Sie in Neapel jemanden suchen, dann setzen Sie sich am besten in ein Café und warten ab – irgendwann kommt derjenige, den Sie suchen, mit Sicherheit vorbei.«

»Das kann ja ewig dauern«, sagte Sonja missmutig.

Er öffnete die Arme wie am Tag zuvor der Commissario und lachte. »Und wie lange dauert die Ewigkeit? Das kann niemand genau sagen. Vielleicht eine Stunde oder zwei Tage, drei Wochen, vier Monate, fünf Jahre …? Die meisten Dinge klären sich bis dahin ganz von allein.« Er hob den Zeigefinger. »Aber man muss Geduld haben. Wer es eilig hat im Leben, ist in Neapel fehl am Platze …«

Ja, dachte Sonja, als sie die Treppe hinuntertrottete. Genau so fühlte sie sich. Fehl am Platze. Hundeelend. Wie mit dem Serum der Vergeblichkeit geimpft. Lebensweisheiten waren immer nur ein Spielzeug derjenigen, die weit genug vom Ufer weg standen und sich nicht die Füße nass machten. Großer Katzenjammer also. Schuldgefühle. Eine Prise Selbstmitleid. Ratlosigkeit. Sich in ein Café setzen und warten? Dann schon lieber ins Kino, Luzie ging gern ins Kino. Also jeden Abend ins Kino gehen und im Dunkeln warten? Zum heiligen Antonio beten? Eine Kerze stiften?

Als sie durch den engen Gang auf die Straße trat, legte sich die schwüle Hitze um sie wie ein zu enges Kleid. Autos rumpelten über das unebene Straßenpflaster und sättigten die Luft mit Abgasen, jede Menge Leute drängten sich auf dem Gehweg aneinander vorbei. Irgendwo hoch über der Dunstglocke stand die Sonne fast senkrecht am Himmel. Sonja hatte Durst und sehnte sich nach einer stillen Ecke. Nach Schatten. Nach Vergessen. Was sie vor wenigen Stunden fasziniert hatte, die Vielfalt, das Gewimmel, die Vitalität, stieß sie nun ab. Sie war dem Durcheinander nicht gewachsen. Sie fühlte sich fremd und klein und mutlos. Gab es in diesem steinernen Herzen der Stadt nicht irgendwo eine ruhige Ecke, einen Flecken Grün, um den aggressiven Vespafahrern mit ihrem blödsinnigen quäkenden Gehupe und dem ganzen übrigen Durcheinander des Lebens wenigstens für einen Moment zu entkommen?

Plötzlich wusste sie die Antwort. Eine Kirche, dachte sie. Kirchen waren Orte, um zur Ruhe zu kommen, zu sich selbst oder zu dem, was jeder auf andere Weise unter Gott verstand. Und Kirchen gab es in Italien doch an jeder Straßenecke, sie war an etlichen vorbeigegangen. Während sie sich durch die Menschenmenge schob, dachte sie nur, bitte, lass alles dort auf mich warten, aber keinen heiligen Antonio …

10

Sie setzte sich in eine der Kirchenbänke und sah sich im Halbdunkel um. Marmorsäulen, Deckenfresko, in den Seitenkapellen düstere Barockgemälde. Santa Maria delle Anime del Purgatorio. Die Seelen im Fegefeuer. Dafür war es hier überraschend kühl und frisch. Wie schnell auch der Lärm verebbte und alles, was sie eben noch bedrängt hatte, verblasste. Zu hören war nur das Quietschen von Schuhsohlen, leises Gemurmel, das Klappen einer Tür. Ein Geruch nach modrigen, feuchten Mauern und nach Weihrauch lag in der Luft. Weiter vorn saßen zwei alte Frauen und beteten den Rosenkranz.

Sonja schloss die Augen, aber innerlich kam sie nicht zur Ruhe. Sie hatte es jahrelang versäumt, Luzies Sehnsüchte nach einem Vater abzufedern und aufzufangen. Wenn wir nur miteinander geredet hätten, dachte sie. An dem Tag, als Luzie den Koffer fand. Nein, vorher, lange vorher. Von wegen beharrlich einer Sache auf den Grund gehen, von wegen Offenheit und Aufklärung. Hätte sie Antonio nur öfter erwähnt, undramatisch, wie nebenbei, beim Abspülen, beim Kuchenbacken, beim Warten auf den Bus: dein Vater, ja, der war ein waschechter Neapolitaner, er konnte Gitarre spielen und singen und wusste ein paar Gedichte auswendig und, wie sah er aus, das hab ich dir doch schon so oft erzählt, also gut, nochmal von vorn, ein bisschen so wie du, glaube ich, das ist ja so lange her, die Augen, die Haare, der Mund, das kommt hin, die Nase hast du von mir und das Grübchen von Opa, ob ich in ihn verliebt war, was stellst du für Fragen, weiß ich nicht mehr, ja, natürlich war er ganz nett, warum er nicht bei uns geblieben ist, er wohnte doch in Neapel, das ist weit weg, warum wir nicht auch dort sind, aber wir leben doch hier in Hamburg, wie hätte das gehen sollen? Das ist kein Grund, sagst du? Also, hör mal …

Dieses Gespräch hatte nie wirklich stattgefunden, aber seit Luzie verschwunden war, formierte es sich in Sonjas Vorstellung in immer neuen Varianten und Bausteinen – wie ein Gewitter zwischen zwei Gebirgszügen, das erst abziehen kann, wenn die Spannung sich vollständig entladen hat.

Sie hätte Luzie von der Zeit vor ihrer Geburt erzählen müssen. Von der Fahrt nach Venedig in dem monströsen alten Opel Kapitän, den Maris über Kleinanzeigen für achthundert Mark erstanden hatte. Bis kurz vor Bozen war die Karre wunderbar gelaufen, dann begann der Kühler zu kochen, und sie mussten eine Werkstatt aufsuchen. Bei einem italienischen Fabrikat hätten sie zwei Stunden später weiterfahren können, so aber hatte die Reparatur zwei Tage gedauert. Eigentlich war der Opel Kapitän schuld … Wären Maris und Sonja nur zwei Tage früher an der Lagune von Venedig eingetrudelt, hätten sie Antonio und seine Freunde womöglich nie kennen gelernt. Vielleicht wäre der Campingplatz ausgebucht gewesen, oder sie hätten ihr Zelt am anderen Ende des

Areals aufgebaut, nicht direkt neben den vier jungen Neapolitanern, sondern vielleicht neben einem Pärchen aus Schweden, mit dem sich nicht mehr Kontakt ergeben hätte als ein Kopfnicken und einmal Salzausleihen – *thanks, you're welcome.*

Zwei Tage, dachte Sonja, und alles wäre anders gelaufen. Sie hätten die vier nicht auf der Fähre nach Venedig wiedergetroffen und dann ein zweites Mal auf einer der vielen kleinen Brücken über die Kanäle. Sie wären danach nicht wie selbstverständlich zusammen Pizza essen gegangen und später mit mehreren Flaschen Wein beladen zum Strand gezogen. Sie hätte nicht neben Antonio im Sand gesessen, der immer näher an sie herangerückt war oder sie an ihn, obwohl oder weil es eine laue Nacht war … Sie hätte Luzie, verdammt noch mal, einweihen müssen, bei einem Spaziergang im Alten Land oder an einem gemütlichen Sommerabend auf dem Balkon oder wann auch immer – vor allem aber mit Zeit, mit viel Zeit, nicht schnell, schnell zwischen Tür und Angel … Eine seltsam hohl klingende Stimme riss sie aus ihren Gedanken.

»Si chiude, signora.«

Sie schrak hoch, sah sich um. Außer ihr befand sich niemand mehr in der Kirche. Dann sah sie den alten Mann, der mit einem großen Schlüssel in der Hand in Richtung Portal schlurfte.

Benommen trat sie auf die Straße und war einen Moment wie geblendet. Der Lärm, die Hitze, die Enge – alles wie zuvor. Eine ganz in Schwarz gekleidete Frau stand vor einem der beiden bronzenen Totenschädel, die rechts und links vor der Kirche auf einem Marmorsockel ruhten, legte ihre Hand darauf und murmelte dazu etwas Unverständliches. Die dunkle Bronze der beiden Schädeldecken schimmerte wie hochglanzpoliertes Gold, so viele Leute hatten dem Tod schon die Hand aufgelegt. Je weiter man gen Süden kam, desto bildlicher und alltäglicher schien der Tod zu sein, ein selbstverständlicher Teil des Lebens und zugleich die Endstation, die niemand überspringen konnte. Der Tod war wie ein armer Verwandter, der ebenso mit durchgefüttert wurde wie eine streunende Katze, und von Zeit zu Zeit wurde er gestreichelt.

»*Porta fortuna*«, sagte die Frau und nickte Sonja auffordernd zu.

Die Dreizehn, der heilige Antonio und nun als zusätzlicher Glücksbringer auch noch Streicheleinheiten für den Tod?

Es ging alles blitzschnell. Sonja wollte gerade dem rechten der beiden Schädel die Hand auflegen, als sie einen heftigen Ruck verspürte. Eine Vespa mit zwei jungen Männern fuhr haarscharf hinter ihr vorbei, einer der beiden griff nach ihrem Rucksack, den sie über der linken Schulter trug. Sonja packte geistesgegenwärtig den Schulterriemen und klammerte sich daran fest. Der Vespafahrer gab Gas, auch sein Sozius ließ nicht locker, Sonja wurde mitgerissen und wäre fast gestürzt, doch in dem Moment kam aus der Gasse neben der Kirche ein Moped hervorgeschossen, was beide Fahrer zu halsbrecherischen Ausweichmanövern zwang, damit sie nicht mit Karacho kollidierten. Die Vespa kam ins Schlingern, und der Beifahrer ließ zum Glück endlich seine Beute los, sonst wäre Sonja unter die Räder oder zwischen beide Motorroller geraten oder meterweit mitgeschleift worden. Der Mopedfahrer, ein beleibter Mann unbestimmten Alters, drohte den Flüchtenden mit erhobener Faust und fluchte: »*Maledetti! Mascalzoni maledetti*!« Die beiden Jugendlichen stießen ihrerseits die Fäuste in die Luft und brüllten irgendetwas zurück, was Sonja nicht verstand.

Sie stand völlig verdattert vor der Kirche und presste den geretteten Rucksack mit beiden Händen an sich. Der Mann auf dem Moped war längst weitergefahren.

»*Tutto bene, signora*?« Die Frau in Schwarz kam auf sie zu. »*È stata fortunata.*«

Wie bitte? Sonja versuchte zu lächeln, aber es misslang. Nein, nichts war gut, auch wenn nichts Schlimmes passiert war. Ihr zitterten nur die Knie, der Schreck saß ihr in allen Gliedern.

Die Frau zeigte auf den Rucksack. Den lasse sie am besten zu Hause. Das Geld – kein Portemonnaie, lieber in die Hosentasche stecken. Und – ein Blick auf Sonjas schmale goldene Halskette mit dem Glitzerstein, die Luzie ihr zum Vierzigsten geschenkt hatte: »Lieber keinen Goldschmuck, Signora.«

Ein versuchter *scippo* also. Ein paarmal hatten Leute sie vor einem Handtaschenraub vom Moped aus gewarnt und von eigenen schlechten Erlebnissen berichtet. Doch auf all ihren Reisen durch Südeuropa war Sonja noch nie etwas passiert – das verleitete leicht zu der Annahme, man sei aus irgendeinem undurchschaubaren Grund davor gefeit, dachte sie. Nicht auszudenken, wenn es den Kerlen tatsächlich gelungen wäre, den Rucksack zu klauen. Ihr Portemonnaie wäre weg gewesen, ihr Ausweis, ihr Adressbuch, der Pensionsschlüssel und – am allerwichtigsten – das Foto von Luzie.

11

Gegen halb drei schleppte sie sich, als sei in jeder Treppenstufe ein unsichtbarer Magnet versteckt, die vier Stockwerke zur Pension *O sole mio* hoch – der Sonne entgegen, dachte sie, um sich aufzumuntern, aber gerade die Mittagshitze verhinderte jede Leichtfüßigkeit, zumal ihr die überdimensionale Pizza bleischwer im Magen lag. Nach dem Überfall war Sonja in einer viel frequentierten Pizzeria gelandet. Die Tische standen dicht an dicht, nur ein einziger Platz war noch frei gewesen und der Lärmpegel gewaltig, doch das hatte sie nicht gestört, im Gegenteil: Sonja hatte sich auf seltsame Weise geschützt gefühlt in diesem Gedränge, als wäre sie ein winziger Teil eines variablen, nie gleichen Puzzles, das sich in jenem Moment zu einem Ort namens Pizzeria zusammenfügte.

Sie schloss die schwere Wohnungstür auf. Das Halbdunkel, der staubig-muffige Geruch wirkten nicht mehr ganz so befremdlich. Sie wollte gerade in den Flur einbiegen, als sie hinter sich ein Geräusch hörte.

»*Signora* …«

Sonja blieb stehen und drehte sich um.

Aus einer Türöffnung tauchte die Vermieterin auf, heute im gelben T-Shirt mit schillernden Paillettenschmetterlingen zu gelben Leggings. Sie sah aus wie ein Kanarienvogel in der Mauser, aber sie zwitscherte und flötete nicht. Ihre Stimme klang schrill, misstrauisch.

»Da hat jemand für Sie angerufen …«

Sonja runzelte die Stirn. »Für mich?«

Wer sollte das sein? Außer Lion und Maris wusste niemand, dass sie in Neapel war. Ihr Herz machte einen Sprung – hatte womöglich eines der Mädchen aus der

Touristeninformation angerufen? Doch ihre Freude wurde sofort gedämpft.

»Ein Mann ... Er hat seinen Namen nicht genannt.« Mit säuerlicher Miene, als wäre es ein Los mit einer Niete, hielt die Vermieterin Sonja einen Zettel hin. »Ich habe die Nummer notiert.«

Ein Mann, dachte Sonja grimmig. Daher also wehte die Brise des Unbehagens. Kaum war diese deutsche Signora einen Tag in Neapel, riefen auch schon Männer für sie an ... Was für eine Mieterin hatte man sich da nur eingehandelt. Gleich käme der Spruch mit dem verbotenen Männerbesuch.

Sie warf einen Blick auf den Zettel. 081 ... Also eine neapolitanische Nummer.

»Könnte ich vielleicht kurz ...?«

»Das Telefon steht auf dem kleinen Tisch im Fernsehzimmer. Zweite Tür im Gang links. Kostet pro Einheit fünfzig Cent. Nicht dass Sie sich hinterher wundern.«

Das Telefon war eigentlich ein Monstrum und erinnerte Sonja an den alten schwarzen Telefonapparat in der Wohnung ihrer Großeltern. Der Hörer lag schwer in der Hand wie eine kleine Hantel, die Drehscheibe sperrte sich beim Wählen, als wäre sie schon lange nicht mehr benutzt worden. Sonnenklar, dass die Vermieterin vom Flur aus ihre Ohren spitzen würde. Nur zu, wenn sie nichts Besseres zu tun hatte.

Es läutete mehrmals, bevor am anderen Ende jemand abnahm. Eine Männerstimme. Sonja erkannte ihn sofort. Commissario Gentilini steuerte ohne Umschweife auf sein Ziel zu und fragte, ob sie Lust und Zeit habe, am Abend mit ihm Pizza essen zu gehen ...

Offenbar war er kein Mann der großen Umwege. Ob er wohl gelegentlich einen Korb bekam? Sonja hatte kein

Bedürfnis, ein Exempel zu statuieren, denn sie freute sich über den Anruf. Sie musste ja nicht unbedingt eine Pizza bestellen.

»Dann hole ich Sie um sieben in der Pension ab.«

»Nein. Nicht hier.« Sonja hatte keine Lust, in ihrer Abstellkammer darauf zu warten, dass Signora Russo an die Tür klopfte, um zu verkünden, ein Mann habe geklingelt und nach ihr gefragt ... »Lieber auf der Piazza Bellini.«

»Gute Idee«, sagte Gentilini. »In Neapel verspätet man sich schnell. In welchem Café?«

»Keine Ahnung. Ich war noch nie da.«

Der Commissario gluckste. »Aber Sie wissen, wo die Piazza Bellini ist?«

»Ich habe einen Stadtplan.«

»Dann im *1799*«, schlug er vor. »Man kann draußen sitzen. Ich freue mich.«

»Ja«, sagte Sonja. »Ich mich auch.« Und das war keine Floskel. Sie freute sich wirklich.

Sie hatte auf dem Stadtplan nachgesehen. Die Via San Biagio dei Librai, im Volksmund Spaccanapoli, begann in der Nähe des Bahnhofs in Forcella und erstreckte sich unter wechselnden offiziellen Namen quer durch die Altstadt bis nach Montesanto am Fuße des Vomero. Sonja folgte ein Stück der Via Tribunali und bog bei der Kirche San Lorenzo Maggiore links in die Via San Gregorio Armeno ein. Nach einer zweistündigen Siesta fühlte sie sich ausgeruht und für neue Strapazen gewappnet. Zu beiden Seiten der Gasse reihten sich lückenlos Läden aneinander, in denen, obwohl Weihnachten noch in weiter Ferne lag, Krippenfiguren feilgehalten wurden – nicht nur die Basisausstattung Maria, Josef, Jesuskind, Rind,

Esel und die heiligen drei Könige, sondern hauptsächlich Figuren aus dem Volk: Limonenverkäufer, Bäcker, Schuster, Hirten, Bauern, Händler jeder Art, Dienstmägde mit Gänsen und Körben voller Eier, Schüsseln und Wannen mit Fischen, Kisten mit Orangen, Tische, randvoll mit Käse, Salami, Gemüse, alles natürlich en miniature, bunt bemalt und lackiert und von unterschiedlichster Größe und Qualität. Sonja konnte sich kaum satt sehen und erwarb schließlich ohne auch nur einmal um den Preis zu feilschen einen Angler, der auf einem Felsen saß, eine Frau mit einem Korb Artischocken auf dem Kopf sowie ein winziges Kohlebecken mit einer Kupferpfanne, in der noch winzigere Maroni lagen. Die Figuren wurden in Zeitungspapier verpackt. Da Sonja den Rucksack wohlweislich in ihrem Zimmer gelassen hatte, das dicke Päckchen mit den Einkäufen aber nicht den restlichen Nachmittag und den ganzen Abend mit sich herumtragen wollte, musste sie wohl oder übel noch einmal kurz in die Pension zurück. Dann machte sie sich erneut auf den Weg und widerstand der Versuchung, auch noch einen plätschernden Minibrunnen zu kaufen.

Die *Pensione Fonseca* lag ein wenig abseits des Getümmels in einem ehemals herrschaftlichen Barockgebäude, das außerdem eine Anwaltskanzlei, ein Architekturbüro und diverse Privatwohnungen beherbergte. An der Tür im dritten Stock hing ein zweisprachiges Schild mit der Aufschrift *occupato – full.*

Sonja klingelte, aber niemand öffnete. Auch nach erneutem Klingeln regte sich nichts. Sie wartete noch ein paar Minuten und wollte sich gerade zum Gehen wenden, als zwei blonde junge Mädchen schwatzend und lachend die Treppe heraufkamen und auf die Pensionstür zusteuerten.

»*Are you looking for someone?*«, fragte eine der beiden freundlich.

Sonja erklärte kurz ihr Anliegen.

»Lucia? Bei uns im Zimmer ist sie nicht, und ich wüsste nicht, dass in den letzten Monaten eine Lucia, aber … Am besten, wir sehen im Gästebuch nach.« Sie zog einen Schlüssel hervor und drehte ihn mindestens sechsmal im Schloss herum, bevor die schwere Tür aufging.

»Woher kommen Sie?«

»Aus Hamburg, und ihr?«

»Aus Finnland. Ich heiße Tuula. Das ist Anna.«

Auch Sonja nannte ihren Namen. »Wie lange seid ihr schon in Neapel?«

»Acht Monate. Und Sie?«

»Seit gestern.«

Tuula erklärte, sie würden in Neapel studieren. Sie standen im weitläufigen Vorraum der Pension. Blickfang des mindestens vier Meter hohen Zimmers war ein gewaltiges, üppig geschwungenes barockes Sitzmöbel, davor stand ein ebenfalls ausladender alter Tisch mit Löwenpranken als Beinen, flankiert von drei eher zierlichen Stühlen. Anna schlug ein dickes großformatiges Buch auf, das auf dem Tisch lag.

»Sie können selbst nachsehen. Eigentlich schreibt jeder, der mal hier gewohnt hat, etwas in das Buch. Die Besitzerin der Pension ist eine ganz süße alte Dame aus irgendeinem Adelsgeschlecht …«

»… Gelsomina di Fonseca, sie ist mindestens neunzig, und ihr gehört der ganze Palazzo …«

»… sie wohnt allein ganz oben und kommt jeden Tag so gegen sechs einmal runter, um sich ein bisschen mit den Pensionsgästen zu unterhalten. Viele sind ja schon seit Monaten hier. Sie mag junge Leute …«

»… als sie jung war, ist sie selbst viel gereist. Sie spricht mindestens acht Sprachen …«

Sonja klappte das Buch zu. Sie hatte weder eine Luzia noch Luzies Handschrift entdeckt.

»Wie sieht Ihre Tochter denn aus?«, fragte Tuula hilfsbereit. »Vielleicht haben wir sie irgendwo getroffen.«

»Habt ihr in Neapel einen Sprachkurs besucht?«

Die Mädchen schüttelten den Kopf. »Nein, in Perugia.«

Sonja zeigte ihnen das Foto. Seit heute Mittag trug sie es in einem Bauchgürtel direkt am Körper.

»Und warum suchen Sie nach ihr?«

Die vier Augen, die sich auf Sonja richteten, waren leuchtend blau und durchsichtig, wie klares Wasser, in dem Fische schwimmen und in dem man bis auf den Grund blicken kann. Sonja sagte, Luzie suche in Neapel nach ihrem Vater, den sie nicht kannte.

»Und Sie wollen ihr dabei helfen?«

Nein, dachte Sonja spontan. Das war es nicht, was sie wollte. Aber Tuula sah sie auf eine Weise an, als suche sie ihrerseits nach Meeresgetier in Sonjas Augen, und ein wenig versöhnlicher dachte Sonja, na ja, warum eigentlich nicht. Ja, nein, eigentlich – was wollte sie eigentlich? Mit Luzie reden, und dann? Sie davon abbringen, Antonio zu suchen?

Sonja nickte, so überzeugend sie konnte. Sie hatte gar keine andere Wahl, denn selbstverständlich wurde ein Ja erwartet. Jedes Nein hätte weitere Fragen nach sich gezogen und Misstrauen geweckt. Wie hörte sich das denn an: Eine Frau suchte nach ihrer Tochter, die nach ihrem Vater suchte, aber in Wirklichkeit wollte die Frau ihrer Tochter gar nicht bei der Suche helfen, erwartete aber, dass andere ihr bei der Suche nach der Tochter, die ihren

Vater suchte, halfen, obwohl diese anderen wussten, dass die Mutter die Tochter in Wirklichkeit lieber von der Suche abbringen wollte …?

»Klar.« Sie lächelte ihr strahlendstes Lächeln und hinterließ auch hier die Telefonnummer ihrer Pension. Tuula und Anna sahen sich das Foto noch einmal aufmerksam an und versprachen, sich zu melden, falls Luzie ihnen zufällig irgendwo über den Weg lief.

12

Eine halbe Stunde vor der verabredeten Zeit saß Sonja im *1799*, vor sich einen roten Martini mit Eis. Viel Eis. Sie brauchte einen Schutz gegen die Vorstellung, von allen vier Seiten angreifbar und verwundbar zu sein und hatte daher einen Tisch direkt neben dem Eingang gewählt, unter einer mächtigen, längst verblühten Glyzinie, deren Triebe an der Hausfassade emporrankten. Von dort hatte sie alles im Blick. Die Cafés waren höchstens zu einem Viertel besetzt. Mitten auf der Piazza stand ein Bellini-Denkmal, daneben lag ein kleines Areal mit antiken Mauerresten aus der Zeit der griechischen Besiedlung von Neapolis, deutlich unterhalb des heutigen Straßenniveaus gelegen, Auffangbecken für Zigarettenschachteln und Blechdosen.

Man müsse in Neapel Zeit haben, hatte der alte Portugiesischlehrer gesagt. Sonja war erst einen Tag hier, aber es kam ihr vor wie eine ganze Woche. Vielleicht herrschte in Neapel ein anderer Zeitbegriff, Tage wurden Wochen, Wochen Monate. Sie fragte sich auch, ob Luzie wohl schon hier gewesen war, auf dieser Piazza, in diesem Café? Vielleicht hatte sie just vor zehn Minuten das Café gleich nebenan verlassen. Der Gedanke, sie könnten sich in einem fort verpassen, irritierte Sonja an diesem Tag zum wiederholten Male: in der Touristeninformation, beim steinernen Nilgott an der Piazzetta Nilo, in der Gasse mit den Weihnachtskrippen, in einem CD-Laden, vor einer Konditorei mit Tabletts voller Minitörtchen, vor dem Schaufenster von Max Mara.

Ein Mann bog um die Ecke, steuerte auf das Café zu, sah sich suchend um, und im ersten Augenblick dachte Sonja erleichtert, es sei Gentilini, der den Kreisverkehr ihrer Gedanken mit einem Lied zum Stillstand bringen konnte. Sie lächelte ihm entgegen – eindeutiger Fehler, denn prompt steuerte der Unbekannte an all den anderen leeren Tischen vorbei auf sie zu und fragte, ob bei ihr noch ein Plätzchen frei sei ... Ihr Nein ließ keinen Raum für Missverständnisse. Der Mann entschuldigte sich mit einem gespielt unterwürfigen, spöttischen Lächeln, drehte ab und versuchte sein Glück woanders. Irgendwann würde er sicherlich fündig werden und auf eine Touristin treffen, die genau das Gleiche suchte wie er: eine Romanze für eine Nacht.

Komm bloß runter von deinem hohen Ross, schalt Sonja sich. Was war denn damals in Venedig so anders gewesen? Eine Romanze für eine Nacht, nicht mehr und nicht weniger, und genau darauf hattest du es angelegt. Und wäre der verfluchte Opel Kapitän nicht mit undichtem Kühler liegen geblieben, wäre es nicht mal dazu gekommen, aber dann wäre sie auch nicht schwanger geworden und säße jetzt nicht hier – *wärehättewürdewenndann* –, unsinniges Gefuchtel mit Möglichkeiten. Tatsache war erstens, dass es Luzie gab. Tatsache war zweitens, dass Antonio ungefähr vier Monate nach ihrer ersten Begegnung unangekündigt in Hamburg aufgetaucht war, woraus sich Tatsache Numero drei ergab: dass in Wirklichkeit aus der Romanze für eine Nacht eine Romanze für *drei* Nächte geworden war, nein, für drei Tage *und* drei Nächte, die Sonja vorgekommen waren wie Wochen und Monate … Und als er wieder in seinen zerbeulten Fiat gestiegen und hupend die Weidenallee hinuntergefahren war, wo sie damals zusammen mit Maris wohnte, hatte sie ihm lachend hinterhergewunken … *Das* waren die Tatsachen. Und ganz nebenbei war auch Tatsache, dass er hoch und heilig versprochen hatte wiederzukommen, ihr Antonio aus Neapel …

Verräter, dachte sie versuchsweise, ganz kurz und ganz schnell, so wie man einen Finger in die heiße Milch taucht, um zu prüfen, ob man sich noch daran verbrennt. Elender Schuft!

Sie trank den Martini in einem Zug leer und bestellte gleich einen zweiten. Um sich abzulenken nahm sie sich die Zeitung vor, die sie unter den Arm geklemmt und mitgenommen hatte.

Der Doppelmord in den Quartieri Spagnoli beherrschte die Titelseite des *Mattino*. Auf einer großen Schwarzweißaufnahme war der Tatort festgehalten, man sah ein Polizeiauto und die Absperrung, im Hintergrund verschwommen die Metzgerei. Zwei kleinere Fotos zeigten die beiden Opfer, die wie Verbrecher aussahen: Giuliano Amato und Angelo Benincasa waren Cousins und zählten zum engeren Kreis um den Mariani-Clan. Mindestens zehn Schüsse waren auf sie abgefeuert worden, die beiden Männer auf der Stelle tot. Von den Killern fehlte bisher jede Spur. Augenzeugen hatten zwei schwere Motorräder davonbrausen sehen, die Täter trugen Integralhelme. Laut Bericht ging die Polizei davon aus, dass auch dieses Blutbad sich nahtlos in die Kette der Camorramorde einreihte, die Neapel seit vergangenem Herbst erschütterten. Der Reporter schrieb, die Schießerei könne als möglicher Racheakt für einen Überfall vor gut zwei Wochen gesehen werden, bei dem anlässlich der Haftentlassung von Riccardo Sanguinelli dessen Bruder Alfredo schwer verletzt worden war …

Namen über Namen, die Sonja nichts sagten. Unter anderen Bedingungen hätte der Artikel sie kalt gelassen. Nicht ihre Welt. Eine der vielen Parallelwelten, in denen Macht das oberste Gebot war, Gewalt ein probates Mittel zu deren Durchsetzung darstellte und ein Menschenleben nichts zählte. Das Phänomen Mafia hatten sie in Deutschland auch, es gab immer wieder haarsträubende Berichte, die wahrscheinlich nur die oberste Schicht dessen bloßlegten, was wirklich ablief. Sie selbst war davon nicht betroffen und mochte auch nicht darüber nachdenken. Hier aber war das anders. Sie spürte ein gewisses Unbehagen. Vielleicht war der Überfall vor der Kirche daran schuld. Oder die Tatsache, dass sie gestern kurze Zeit nach der Schießerei am Tatort gewesen war und mit den Bewohnern gesprochen hatte.

Sie blätterte um. Auf Seite zwei entdeckte sie in einem kleinen Kasten ein Interview mit Commissario Gennaro Gentilini. Auch von ihm war ein passfotogroßes Bild abgedruckt, auf dem er aussah wie ein abgekämpfter Popstar nach einem Dreistundenauftritt. Inhaltlich ging es um die Rolle der Polizei im Kampf gegen die Camorra. Der Reporter fragte, wie er fragen musste (ob die Polizei überhaupt noch handlungsfähig war, welche Maßnahmen ergriffen werden müssten, um den Einfluss der Camorra einzudämmen), und der Kommissar gab entsprechende Antworten (natürlich, sonst hätte man uns längst ganz eingespart, wir tun, was wir tun können, aber ohne die Mithilfe der Bürger und Politiker geht gar nichts).

Auf die Frage, wie lange dieser blutige Krieg unter den Camorraclans denn noch weitergehen werde, erwiderte Gentilini lapidar: »Es ist wie bei jedem Krieg. Bis die meisten tot sind. Oder bis die Frauen ihre Männer zur Vernunft bringen.« Daraufhin der Reporter, nicht weniger sarkastisch: »Also nie ...«

Sonja war perplex. Eine Antwort dieses Kalibers hätte sie dem Commissario nicht zugetraut.

»Ich sehe, Sie unterhalten sich gut«, hörte sie ihn in dem Moment sagen. Sie ließ die Zeitung sinken. Gentilini strahlte sie mit seinem entwaffnenden Lächeln an und ließ sich in den Stuhl ihr gegenüber fallen. »Tut mir Leid, ich bin ein bisschen spät dran.«

»Ist mir gar nicht aufgefallen«, entgegnete Sonja. »Aber Sie haben es gleich erfasst: Ich habe mich gut unterhalten. Mit Ihrer aktuellen Serie ›Tipps für die Frau von heute‹.«

»Meine neue Kolumne«, grinste Gentilini. »Tipps für Männer kann ich leider nicht. Meine Erfolge als Kommissar sind zu bescheiden. Also musste ich mir ein neues Wirkungsfeld suchen.« Er sah sich nach dem Kellner um. »Haben Sie Geduld für einen weiteren Drink oder wollen wir lieber gleich essen gehen?«

»Ich weiß nicht, ob das eine Frage der Geduld ist ...«, erwiderte Sonja. »Aber wenn Sie auf meinen Hunger anspielen, dann kann ich warten, bis der ach so bescheidene Commissario sich den Arbeitsalltag von der Seele gespült hat.«

Gentilini verzog das Gesicht. »Das dauert, fürchte ich,

länger.« Er bestellte ein Glas Weißwein. »Und, wie war Ihr Tag? Haben Sie schon etwas herausgefunden?«

Lag in seinem Tonfall leichter Spott oder war das Einbildung? Sonja verspürte jedenfalls plötzlich keine Lust mehr, Gentilini von dem versuchten *scippo* zu erzählen und ihre plätschernde Unterhaltung mit einer weiteren Folge aus der Rubrik ›Tipps für die Frau, heute: Wie vermeide ich einen Überfall‹ zu speisen. Sie sagte nur, sie sei viel unterwegs gewesen und habe überall Luzies ... das Foto der Tochter ihrer Freundin vorgezeigt. Fast hätte sie sich verplappert und sich als Luzies Mutter geoutet. Sie spürte, wie Wut in ihr hochstieg. Ja, sie war wütend, wütend auf diese Stadt mit ihren unverfrorenen Kleinkriminellen und kaltblütigen Verbrechern, wütend auf diesen Commissario mit seiner südländischen machodurchtränkten Leichtigkeit, nicht zuletzt wütend auf sich selbst.

»Glauben Sie allen Ernstes, was Sie da gesagt haben? Dass alles an den Frauen hängt? Das finde ich ein bisschen zu einfach: Die Frauen sollen ihren Männern einheizen, und schon löst sich das Problem Camorra von selbst.«

Der Commissario hob abwehrend die Hände. »So habe ich das nicht gesagt. Ich habe nur gesagt, dass die Frauen die Einzigen sind, die ihre Männer vielleicht – aber wirklich nur vielleicht – zur Vernunft bringen können, damit sie mit dem sinnlosen Gemetzel aufhören.«

Der Kellner brachte den Weißwein und ein Schälchen Erdnüsse. Gentilini nickte ihr zu, leerte das Glas dann zur Hälfte. Seine Stimme wurde leiser, eindringlicher. Er sah Sonja unentwegt an, die Flecken in seinen Augen aber bewegten sich nicht.

»Bis auf wenige Ausnahmen sind es doch Männer, die

in den Clans am Machthebel sitzen und mit anderen Männern illegale Geschäfte machen und Morde in Auftrag geben und Killer engagieren, die ebenfalls Männer sind, die wiederum andere Männer umlegen. Aber zu jeder Camorrafamilie, sei es in Forcella oder in den Quartieri Spagnoli oder in Torre Annunziata gehört auch eine nicht zu vernachlässigende Anzahl von Frauen: Mütter und Großmütter, Töchter, Schwestern, Ehefrauen, ganz zu schweigen von den Freundinnen und Geliebten. Wenn all diese Frauen anfangen würden, sich zu weigern, wäre meiner Meinung nach schon sehr viel gewonnen. Wenn sie sagen würden, ich will nicht, dass mein Sohn, Enkel, Vater, Bruder, Ehemann, Geliebter als Nächster in die Schusslinie gerät! Wenn sie sagen würden, ich will verdammtnochmal nicht nächste Woche an deinem Grab stehen! Ich mach da nicht mehr mit, koch dir dein Zeug selbst, wasch dir dein Zeug selbst, hol dir selbst einen runter, aber ICH stehe einfach nicht mehr zur Verfügung!!« Seine Stimme war eine Spur härter und auch lauter geworden. »Das wäre doch wenigstens ein Anfang, glauben Sie nicht?«

Sonja hielt seinem Blick stand. »Die Idee ist gut. Sie taucht nach jedem Krieg wieder auf. Nur dass auch dabei wie immer alles an den Frauen hängen bleibt.«

Er beugte sich über den Tisch, näher zu ihr hin. »Und wenn das so wäre? Wenn die Frauen tatsächlich die bessere Hälfte der Menschheit wären? Wenn ihre Weigerung mitzuspielen wirklich helfen würde? Sozusagen als *ultima ratio*?«

Sie zuckte die Achseln. »Wäre schön. Klar. Als Gedankenspiel. Wenn man Ihren Gedanken weiterdenkt, bedeutet das nämlich, dass die Frauen die Sache in der Hand haben, und zwar schon jetzt. Und das hieße, dass auch sie die Gewalt der Männer um der Macht willen dulden. Und die Männer? Warum halten die Männer nicht inne und lassen ihre Pfeile und Bogen und Keulen endlich fallen?«

»Weil sie dann die Frauen nicht mehr beeindrucken können.«

»Wie wäre es mit Pilzesammeln?«

»Da gibt es erstens zu viele giftige Sorten. Zweitens gilt es in Männerkreisen als unverzeihliche Schwäche, als Erster nachzugeben.«

»Eben. Und wer eine Frau hat, die sich ihm im Bett, am Herd oder sonstwie verweigert, zählt sowieso nur noch als halber Mann. Wer nachgibt, hat dieser Logik zufolge in der Männerwelt doppelt verloren.«

»Dann ist die Sache aussichtslos.« Er sah aus, als hätte ihm jemand sein liebstes Spielzeug weggenommen. Also aufrichtig betrübt.

»Frauen, die sich verweigern, sind trotz allem eine schöne Utopie«, versuchte Sonja, deren Wut sich mittlerweile gelegt hatte, einzulenken.

Und tatsächlich grinste er. »Also, ob ich da so pauschal zustimmen kann …«

Der Commissario war wieder mit dem Auto gekommen, doch diesmal war auch das Auto in Zivil: ein alter, angerosteter Alfa Giulia – verfallene Eleganz, elementar ausgestattet, also ohne automatische Fensterhebel, Airbag, dreistufige Innenbeleuchtung, stattdessen mit beultauglichem Blechmantel, potenter Hupe und selbstverständlich ohne Radio.

»Sie müssen das Meer sehen«, sagte Gentilini missbilligend, als er hörte, dass Sonja sich an ihrem ersten Tag in Neapel ausschließlich im Geäst der engen Gassen bewegt hatte.

Kurzerhand fuhr er rechts ran, bestellte über Handy den reservierten Tisch in einer Pizzeria – der besten Pizzeria der Stadt, wie er betonte – wieder ab und rief in einem anderen Restaurant an. Nach einigem Hin und Her war es dann offenbar möglich, dort noch zwei Plätze direkt am Wasser zu bekommen, allerdings erst in einer Stunde. Gentilini hatte, wenn Sonja die Wortfetzen richtig verstanden hatte, seine Beziehungen spielen lassen – vielmehr seine Position. Selbstzufrieden pfiff er vor sich hin. »In dieser Stadt bei der Kriminalpolizei zu sein muss doch wenigstens ab und zu einen klitzekleinen Vorteil abwerfen.«

Er fuhr mit ihr zum Molo Beverello, wo die Fährschiffe nach Ischia, Capri und Procida ablegten, dann durch einen engen, kaum beleuchteten Tunnel zur sechsspurigen Via Caracciolo und weiter zum kleineren Yacht- und Motorboothafen von Mergellina. Die Uferpromenade war nicht übermäßig belebt. Es gab ein paar Stände mit Getränken und Snacks, wenige Fußgänger. Die Boote schaukelten auf dem Wasser. Ein paar Kinder kletterten über die Felsbrocken am Ufer. Ein weißes Tragflächenboot ritzte eine Spur in die Wasserfläche. Alles wirkte so friedlich. Man konnte problemlos den Autolärm ausblenden, Mord und Totschlag, alle Feindseligkeiten, alles, was laut, bedrängend, quälend war. Schon war das Leben nicht mehr eng, sondern weit, nicht sorgenbeladen, sondern verführerisch, vielversprechend – man stand auf der Sonnenseite, und alle Schatten lagen hinter einem.

Sonja dachte, dass der Commissario jetzt eigentlich singen müsste. Es wäre genau die richtige Atmosphäre für Mandolinenklänge und ein pathetisches Lied. Doch dann wäre die Stimmung vielleicht umgekippt. Der berühmte Teelöffel Zucker zu viel.

Die beiden Männer, die rauchend an der Steinmauer lehnten, hatten dem Meer den Rücken zugedreht. Vielleicht hatten sie heute schon zu viel davon gesehen, eine Art Sonnenbrand auf der Seele. Sonja hingegen konnte nicht genug bekommen.

»Und – gefällt es Ihnen?«

Sie nickte.

»Ohne diese kleine tägliche Selbsttäuschung wäre diese Stadt unerträglich.«

»Ich sehe wenig Leute, die das nutzen.«

Er lachte. »Sie haben Recht. Eigentlich müsste jeden Abend die halbe Stadt hier versammelt sein und sich an diesem Blick besaufen. Eine bessere Droge gibt es kaum.«

13

Auch in dieser Nacht schlief Sonja schlecht. Bei jedem Geräusch von draußen schreckte sie hoch, und es gab jede Menge Geräusche, Motorenlärm, Polizeisirenen, Geschrei, Knallen, Knattern, Scheppern, die ganze Palette von Lärm rauf und wieder runter. Die Nacht war ein hochwertiger Verstärker. Dazu kam die Hitze.

Sonja lag nackt auf dem Bett. Todmüde und doch rastlos hatte sie entnervt die Decke und das Laken ans Fußende gestrampelt. Sie wünschte sich nichts sehnlicher als einen riesigen Ventilator unter der Decke und nahm sich vor, gleich am nächsten Morgen einen Tischventilator zu kaufen, wie sie an jeder zweiten Ecke von Straßenhändlern feilgeboten wurden. Doch gegen ihre Gedanken hätte nicht einmal ein Luxus-Ventilator von Manufactum eine Chance gehabt. Das Gemisch aus Martini und Weißwein und Grappa hatte das Karussell losgetreten, vielleicht waren auch Gentilinis Augenflecken daran nicht unbeteiligt, und nun rannten und rannten die Gedanken immerzu rückwärts im Kreis wie das verrückte Renn-Tier in Paul Maars Geschichte von der Tür auf dem Dachboden, die Sonja Luzie früher oft vorgelesen hatte, und waren nicht zu bremsen und ließen keine Station dieser alten Geschichte aus, keine einzige, und jede wurde wieder Gegenwart.

Der Strand am Lido von Venedig. Antonio holt seine Gitarre heraus und stimmt *Bella ciao* und *O sole mio* an und andere Songs, die Sonja und Maris noch nie gehört haben, wahrscheinlich Lieder aus Neapel, denn sie verstehen den Text nicht. Zu *Bella ciao* können sie den Refrain mitsingen und zu *O sole mio* Elvis Presleys *It's now or never …* Sie kommen sich ein bisschen lächerlich vor, als sie, sozusagen als kleine Gegengabe, den *Hamburger Veermaster* anstimmen und *Auf der Reeperbahn nachts um halb eins* und in einer überdreht veralberten Variante Freddys *Rolling Home*. Antonio sieht Sonja die ganze Zeit über unverwandt durch seine dunkel umrandete Brille an, er hat dunkle Augen, dieselben dunklen Augen wie später Luzie, und dunkle, lockige Haare. Er ist kein Riese, Italiener sind selten riesig, aber für Sonjas eins zweiundsiebzig reicht es, außerdem spielen solche Maßstäbe nachts an südlichen Stränden und noch dazu im Liegen keine wesentliche Rolle. Er ist muskulös, seine Stimme sanft, und seine Augen haben Sonja schon verführt, lange bevor sie sich später im Sand lieben. Es ist eine Nacht der Sterne, des Südens, sie hören nichts als das Plätschern der Wellen am Ufer, ab und zu von fern Gelächter, das Bellen eines Hundes, und ihrer beider Atmen, Flüstern, Stöhnen, das Rieseln von Sand.

Luzie ist ein Kind von Sand und Muscheln, Wasser und Wellen und Liedern und Sternen. Als der Schwangerschaftstest acht Wochen später eindeutig anzeigt, wie es um die Hormonlage in Sonjas Körper bestellt ist, zögert Sonja nicht eine Sekunde. Da ist kein Zwiespalt, der sie blockiert, kein Abgrund, in den sie stürzt. Es gibt keinen Zweifel. Klar, in anderen Situationen schwingt sie überzeugte Reden zum Thema Kinder, Frauen, Abtreibung, theoretisch, vom feministischen Standpunkt aus betrachtet – aber sie ist ja nicht in Not, kann sich frei entscheiden. Sie ist jung und gesund und lebensfroh und will das Kind bekommen und großziehen und trotzdem studieren und ist sicher, sie wird es schaffen, ganz allein. Keinen Augenblick baut sie dabei insgeheim auf die Hilfe ihrer Mutter. Sonjas Vater ist schon lange tot, er starb, als Sonja dreizehn war, damals musste die Mutter sich wieder eine Arbeit suchen, Sonja ist daran gewöhnt, mitzuhelfen und zuzupacken und das Leben mehr oder weniger allein zu meistern. Es gefällt ihr so, sie ist ungern auf andere angewiesen.

Antonio ist in diesem Moment höchstens ein fernes Echo der Nacht am Strand von Venedig, das in ihrem Kind weiterleben wird. Sonja hat nicht einmal seine Adresse, nur diese Telefonnummer, bei der sie eines Nachts anruft, als Sentimentalität und Übelkeit sie wachhalten, und als sich durch fernes Rauschen eine Frauenstimme meldet – »*Chi è? Chi parla? Ma chi è, porca madonna?!*« – legt sie schnell wieder auf. Ihr Herz klopft, schnell redet sie sich ein, es sei die Mutter gewesen, solche Stimmen haben nur Mütter oder Großmütter, vielleicht eine Tante. Sie denkt, dass sie sich verwählt hat, aber sie versucht es kein zweites Mal.

Nein, sie läuft keinem hinterher, aber die Wippe der gegensätzlichen Gefühle ist ohne Pause in Aktion: Auf der einen Seite hockt die Enttäuschung und auf der anderen der Stolz, der gesenkte Kopf und der hoch erhobene, auf und ab geht es, auf und ab, Sonja wird ganz schlecht von dem Gewippe, zweimal muss sie ins Badezimmer laufen und sich übergeben. Am nächsten Morgen ist sie entsprechend erschöpft, aber wenigstens ihre Gedanken sind nun klar. Sollte diese keifende Frauenstimme am Telefon Antonios Freundin gewesen sein – oder seine Frau, denn was weiß Sonja schon über ihn und sein Leben –, dann wäre das Anlass, Neapel für immer zu vergessen. Nein, Sonja drängt sich nicht auf und macht keine anderen Beziehungen kaputt. Sie wird sich ganz auf sich selbst besinnen, auf das eigene Leben, das in wenigen Monaten ein doppeltes sein wird.

Zwei Tage später liegt die Postkarte im Briefkasten, die fast vier Wochen unterwegs war. Auf der Vorderseite das Panorama von Neapel mit Vesuv, Meeresblick mit Pinie, auf der Rückseite zwei, drei Sätze und ein neapolitanisches Gedicht von Totò, das sie zunächst nicht versteht, sich später übersetzen lässt, sogar auswendig lernt und inzwischen längst vergessen hat.

Ein Gruß aus einer Welt südlich der Alpen und eine kaum leserliche Unterschrift samt Kuss: *Bacio Antonio di Napoli.* Kein Absender natürlich, auf Postkarten ist kein Platz für Adressen.

Gegenwart, nichts als Gegenwart. Ein Auto hupt vor dem Haus, Sonja bezieht es nicht auf sich. Das Klingeln an der Wohnungstür könnte genauso gut für Maris sein, doch die Worte im Rauschen der Gegensprechanlage klingen italienisch … Ungläubig öffnet sie die Tür, und Augenblicke später steht Antonio schon vor ihr, und als sie ihn sieht, weiß Sonja, dass sie sich genau diese Szene, diese kitschige Szene, klammheimlich ausgemalt hat, so heimlich, dass sie es sogar vor sich selbst geschickt verborgen hat: Sie öffnet irgendwann die Tür, und er steht da … Trotzdem fällt sie aus allen Wolken, ist überrascht und auch ein wenig schockiert. Da ist der befremdende Impuls, ihm zur Begrüßung die Hand zu schütteln wie einem fernen Bekannten. Die Wirklichkeit ist oft karger als die Phantasie, strenger, schnörkelloser. Es herrschen andere Gesetze, andere Stimmungen. Doch, sie freut sich, sehr sogar, aber sie muss sich erst zu ihm durchtasten. Die Wohnung in der Weidenallee ist nicht der Strand an der Lagune von Venedig. Auch das Licht ist anders, der Duft in der Luft. Sie kennen sich eigentlich gar nicht, nur ihre Körper hatten sich eine Nacht lang ineinander verflochten. Dieses Ungleichgewicht gilt es auszuhalten. Sie müssen sich neu kennen lernen, falls es überhaupt so weit kommt, falls sie sich nicht doch zu fremd sind.

Aber es geht unglaublich schnell. Sonja zeigt Antonio die Alster, die Speicherstadt, den Hafen, sie laufen zu Fuß vom Baumwall über den Fischmarkt bis zur Övelgönne. Es ist Anfang Februar, einer dieser typisch nasskalten Winter ohne Schnee und Eis, dafür mit viel Regen und grauem Himmel. Am Baumwall kauft Antonio sich einen dicken Seemannspullover und lässt sich von Sonja beraten. Sie reden viel, diskutieren über Politik, zwischendurch schweigen sie, ein gutes Gleichgewicht. Sonja ist froh, dass Antonio keine Nähe erzwingt, bevor sie nicht als Sehnen und Vibrieren zwischen ihnen spürbar ist – das hat sie schon anders erlebt, Typen, die nicht abwarten können, die kein Gespür haben für den richtigen Zeitpunkt, die den Flügeln der Lust Gewalt antun, noch bevor sie sich überhaupt entfalten können.

Drei Tage lang streifen sie zusammen durchs Leben, durch Sonjas Leben. Vorlesungen, Seminare und andere Verpflichtungen werden kurzfristig storniert. Sonja und Antonio gehen auf den Isemarkt zum Einkaufen. Sie fahren für einen Tag an die Nordsee nach Sankt-Peter-Ording, stemmen sich am Strand gegen den eisigen Wind. Sie hören sich zusammen die Canzoni der Nuova Compagnia di Canto Popolare an, die Antonio mitgebracht hat. Sie zeigt ihm ihre Lieblingskneipen und Lieblingsorte in Hamburg. Antonio stellt sich an den Herd und kocht Pasta, und sie machen Witze darüber, dass seine Penne all'arrabbiata nicht al dente sind und dass er vergessen hat, Peperoncino an die Sauce zu geben, weshalb die Penne all'arrabbiata eben nicht wütend sind, sondern sanftmütig und eigentlich Penne della dolcezza heißen müssten. Am nächsten Abend telefoniert Sonja so lange herum, bis sie ein Restaurant findet, das frischen Labskaus auf der Speisekarte hat. Antonio will unbedingt angeln gehen, Sonja ruft einen Freund ihrer Mutter an, der ihnen seine Angel leiht – »auf eigene Gefahr« –, sie werden nicht erwischt, kein Fisch beißt an, aber es ist schön, stumm zusammen am Wasser zu stehen. Wenn man verliebt ist, glänzt das Leben aus jeder Perspektive. Drei Nächte lang haben sie die Wohnung für sich allein, denn Maris hat sich sofort nach Antonios Ankunft augenzwinkernd zu ihrem aktuellen Lover verzogen. Es sind neue Nächte, diesmal ohne Sand und Sterne.

Sonja ist im fünften Monat, aber dass sie schwanger ist, sieht nur, wer es weiß. Von Tag zu Tag wächst in ihr der Wunsch, es Antonio zu sagen – und von Tag zu Tag wird es schwerer. Der banale Satz, den sie sich jeden Morgen beim Aufwachen neu zurechtlegt und dann doch nicht über die Lippen bekommt, erhält immer mehr Gewicht, verformt sich, wird unansehnlich. Sie schwebt auf einer Wolke und hat nicht die geringste Lust abzustürzen. Das Kind in ihr ist ein Kind des Verliebtseins und zugleich seine ärgste Bedrohung, eine dunkle Wolke, eine Gewitterwolke. Sonja weiß nicht, ob Antonio Angst hat bei Gewitter. Noch nie in ihrem Leben war sie so glücklich mit einem Mann, aber sie hat Angst, von einem Moment zum anderen könnten seine dunklen Seiten sich offenbaren, denn jeder hat dunkle Seiten, von allen Charaktereigenschaften sind sie am allerbesten getarnt und werden manchmal ganz überraschend entlarvt, durch einen falschen Satz, eine falsche Geste, und dann fegen sie das Glück mit einem einzigen Handstreich vom Tisch, und es dauert so verdammt lange, bis das Hochgefühl wiederbelebt ist, wenn es überhaupt noch gelingt.

Am letzten Tag nimmt Sonja all ihren Mut zusammen. Antonio muss zurück nach Neapel. Er hat telefoniert und erfahren, dass er dringend etwas abliefern muss, einen Aufsatz oder ein Referat, Sonja wird nicht ganz schlau daraus, ob für eine Zeitung oder für das Examen, Antonio macht Andeutungen, aber als sie nachfragt, hat er eine scherzhafte Bemerkung parat und sie merkt, dass er nicht ins Detail gehen mag.

In den Monaten danach wird sie manchmal voll Bitterkeit und Wut denken, dass sich hinter dem mysteriösen »Artikel« garantiert eine Frau verbarg.

Antonio und Sonja reden in den Tagen und Nächten in Hamburg über vieles, aber nicht über die Zukunft und eigentlich auch nicht über das, womit sie sich beschäftigen, wenn sie nicht zusammen sind. Es gibt kein Gestern und kein Morgen, sie schmieden keine Pläne, sondern leben im beredten Glück der Gegenwart, *ihrer* Gegenwart, die nur ihnen beiden allein gehört. Da ist kein Platz für das in ihr wachsende Kind, das eine Zukunft braucht.

Sie sagt es ihm erst, als sie vor seinem Auto stehen. Nicht ganz auf die letzte Minute, aber fast.

Er sieht sie an: überrascht, ungläubig, unsicher, lächelnd, stirnrunzelnd, fragend, zärtlich, zögernd – wird sie später denken. Er kann nicht glauben, dass es wirklich wahr ist und stammelt immer wieder »*Non è vero, dimmi che non è vero*«. Und als sie immer wieder nickt und ihn nur ansieht, versinken sie in diesem gegenseitigen Blick, eine Ewigkeit lang, und halten die Nähe auf Distanz und verwandeln die Distanz in Nähe, und dazwischen vibriert das Glück.

Er sagt, dass er glücklich ist, *felicissimo* – aber später wird sie denken, Worte sind geduldig. Er küsst sie zärtlich, und seine Augen glänzen – aber der schönste Glanz wird stumpf, wenn er vernachlässigt wird. Und dann sagt er noch, er werde sich melden und sie solle auf sich aufpassen und alles wird gut – schon steigt er ins Auto und fährt winkend und hupend davon.

Diese Szene ist es, die sie all die Jahre versucht hat zu vergessen, und über lange Perioden ist ihr das auch gelungen, aber zwischendurch hat ab und zu die Erinnerung an die Scheibe geklopft, ganz leise, aber unüberhörbar, und alte Fragen wachgerüttelt. Denn Sonja kann sich Antonios Verhalten einfach nicht erklären. Sie ist unsicher, ob er sich über die Nachricht, Vater zu werden, gefreut hat oder eher nicht. Ob Angst in seinem stummen Blick lag, und wenn ja, ob es Angst vor der Zukunft war oder Angst vor der Verantwortung oder Angst um sie beide, um ihr Glück. Ob seine Zärtlichkeit ihr galt oder ob es eher eine letzte zärtliche Geste war – dem Glück hinterherzuwinken, bevor es um die Biegung des Lebens verschwindet. Sie kann diese Abschiedsszene nicht zufriedenstellend deuten, und das macht sie eine Zeitlang halb verrückt. Natürlich nicht sofort, ihre Wolke landet sicher und behutsam, erst nach zwei, drei Wochen, als das Warten beginnt. Jeden Morgen läuft Sonja mit flatterndem Herzen zum Briefkasten. Jedes Klingeln des Telefons weckt ihre Hoffnungen, und im selben Atemzug lauert schon die Enttäuschung. Sie häufen sich zu einem Riesenberg an, diese Nadelstiche der Enttäuschung, und begraben nach und nach die Hoffnung unter sich. Ihre Mutter hätte gesagt: »Da muss man durch.«

Im siebten Monat bekommt Sonja Blutungen, muss konsequent liegen, darf nicht mehr aufstehen. Auch rückblickend ist das die schlimmste Zeit ihres Lebens, denn sie würde sich so gern ablenken, sich bewegen, die Gedanken an Antonio vertreiben. Denn er meldet sich nicht. Er meldet sich einfach nicht.

Maris redet mit Engelszungen und Teufelsgeduld. Sonja soll endlich noch einmal bei dieser blöden Nummer in Neapel anrufen, damit der Spuk ein Ende hat.

Aber sie kann nicht. Der Stolz ist ein Gebirge, das sie nicht überwinden kann. Die Luft ist zu dünn, Stolz, Angst, Sehnsucht, Enttäuschung schnüren ihr die Kehle zu.

Also hängt Maris sich ohne Sonjas Wissen ans Telefon. Die Verbindung ist schlecht, wieder ist eine Frau am Apparat, und als Maris nach Antonio fragt, schreit sie irgendetwas, das Maris nicht versteht, schimpft und schreit und tobt, und alle Laute vermischen sich in der knackenden, rauschenden Leitung, Maris versteht nur, dass Antonio nicht mehr da ist, *»se n'è andato«*, keift die Frau, *»dove?«*, schreit Maris, doch da wird der Hörer auf die Gabel geknallt. Aha, ausgezogen also. Wohin? Ein zweites Mal ruft Maris nicht an. Sie ringt mit sich, ob sie der Freundin überhaupt von dem Ferngespräch erzählen soll, aber als Sonja von Tag zu Tag stummer und blasser wird, beschließt Maris, den Prinzen zu entthronen. Sie erzählt von ihrem Gespräch mit der Frau, die am Telefon ganz außer sich war, und dass Antonio dort ausgezogen und unter dieser Nummer nicht mehr zu erreichen ist.

Ein letztes Aufbäumen: Vielleicht, hofft Sonja wider besseres Wissen, hat Antonio sich ihretwegen von der Frau getrennt und wird sich in den nächsten Tagen melden. Sie kämpft und schluckt die Tränen und die Wut herunter, ihr Bauch wird immer dicker, das Kind wächst, aber von Antonio kein Lebenszeichen. Und eines Morgens hat Sonja es geschafft: aufzuwachen aus dem kurzen Traum, sich Antonio auszureden, ihn und die Nacht in Venedig und die Zeit in Hamburg und sein letztes Versprechen. Kaum hat sie diesen Schritt innerlich vollzogen, hören wundersamerweise auch die Blutungen auf, und einen Monat später kommt ihre Tochter zur Welt, die sie Luzia nennt.

Als Sonja nicht lange nach der Geburt einen großformatigen wattierten Briefumschlag im Briefkasten findet und sieht, dass er aus Neapel stammt, packt sie der Zorn. Der Gedanke blitzt auf, die Sendung postwendend im Müll zu entsorgen. Nur weg damit! Aber die Neugier ist größer. Sie öffnet den Umschlag und wirft einen Blick hinein – ist es ein Brief, ein langer Brief, mit Fotos und einem Gedichtband, einem Geschenk? Was sie findet, sind nichts als Fotokopien, an die hundert Seiten, irgendwelche nichtssagenden Berichte und Artikel, kein einziges persönliches Wort! Nichts, keine Zeile, keine Postkarte.

Leises Gewimmer, Luzie ist aufgewacht und ruft nach ihr – Sonja schiebt den Umschlag voller Verachtung hinter den Kleiderschrank. Antonio ist für sie gestorben, die ganze Sache endgültig vorbei und ausgestanden.

Als sie zwei Jahre später in eine andere Wohnung zieht und den Schrank wegrückt, taucht der Umschlag wieder auf. Kurzerhand packt Sonja ihn mitsamt der Vesuv-Postkarte und zwei schlecht ausgeleuchteten Gruppenfotos vom abendlichen Stelldichein am Strand in einen kleinen braunen Handlederkoffer, in dem sie als Kind Puppenkleider aufbewahrte und für den sie schon lange keine Verwendung mehr hat, und den Koffer in einen Umzugskarton. Sie hat keine Zeit, sich zu fragen, ob sie das alte Zeug wirklich aufheben will oder nicht. Derlei Fragen sind sekundär, verlangt wird ihre ungeteilte Aufmerksamkeit. Ihre kleine Tochter ist nonstop auf Entdeckertour und begleitet dies mit viel Geplapper und Gejuchze. Wenn Luzie in der Unikrabbelstube ist, besucht Sonja Seminare oder sitzt in der Bibliothek oder kauft Windeln und Lebensmittel ein. Ein-, zweimal hat sie sich sogar an einen Flirt herangewagt, aber ihr Herz ist anderweitig belegt, lockere Beziehungen sind physisch wie psychisch das Maximum an männlicher Nähe, das sie verkraften kann. Die wenigen Spuren aus Antonios Leben landen also auf dem Dachboden. Und dort bleiben sie auch, bis Luzie sie aufstöbert und dem Fund nachzugehen beginnt …

Sonja lag stocksteif auf dem Bett und starrte zur Decke. Es war ihr eben doch nicht gelungen, die Zeit mit Antonio durch zwanzig Jahre konsequentes Verdrängen zunichte zu machen. Sie hatte das damalige Glück doppelt begraben, in ihrem Herzen und auf dem Dachboden, doch es war all die Jahre hindurch nur scheintot gewesen und hatte auf den Kuss der Prinzessin gewartet, und Luzie war gekommen und hatte die Dornenhecke mühelos überwunden und den Koffer gefunden und geöffnet. Dann war sie davongehüpft, hinaus in die weite Welt, um ihren Vater zu finden, den ihre Mutter ihr unterschlagen hatte. In Sonja aber war die alte Wunde wieder aufgebrochen. Sie wusste nun, dass sie Antonio sein sang- und klangloses Verschwinden auch nach zwanzig Jahren nicht verziehen hatte. Aber das war nur die eine Hälfte des Schmerzes, den Sonja spürte, während draußen die nächtliche Stadt rumorte und hupte und geiferte.

Die andere Hälfte galt dem Glück.

Sie hatte zwanzig Jahre lang mit aller Macht vergessen wollen, wie glücklich sie damals mit Antonio gewesen war. Wie vollkommen die drei Tage mit ihm gewesen waren, innig, wunschlos, prall mit Leben und Gegenwart. Dieses Gefühl von Einssein mit Zeit und Raum und dem anderen und sich selbst hatte sich nie wiederholt, mit keinem der Männer, mit denen sie in all den Jahren danach zusammen war, nicht mit Manuel, nicht mit Hendrik, nicht mit Hanspeter, Vincent, Sebastian. Die Männer konnten nichts dafür – es ging einfach nicht. Die Brücke war eingestürzt. Sonja stand immer auf der jeweils anderen Seite des Ufers.

Jetzt aber spürte sie, wie das Glück und der Schmerz von damals ihr bis zum Halse stiegen, und sie blieb ganz still liegen und ließ sich treiben, ließ sich erfassen von den Strudeln der Erinnerung und fortschwemmen, von einem Ufer zum anderen. Es war quälend, aber gleichzeitig fühlte sie sich wie befreit.

Kurz nach sechs. Die Stadt schien seltsamerweise endlich in den Schlaf gefunden zu haben, vielleicht durch das

Gezwitscher der Singvögel, die in ihren Käfigen erwacht waren. Sonja stand auf, zog sich an und schlich auf Zehenspitzen aus der Pension.

14

Commissario Gentilini wohnte im westlichen Teil der Quartieri Spagnoli, auf halber Strecke zwischen der Via Chiaia und dem Corso Vittorio Emanuele. Nach der Scheidung war seine Frau mit den beiden Kindern in einen Neubau auf dem Vomero gezogen. Er hingegen hatte das dringende Bedürfnis gehabt, sich abzuschotten, einzuigeln. Aber wo war das in dieser rund um die Uhr rotierenden Stadt schon möglich? Im Auge des Sturms, hatte er beschlossen und nach längerer Suche eine Wohnung mit Dachterrasse in einer umgebauten Lagerhalle gefunden, die gut versteckt mitten zwischen den Häuserwürfeln der Quartieri lag. Früher hatte die Halle eine Konfektionsschneiderei beherbergt, aber die Besitzer mussten den Betrieb aus Altersgründen aufgeben und ließen die Halle in zwei Wohnungen umbauen, von denen Gentilini die obere bewohnte. Es gab vier Zimmer, je eins für die beiden Kinder und eins zum Wohnen, eins zum Schlafen. Über eine Wendeltreppe gelangte man auf die Dachterrasse, die sich über die gesamte Fläche der Wohnung erstreckte. Die Aussicht von dort war atemberaubend schön – leider auf den Vomero, nicht auf den Golf von Neapel, was Gentilini bedauerte, aber was war im Leben schon perfekt.

Von der Wohnung aus konnte er zu Fuß zur Arbeit gehen, und für Giorgio und Isabella waren es nur zwei Stationen mit der Funicolare. Gentilinis Exfrau Rosaria, die aus einem Dorf im Hinterland Neapels stammte, hatte den Kindern anfangs kategorisch verboten, ihren Vater in dieser Verbrechergegend, wie sie es nannte, zu besuchen. Das Verbot hatte allerdings nur kurzen Bestand – Gentilini kannte einen der zuständigen Richter. In mancher Hinsicht funktionierten die Ämter und Verwaltungsabteilungen dieser Stadt sehr wohl.

Gentilini summte am Schreibtisch vor sich hin. Seit er auf der Fahrt vom Flughafen in die Stadt das Lied von *Santa Lucia* angestimmt hatte, ging ihm die Melodie nicht mehr aus dem Sinn. Sie wurde allmählich zu einem Ohrwurm, deshalb versuchte er, sie durch andere Melodien zu ersetzen, *Era di maggio,* der Jahreszeit entsprechend, er probierte auch *Malafemmena* und *Torna a Surriento*, aber *Santa Lucia* drang immer wieder durch, hartnäckig wie ein Blutfleck, den ein Mörder vergeblich zu übertünchen versucht.

Was für abartige Bilder du im Kopf hast, Gennaro, sagte er sich. Dein Beruf macht dich langsam krank. So ähnlich hatte es vor vielen Jahren Rosaria formuliert, er hatte den Satz nie vergessen. Nur hatte sie hinzugefügt, dass er außerdem *sie* krank mache, sie und die Kinder, mit seiner verbissenen Arbeit für eine Gerechtigkeit, die es sowieso nicht gab, und dass er sie in den Verbrechersumpf mit hineinziehe und ihrer aller Leben riskiere …

Rosaria hatte nie verstanden, weshalb er diesen Job machte, aber solange er regelmäßig Geld nach Hause brachte, wenigstens ab und zu abends zum Essen heimkam, sonntags für den Familienausflug zur Verfügung stand und zweimal im Monat mit ihr schlief, war alles in Ordnung gewesen. Zumindest hatten sie beide so getan. Im Nachhinein wusste Gentilini, dass er und Rosaria sich schon lange mit einer Illusion eingelullt und betäubt hatten, der Illusion der heilen Familie. Die Ehe und die Illusion waren kurze Zeit nach dem Tag zerbrochen, als Giorgio mit einem blauen Auge und einem ausgeschlagenen Zahn aus der Schule gekommen war. Damals hatten sie alle zusammen noch im Centro Storico gewohnt, nicht weit von der Piazza Dante. Zwei Gleichaltrige hatten Giorgio nach dem Unterricht aufgelauert und ihm stellvertretend für seinen »Bullen-Vater« einen Denkzettel verpasst. Der Vater eines der Jungen saß wegen schwerer Körperverletzung in Untersuchungshaft, der Vater des anderen war der Kripo als Schutzgeldeintreiber bekannt.

Als kurzfristige Lösung hatten sie Giorgio in einer Privatschule untergebracht, aber der Bruch war unvermeidlich gewesen. Bald darauf hatten Rosaria und Gentilini sich getrennt.

Santa Luci-hi-hi-hi-a …

»Und … wie alt ist sie?«, dröhnte plötzlich Stefano di Maios Stimme hinter ihm.

Gentilini fuhr zusammen. »Ste, also wirklich …«

»Neuerdings schreckhaft? Das ist alles die *Midlife Crisis*«, plapperte sein Kollege fröhlich. »Auch beim Mann kommt irgendwann der ganze Hormonhaushalt ins Rutschen. Sozusagen auf die schiefe Bahn.« Er grinste hinterhältig. »Du hast die ultimative Chance, nochmal ein ganz neuer Mensch zu werden. Dich mit Cava anzufreunden. Dich zu einem Mann zu mausern, den die Frauen lieben.«

»Hat Stefania dir das eingeredet?« Stefania war Stefanos Frau, aber wenigstens hatten sie für ihre fünf Kinder andere Namen ausgesucht.

»Nein, mein großer Bruder.«

»Der war schon immer ein bisschen abgedreht.«

»Stimmt. Aber ältere Brüder haben trotzdem meistens Recht.«

»Da bin ich aber froh, dass ich nur eine ältere Schwester habe«, grinste nun auch Gentilini.

»He, wir sind ganz vom Thema abgekommen. Raus mit der Sprache, wie alt ist sie?«

»Keine Ahnung«, sagte Gentilini abwehrend. »Ende dreißig oder so. So was fragt man Frauen nicht.«

Gentilini begann den internen Posteingang durchzusehen.

Er und di Maio kannten sich schon eine Ewigkeit und hatten sich in diversen privaten Unwettern gegenseitig aus der Patsche geholfen. Aber *alles* musste Stefano nun auch nicht mitbekommen. Zum Beispiel, dass diese Frau, die Lion ihm geschickt hatte, diese Sonja Zorn, ihm verdammt noch mal nicht aus dem Kopf ging. Und nicht nur sein Kopf war davon betroffen. Aber mit der Gier nach einer Fünfundzwanzigjährigen hatte das alles nicht das Geringste zu tun.

Zuoberst lagen die Ergebnisse der Gerichtsmedizin bezüglich der Hafenleiche. Der Commissario begann in dem Bericht zu lesen, wurde aber von seinem Kollegen unterbrochen.

»Ach ja, bevor ich's vergesse. Massone rief gestern Abend an, als du schon weg warst«, sagte di Maio. »Er hat mit der Ehefrau gesprochen. Offenbar hatte ihr Mann ein paar Tage vorher erfahren, dass er unheilbar krank war.«

Der Bericht des Pathologen wies in dieselbe Richtung. Keine Fremdeinwirkung. Gentilini und di Maio sahen sich an.

»Wenigstens ein Fall weniger.«

»Die beiden Killer aus den Quartieri?«

»Basile ist an der Sache dran.«

»Scampia?«

»Das Übliche. Eine Krähe hackt der anderen kein Auge aus.«

»Alles verdächtig ruhig heute.«

»Bisher jedenfalls ...«

Gentilini sah auf die Uhr. Kurz nach acht. Zeit für einen Espresso. Um neun war Besprechung. Er griff nach dem Telefonhörer. Die Tür ging auf. Massones Kopf tauchte im Türspalt auf.

»Auch einen *caffè*?«

»Warum nicht.« Umberto Massone schlüpfte herein und schloss die Tür. Anders als sein Name vortäuschte, war er klein und schlank und für körperliche Auseinandersetzungen kaum geeignet, was er durch sein geradezu enzyklopädisches Wissen und seinen treffsicheren Umgang mit Waffen mehr als kompensierte. Er teilte sich normalerweise drei Türen weiter ein Zimmer mit Commissario Coppola, aber seit Coppola wegen seines Bandscheibenschadens ausfiel, hatte Massone das Zimmer für sich allein.

»Ganz schön einsam drüben, eh?«, sagte di Maio. Es war mehr eine Feststellung als eine Frage.

Massone schnalzte mit der Zunge. »Gewährt ihr mir für zehn Minuten Exil?«

»Hast wohl Schiss, dass Cava mit dir einen Espresso trinken will«, frotzelte Gentilini.

Massone rollte mit den Augen. »Der gibt einfach keine Ruhe. Ständig kommt er rein und labert mich voll und hält mich vom Arbeiten ab. Und ich Idiot hör mir seine Storys auch noch an.«

»Du musst einfach autoritärer werden.«

»Hättest du lieber den ganzen Tag mit unserem neuen Sturkopf aus Bozen zu tun? Oder wie wär's mit Ispettore Piselli?«

Massone verschränkte die Arme hinter dem Nacken. »Am nächsten Tag quittiere ich den Dienst, das sage ich euch.« Seine Augen verengten sich. »Apropos Piselli ... Ich hab da einen Hinweis bekommen, dass wir das Fiasko mit Vitale möglicherweise ihm zu verdanken haben ...«

Bei Luigi Vitale waren die Fäden des Drogenhandels an fast zwanzig Schulen zusammengelaufen. Er versorgte die zum Teil erst zwölf-, dreizehnjährigen Dealer mit Heroin, Kokain und Crack, bei ihm lieferten sie ihren Gewinn ab und verdienten dabei bis zu dreitausend Euro im Monat. Nach fast zwei Jahre dauernden, aufreibenden Recherchen hatte das Team um Massone ihn im März fast an der Angel gehabt. In mühsamer Kleinarbeit war es ihm gemeinsam mit Coppola und Cava gelungen, zwei der Jungs zu einer Aussage gegen Vitale zu überreden. Was nicht leicht gewesen war. Man schlug sich nicht auf die Seite der Polizei, außerdem lockte das leichte Geld. Auszusteigen hieß außerdem, auf Prestige und Coolness zu verzichten. Als Belohnung winkte so gut wie nichts, jedenfalls in den Augen der Jugendlichen. Allenfalls eine andere Art von Coolness – dass man den Leuten wieder gerade in die Augen sehen konnte. Und die Aussicht auf einen Job, dafür hatte Massone gesorgt, denn sonst konnte man die Sache gleich vergessen.

Allein schon der Haftbefehl war ein riesiger Erfolg gewesen – nur war Vitale leider seiner Verhaftung entgangen, um Haaresbreite. Irgendwer hatte ihn gewarnt. Und dieser Irgendwer musste definitiv aus den Reihen der Kriminalpolizei stammen. Zumindest das hatte Coppola noch herausgefunden und Massone mitgeteilt, bevor er seine Bandscheibe ihn komplett lahm gelegt hatte. Massone war der Sache offenbar nachgegangen.

»Mehr kann ich im Moment noch nicht sagen, aber ich bin nah dran«, sagte Massone. Dann grinste er. »Nur damit ihr's wisst: Ihr seid die Einzigen, denen ich bisher davon erzählt habe. Wenn Piselli untertaucht, weiß ich wenigstens, wer ihm einen Tipp ...«

Das Telefon klingelte. Gleichzeitig klopfte es an der Tür. Massone sprang auf, um zu öffnen, Gentilini nahm den Hörer ab, di Maio kramte ein Eurostück aus der Hosentasche.

»Schon wieder im Plastikbecher?«, hörte Gentilini im Hintergrund die dröhnende Stimme seines Kollegen, während er der Hiobsbotschaft im Hörer lauschte. Er machte sich Notizen. Als er aufgelegt hatte, sagte di Maio gerade zu Massone:

»Was schätzt du, wie viel ich noch zahlen muss, bis er uns den Espresso in anständigen Tassen bringt, he? Fünf Euro, zehn Euro?«

Massone zuckte die Achseln. »An deiner Stelle würde ich erst hinterher löhnen.«

Di Maio lachte. »Das ist genau der Unterschied zwischen uns: Ich gebe einen Vertrauensvorschuss und du einen Vorschuss an Misstrauen.«

»Das ist ja wohl die Höhe«, empörte sich Massone, »habe ich euch vorhin von meinem Verdacht erzählt oder nicht ...«

»Ein Toter in Santa Lucia«, unterbrach Gentilini genervt. »Via Palepoli. Wer fährt hin?«

Umberto Massone nickte. »*Ci vado io.* Aber kein Wort zu Cava!«

»Ehrenwort«, sagte di Maio. »Beim Zopf meiner Urgroßmutter.«

»Ich komme mit«, sagte Gentilini unvermittelt. Er brauchte frische Luft und dachte, dass er diese verdammte Melodie in seinem Hirn vielleicht am besten an Ort und Stelle los wurde.

Drei Stunden später wusste er, dass er intuitiv die richtige Entscheidung getroffen hatte. In seinem Hinterkopf kreisten jetzt keine Tonfolgen mehr, jetzt machte ihm vielmehr eine zufällige Entdeckung Kopfzerbrechen, die sie bei der Leiche gemacht hatten, eine merkwürdige Koinzidenz ... Von da an versuchte er stündlich, Sonja in ihrer Pension zu erreichen.

15

Das Licht fiel frühmorgens anders, milder, jünger, verdünnt von den Schatten der Nacht. Die Rollläden waren noch vor den Geschäften heruntergelassen. Die Müllabfuhr rumpelte durch die Straßen und lud die vor Häusern und Läden aufgetürmten Müllsäcke ein; trotzdem blieb viel Abfall liegen, in dem Hunde und Katzen nach Futter wühlten. Kaum jemand war um diese Uhrzeit unterwegs, nur zwei Bars hatten geöffnet. Sonja trank im Stehen einen Espresso. Das Cornetto war noch ofenwarm.

Die Stadt schien ein anderes Gesicht zu haben als am Tag zuvor und am Tag der Ankunft. Alles wirkte offener, freier, noch unbeschrieben und wie zu jeder Schandtat bereit. Sicherlich, jede Stadt war stets auch der Spiegel dessen, der sich in ihr aufhielt, sie benutzte oder auch nur kurz durchquerte. Der Zwischenfall vor der Kirche schien Jahre zurückzuliegen. Sonja war an diesem Morgen bester Dinge und bereit, Neapel ein wenig zu mögen, und wie so oft, wenn einer sich bewegt, bewegt sich auch der andere: Die Stadt kam ihr gewissermaßen mit freundlicher Miene entgegen.

Der banale Grund für die Veränderung aber war die morgendliche Leere. Die Häuser hatten noch nicht ihre Bewohner und deren zwei- und vierrädrige Krachmacher in die Gassen ausgeschüttet. Der Blick irrte noch nicht wie ein besoffenes Insekt von Schaufenster zu Schaufenster, von Bancarella zu Bancarella, sondern hatte Auslauf – Manege frei für die altehrwürdigen Häuser und Palazzi, den Stuck an den Gesimsen, die kunstvoll geschmiedeten Balkongitter, die dunkelroten, gelben, in Dutzenden von Zwischentönen abblätternden Fassaden, die handtuchschmalen Durchgänge zwischen den Läden, die zu Innenhöfen mit frei stehenden Treppenhäusern führten, die aus dem Stand als Kulisse für einen Film dienen konnten.

Sonja lief über die Piazza Municipio und am Maschio Angioino vorbei zum Teatro di San Carlo. Sie sah sich die Szenenfotos an, im Mai stand unter anderem »Il matrimonio segreto« von Cimarosa auf dem Spielplan. Sie könnte versuchen, eine Karte zu bekommen – oder sogar zwei, dachte sie, als sie an der monumentalen Vorderseite des Palazzo Reale in Richtung Wasser lief, vielleicht hatte der Commissario Lust, sie zu begleiten. Er war wesentlich sympathischer, als sie am Flughafen auf den ersten Blick vermutet hatte.

Das Viertel unten am Meer, in der Armbeuge des Lungomare gelegen, hieß Santa Lucia. Am Abend zuvor hatten sie dort gegessen, in einem unprätenziösen Restaurant auf dem Borgo Marinaro – so hieß die kleine Insel vor dem Küstenstreifen von Santa Lucia, auf der sich die wuchtige Burg Castel dell'Ovo erhob. Eine Brücke führte zu der Insel hinüber, die nur etwa hundert Meter vom Festland entfernt war. Dort waren im neunten Jahrhundert vor Christus Griechen aus Rhodos mit ihren Schiffen gelandet und hatten den Grundstein für Partenope gelegt, woraus später Neapel entstand, hatte Gentilini erzählt. Die Insel hieß ursprünglich Megaride, und der römische General Lukull ließ dort eine luxuriöse Villa bauen, in der Vergil nach dessen Tod vierzehn Jahre lang lebte und dichtete.

Mit schwallartig ausgeschüttetem Wissen war Sonja seit langem nicht mehr zu beeindrucken. Männer, die am liebsten sich selbst reden hörten und andere mit Worten zupflasterten, hatten bei ihr mittlerweile schlechte Karten, selbst wenn das, was sie erzählten, interessant war. Hätte Gentilini, der sich offenbar in der Geschichte der Stadt auskannte, sie gestern Abend lang und breit durch die Jahrhunderte Neapels genötigt, könnte Sonja auf jede freiwillige Begegnung mit ihm gut und gern verzichten. Früher hatte sie sich zu Großrednern eher hingezogen gefühlt und maximal die Stichworte geliefert. Zwei Verflossene der letzten Jahre hatten zu dieser Sorte Privatdozenten gehört, belesen, bestens informiert, aber gänzlich unempfindlich für die Befindlichkeiten ihres Gegenüber. Mittlerweile hatte Sonja diese Sorte Männer satt – und nicht nur diese Sorte.

Einmal hatte sie zu Maris gesagt: »Was Männer angeht, komme ich mir vor wie beim Einkaufen im Supermarkt: Ich stehe ratlos vor der Wurst- und Käsetheke, weil nichts mich wirklich anspricht.«

»Wir haben das meiste eben schon durchprobiert«, hatte Maris gegrinst, die für ihr Leben gern aß und kochte. »Wir werden immer wählerischer.« Der Schatz der Erfahrungen war eben auch ein Fluch.

Wenn wieder einmal aus einem zunächst vielversprechenden Rendezvous nichts geworden war, pflegten Sonja und Maris seither zu sagen: »Wieder mal zu wählerisch gewesen ...«

Gentilini aber hatte die Kurve rechtzeitig gekriegt. Auf dem Rückweg zu seinem Auto hatten sie überhaupt nicht mehr geredet. Es war zwar kein entspanntes Schweigen gewesen, aber auch kein verlegenes. Ein Pluspunkt für ihn, dachte sie jetzt. Nichts zu mäkeln. Noch nicht. Abwarten.

Sie lehnte am Geländer der Uferpromenade, blickte auf die wuchtigen Mauern des Castel dell'Ovo, die in der Morgensonne golden strahlten. Fischerboote steuerten mit knatternden Außenbordern zurück in den kleinen Hafen. Zwei Angler warteten auf einen Fang, aber wahrscheinlich warteten sie nicht wirklich, sondern füllten sich mit dem für jeden anders schimmernden Morgenelixier. Die Touristen in den Luxushotels am Lungomare schliefen noch.

Vor der Villa Comunale bog sie rechts in die Gassen ein, überquerte die Piazza dei Martiri und fand sich in der Via Chiaia wieder. Hier reihte sich ein Geschäft ans nächste. Die Müllabfuhr war noch nicht durchgekommen, an den Straßenrändern stapelten sich Kartons und sonstiges Verpackungsmaterial. Sonja ging unter einem Torbogen hindurch. Linker Hand führte eine Gasse namens Gradoni di Chiaia steil bergan ins Gewirr der Quartieri Spagnoli.

Sonjas Blick blieb an einem riesigen goldenen Knopf hängen. Er prangte neben dem Namenszug der Ladenbesitzer, der in altmodisch geschwungenen Lettern auf einer schwarzen Glasplatte über dem Rollladen zu lesen stand: *Belardini*. Solche Läden waren in Hamburg schon lange aus dem Straßenbild verschwunden, Knöpfe kaufte man im Kaufhaus, wenn überhaupt. Sie ging weiter, las jetzt interessiert die anderen Namen über den Schaufenstern: *Auriemma*, *Scorza, Onorato*, *Ricciardi* – und in dem Moment sah sie es. Das Schild. Den Namenszug, wie beim Knopfgeschäft in altertümlich schnörkeligen Goldlettern auf schwarzem Grund. Ein Hutgeschäft, eines der wenigen Geschäfte ohne Rollläden. *Di Napoli.*

Sie starrte auf das Schild.

Nein, dachte sie. Das ist nicht möglich!

Di Napoli …

Wie hatte sie nur so blind sein können! Natürlich, Antonios Nachname. Antonio di Napoli, so hieß er wirklich, und so hatte es auch auf der Postkarte gestanden. Er hatte nicht einfach als Antonio aus Neapel unterschrieben, sondern mit seinem vollen Namen.

Ihr Herz klopfte bis zum Hals. Wieder und wieder las sie den Schriftzug über dem Hutgeschäft, als wäre er ein Wegweiser, eine geheime Botschaft, die man nur oft genug von vorn und von hinten lesen musste, um sie zu begreifen.

Sonja starrte ins Schaufenster und sah sich langsam den Kopf schütteln. Nein, dachte sie. Wenn ich ehrlich bin, ist Luzie nicht mehr der einzige Grund, weshalb ich hier bin. Der Commissario hat Recht, sie ist alt genug, um auf sich selbst aufzupassen. Es gibt einen zweiten Grund: Ich will Antonio finden. Diese ganze sentimentale, unglückselige Geschichte von damals muss endlich einen anständigen Schlusspunkt erhalten: *The End.* Und zwar für mich. Damit ich Antonio einmal noch ins Gesicht sehen und ihm sagen kann, wie feige und gemein er sich damals verhalten hat. Und zweitens will ich ihn für Luzie finden. Damit meine Tochter endlich einen Vater hat. Und was sie dann damit anfängt, ist allein ihre Sache. Di Napoli – nicht zu fassen …

16

Mittlerweile war es Viertel vor acht. Das Cafè Gambrinus am anderen Ende der Via Chiaia hatte schon geöffnet. Sonja musste sich stärken und wappnen. Sie bestellte einen frisch gepressten Orangensaft und einen Cappuccino und aß ein weiteres Cornetto. Beim Zahlen fragte sie den Mann hinter der Kasse, ob er zufällig wisse, wo es in Neapel ein Internetcafé gebe.

Er machte ein ratloses Gesicht. »*Boh … forse vicino alla stazione.*« Er gab die Frage an den Kollegen an der Espressomaschine weiter, der wusste mehr. »Nicht weit von hier in der Galleria«, rief er gegen den Lärm beim Milchaufschäumen an, »kurz vor dem Ausgang zur Via Santa Brigida. Aber in der Altstadt gibt es sicherlich jede Menge Internetcafés, Signora, wissen Sie, wo die Universität ist? Via Mezzocannone, Spaccanapoli, die Gegend.«

Das Internetcafé in der Galleria Umberto I. hatte noch geschlossen, es hing auch kein Hinweis an der Ladentür, wann die Pforten geöffnet würden. Auf dem Weg in Richtung Universität sprangen Sonja jetzt überall die Namen der Geschäfte ins Auge: *Sasso, Minerva, Chiaravalle Elettrodomestici, Gallinoro, Farmacia Ferrante.* Und an der Piazza Bovio in riesigen Lettern: *Banco di Napoli.*

Brett vorm Kopf gehabt, dachte sie und fragte sich bang, wie viele di Napolis es wohl insgesamt in Neapel und Umgebung gab und wie viele davon Antonio hießen.

Das erste Internetcafé, das sie fand, lag tatsächlich schräg gegenüber der Universität. Ein junger Mann schloss den Laden soeben auf. Die Computer liefen noch nicht. Er war ihr behilflich bei der Suche nach der Internetseite des Telefonbuchs, den *Pagine Bianche*.

Das Ergebnis ließ sich sehen: Allein in Neapel gab es neunundzwanzig Antonio di Napoli. Dazu kamen die Namensvettern in der Provinz: Arzano, Casoria, Marano, Massa di Somma, Mugnano, Portici und wie die Vororte alle hießen. Insgesamt ergab das knapp fünfzig Einträge. Zu jeder Adresse gab es im Netz sogar einen Umgebungsplan und eine Wegbeschreibung mitsamt Entfernungsberechnung. Sonja nummerierte die Kandidaten durch.

Fragte sich nur, wo sie ungestört telefonieren konnte. Die Pension kam dafür definitiv nicht in Betracht, ebenso wenig irgendein Café. Zum ersten Mal vermisste sie ihr Handy. Sie hatte einfach keine Lust gehabt, den seit Wochen kaputten Akku reparieren oder austauschen zu lassen. Es musste doch eine öffentliche Telefonzentrale geben. Sie fragte den jungen Mann, er kannte sich aus und erklärte ihr den Weg dorthin.

Am Ende des Vormittags hatte sie fünfundzwanzig der neunundzwanzig in der Stadt gemeldeten Telefonnummern und dreizehn der zweiundzwanzig Nummern in der Provinz erreicht. Bei einigen hatte niemand abgenommen, bei anderen hatte sie nur den Anrufbeantworter erwischt, aber was sollte sie schon draufsprechen, man konnte sie ja nicht zurückrufen. Überwiegend waren Frauen am Apparat gewesen, aber das hatte Sonja nicht anders erwartet.

Sie hatte vorher überlegt, wie sie ihre Geschichte am geschicktesten aufziehen könnte, um nicht gleich abgewimmelt zu werden. Sie musste davon ausgehen, dass Antonio mit Mitte vierzig verheiratet war und Kinder hatte. Eine unbekannte Frau, die nach einem Mann fragte, war immer potenziell verdächtig, es sei denn, sie rief im Auftrag eines Marktforschungsinstituts oder einer Firma an. In Sonjas Fall war beides unglaubwürdig, so gut war ihr Italienisch nun wieder nicht. Vor allem musste sie freundlich und reaktionsschnell sein – und sie musste harmlos klingen.

»Ich rufe aus Deutschland an«, hatte sie das erste Gespräch mit extrastarkem Akzent eröffnet. »Im Auftrag meines Mannes, der kein Italienisch spricht.« Damit war von vornherein eine gewisse Distanz hergestellt. »Mein Mann hat vor zwanzig Jahren in Italien einen Neapolitaner kennen gelernt, der Antonio di Napoli heißt. Er möchte gern den Kontakt wieder herstellen, aber er hat seine Telefonnummer nicht.« Ob sie wohl ganz zufällig bei der richtigen Adresse gelandet sei? Antonio di Napoli müsse jetzt etwa Mitte vierzig sein …

Die Frau hatte gelacht und gesagt, nein, da wäre sie falsch, ihr Mann sei über sechzig, aber viel Glück bei der Suche.

Die Strategie bewährte sich. Über die Hälfte der Namensvettern schied auf Anhieb aus. Bei den Kandidaten, die vom Alter her infrage kamen, hatte Sonja schnell nachgesetzt, er habe damals studiert. Bei diesem Stichwort dünnte sich die Reihe der verbliebenen Kandidaten erneut aus.

Ein paar der Männer hatten selbst den Hörer abgenommen. Sonja hatte ihren Text variieren müssen und auf Italienisch gesagt: »Ich rufe aus Deutschland an, aus Hamburg!«, als Nächstes: »*Antonio, sei tu*? Erinnerst du dich noch, wir haben uns vor zwanzig Jahren …« Alle hatten sie spätestens an diesem Punkt unterbrochen: Sie seien nie in Deutschland gewesen, und wenn in Deutschland, dann nie in Hamburg – das reichte, sie waren aus dem Spiel.

Sonja war enttäuscht. Der Elan vom frühen Morgen war verflogen. Sie hatte sich die Suche zwar nicht ganz so märchenhaft vorgestellt wie ein zufälliges Um-die-Ecke-Biegen von Luzie, aber nach so viel Mühe doch etwas erfolgreicher. Insgeheim hatte sie gehofft, dass irgendwer sagen würde: »Da hat doch vor kurzem schon mal eine Deutsche angerufen ...« Aber niemand hatte ihr den Gefallen getan.

Immerhin kamen drei der di-Napoli-Kandidaten in die nähere Auswahl. Zwei von ihnen waren Mitte vierzig, hatten studiert, aber die Frauen am Telefon wussten nichts über eine Jahrzehnte zurückliegende Bekanntschaft mit einem Deutschen. Sie solle später noch einmal anrufen, hatten sie gesagt. Die dritte Frau hatte zwar gesagt, ihr Mann sei in Deutschland gewesen, bei der Frage nach seinem Alter hatte sie aber empört den Hörer aufgeknallt. Sonja ließ sich im Internetcafé den Umgebungsplan dieser Adresse ausdrucken. Der Vico dei Miracoli war nicht weit. Das ließ sich zu Fuß erledigen. Und vielleicht machte die Gasse ihrem Namen ja alle Ehre und hielt ein Wunder für sie bereit.

Sonja folgte der Via Tribunali, bis sie auf die breite Via Duomo stieß, bog dann links ab, überquerte die noch breitere Via Foria, dahinter begann das Viertel Sanità. Die Gassen wurden wieder enger, schmutziger. Es waren keine Touristen mehr unterwegs, aber viele Kinder, Frauen in Kittelschürzen, alte Leute, Mofa fahrende Achtjährige, Jugendliche, die in Gruppen herumstanden und darauf warteten, dass irgendetwas passierte, zwei junge

Männer, die sich in eine Ecke drückten, vielleicht um sich einen Schuss zu setzen.

Sonja fühlte sich in diesem Viertel unbehaglicher als in den quirligen Gassen im Centro Storico und in den belebten Geschäftsstraßen. Hier spürte sie wie schon in den Quartieri Spagnoli deutlicher, dass sie ein Eindringling war, eine Fremde. Jeder sah ihr das an, trotz ihrer dunklen Haare und der in Vietnam produzierten italienischen Schuhe, weil hier jeder jeden kannte und weil sie sich, bei allem Bemühen, locker zu wirken, zunehmend verspannte. Man sah es ihrem Blick an, ihrem Gang, jeder noch so kleinen Bewegung, und sie selbst spürte die Fremdheit bei jedem Schritt. Wie in einem Dorf war hier auf Anhieb klar, wer dazugehörte und wer nicht. Die Fremde wurde von tausend Augen beobachtet. Wenigstens hatte sie keinen Rucksack dabei.

Die gesuchte Gasse lag direkt hinter der Kirche Santa Maria ai Miracoli. Sonja blickte nicht mehr nach rechts oder links. Aus dem Augenwinkel suchte sie nach der Hausnummer, und als sie sie gefunden hatte, steuerte sie erhobenen Hauptes auf den Eingang zu, als sei sie schon hundertmal hier gewesen. Die Haustür war geschlossen, aber es gab eine Gegensprechanlage. Sonja klingelte. Eine verzerrte Frauenstimme meldete sich.

»*Chi è?*«

»*C'è Antonio*?«, schrie Sonja, als würde sie ihn gut kennen. Sie legte eine gewisse Ruppigkeit in die Stimme – ohne Einsatz von Ellbogenmentalität – *Platz da, hier komme ich!* – kam sie jetzt nicht weiter.

Es funktionierte. Ein Surren. Ein Klicken. Sie drückte die Tür auf und war froh, den tausend Blicken entkommen zu sein.

Im Hausflur war es halbdunkel und kühl. Es roch nach

kalter Asche und Katzenpisse. Auf dem Treppenabsatz im ersten Stock stand ein großer Blumentopf voll ausgezehrter Erde, darin ein halb vertrockneter Blumenstängel, jede Menge Kippen, eine leere Spritze.

Nach der Klingelleiste zu urteilen wohnte dieser Antonio di Napoli im zweiten oder dritten Stock. Langsam, aber mit festen Schritten, um die Aufregung unter Kontrolle zu bringen, stieg Sonja die Treppe hoch. Beklommen fragte sie sich, ob Antonio, *ihr* Antonio, tatsächlich hier wohnte, in diesem Haus, in diesem Viertel?

Erster Stock.

Wenn sie als Kind zum ersten Mal eine Freundin besucht hatte, war der erste Eindruck immer das Treppenhaus gewesen, der Geruch, das Licht, die Farbe des Fußbodens, der Wände, in Altbauten knarrten oft die Stufen, in Neubauten roch es meistens nach Bohnerwachs.

Zweiter Stock.

Was wusste sie als Fremde schon, was sich hinter den Fassaden der Häuser, hinter den Wohnungstüren abspielte?

Zweieinhalb.

Sie bog um die Ecke, blickte nach oben. Ein etwa fünfundvierzigjähriger Mann stand in der Tür. Er trug Boxershorts und T-Shirt. Er war klein und unrasiert. Er hatte einen schwarzen Schnauzbart. Er sah ihr fragend entgegen.

Nein, es war nicht Antonio. Nicht *ihr* Antonio.

Einer weniger, dachte sie und lächelte erleichtert.

Als sie ihm gegenüberstand, entschuldigte sie sich. Sie habe vorhin angerufen, es sei offenbar eine Verwechslung, sie suche einen Namensvetter von ihm, einen anderen Antonio di Napoli, der sie vor zwanzig Jahren einmal in Deutschland besucht habe.

»*Germania? Ci ho lavorato per dieci anni*«, sagte der Mann, »*Nurimberga,* gute Stadt, *belle donne.*« Er grinste leicht anzüglich. »*Peccato che …*« Er kam nicht dazu zu sagen, was er bedauerte, denn neben ihm tauchte der Kopf eines etwa achtjährigen Mädchens auf. »Meine Tochter, *si chiama Patrizia*«, stellte er vor. Im Hintergrund ertönte die keifende Stimme der Frau, mit der Sonja offenbar telefoniert hatte. »Meine Frau«, sagte der Mann achselzuckend und machte Anstalten, die Tür zu schließen.

»*Comunque grazie.*« Sonja zwinkerte dem Mädchen zu. »*Ciao bella.*«

Leichtfüßig sprang sie die Treppen hinunter. Der Geruch nach Katzenpisse fiel ihr gar nicht mehr auf.

17

»Da waren schon wieder Anrufe für Sie. Ziemlich viele«, meckerte Signora Russo, als Sonja am Nachmittag erschöpft und verschwitzt die Wohnungstür aufschloss.

Die Vermieterin trug heute ein tief dekolletiertes, gerade geschnittenes Strandkleid aus geblümtem Frottee, dazu hellgrüne Frotteeschlappen, in denen sie nicht weniger schlurfte als in der getigerten Pantoffelvariante. Sie schien geradezu auf Sonja gewartet zu haben und musterte sie mit einer Mischung aus Interesse und Misstrauen.

»Sie scheinen sehr beliebt zu sein.«

Dann zog sie einen Notizzettel aus ihrer Tasche. Auf dem Zettel waren drei Nummern notiert. Die oberste Nummer war die von Lion, die zweite die Büronummer von Gentilini, die dritte sagte Sonja nichts.

»Der erste Anruf kam aus Deutschland.«

Unterschwellig war herauszuhören, dass Signora Russo dahinter den Ehemann oder Lebenspartner ihres Pensionsgasts vermutete. Und folgerichtig hinter dem zweiten Anrufer Sonjas neapolitanischen Liebhaber. »Der andere Mann hat gleich fünf- oder sechsmal angerufen«, fuhr sie missbilligend fort. »Ein gewisser Gentilini. Können Sie diesem Signore bitte ausrichten, dass er das in Zukunft unterlassen soll. Ich bin schließlich nicht Ihre Sekretärin. Haben Sie kein Handy?«

Das hatte Sonja heute auch schon bedauert. Sie überging den Vorwurf, aber offenbar wurde auch keine Antwort erwartet, denn die Vermieterin fuhr übergangslos fort: »Er hat gesagt, es ist dringend. Er hat gleich zwei Nummern hinterlassen. Sie können ihn auch spät abends anrufen, hat er gesagt.« Was sie von dieser Tatsache hielt, war eindeutig, denn als sie an der Tür zur Küche angelangt war, drehte sie sich noch einmal um: »Ich habe Sie heute Morgen gar nicht aus dem Haus gehen hören. Falls ich das vergessen haben sollte, Männerbesuch ist in dieser Pension …«

Sonja, die schon auf dem Weg zum Telefon war, drehte sich um. Jetzt reichte es. Einer spontanen Eingebung folgend sagte sie: »Habe ich übrigens schon gesagt, dass das Zimmer ab morgen wieder frei wird?«

»Ach … Gefällt es Ihnen hier nicht?« Ein anzügliches Lächeln huschte über ihr Gesicht. »Verstehe, Sie haben sich anderweitig einquartiert, privat sozusagen …«

Was für eine Frechheit. Nur weg hier, dachte Sonja, eine andere Pension wird sich finden – oder sie zog gleich in eins der Luxushotels am Lungomare, für zwei Nächte könnte sie sich das eigentlich gönnen. Dieser Gedanke besänftigte sie ein wenig. In den letzten Wochen war sie viel zu leicht aus der Fassung zu bringen, aber heute waren auch ihre Müdigkeit und diese verdammte Abstellkammer daran schuld.

Sie wählte Gentilinis Dienstnummer, doch niemand nahm ab. Daraufhin versuchte sie es unter der anderen Nummer.

»*Sonja ... finalmente ... dove sei*?«

Seit wann duzten sie sich? »In der Pension ...«

»Bleib, wo du bist. Ich hol dich ab. In zwanzig Minuten bin ich da.«

»Aber was ...«

»Erklär ich dir später. Rühr dich nicht vom Fleck. Ich muss dir etwas zeigen. *Ciao*.«

Sonja ließ irritiert den Hörer sinken. Irgendetwas lief hier schräg. Sollte das der plumpe Auftakt zu einem weiteren gastronomischen Ausflug sein? Dieses fröhliche Duzen und seine hektische Stimme – das passte nicht zusammen. Und schon wieder hatte er ihr keine Wahl gelassen: zack, bumm, du wartest, ich komme.

Nach über zwölf Stunden in der heißen, staubigen Stadt brauchte sie dringend eine Dusche. Im Gegensatz zur Abstellkammer war das Badezimmer eine Halle, in der man mühelos vier Badewannen hätte unterbringen können. Oder vier Betten, dachte Sonja. Vielleicht sollte sie der Signora den Vorschlag machen. Damit wäre noch mehr Geld zu verdienen. Aus dem Duschkopf sickerte allerdings nur ein geiziger Strahl lauwarmes Wasser. Der Mann in der Sprachenschule hatte Recht gehabt: Man brauchte in dieser Stadt wirklich Geduld.

Gentilini war schneller da, als sie gedacht hatte. Er war wortkarg und wirkte angespannt. Selbst sein Lächeln gelang ihm nicht überzeugend. Als sie im Dienstwagen saßen, setzte er sofort seine Sonnenbrille auf. »Schönen Tag gehabt?«

Sie bejahte. »Und selbst?«

»*Così.*«

»Du hättest mich wenigstens fragen können, ob ich dich duzen will.«

Er nickte zerstreut. »Stimmt. Soll nicht wieder vorkommen. Wollen wir uns lieber wieder siezen?«

»Blödsinn.«

»Ich heiße Gennaro.«

»Sonja.«

Eine Weile schwiegen sie. Es machte nicht den Anschein, als würde Gentilini ihr diesen dringlichen Ausflug aus eigenem Antrieb erklären wollen.

»Darf ich fragen, wo wir hinfahren?«

»Ins Polizeipräsidium.«

»Warum? Was ist los? Du bist so komisch ... Was willst du mir zeigen?«

»Nicht hier.« Mehr sagte er nicht. Schweigen. Brütende Hitze. Gentilini fuhr reichlich flott, er hatte es eindeutig eilig.

»Ich habe etwas herausgefunden«, begann Sonja.

»Ach ja?« Es klang höflich, aber nicht wirklich interessiert.

Geistesabwesende Männer waren ein Problem, das Sonja trotz ausreichenden Studienmaterials noch nicht zufriedenstellend gelöst hatte.

»Sonst noch etwas, was du mir dringend sagen wolltest?« Ihre Stimme klang schriller, als ihr lieb war.

»Was hast du gesagt?«

Sie hielten vor einem hässlichen Gebäude, offenbar dem Polizeipräsidium. Der Pförtner nickte ihnen zu.

»Tut mir Leid«, sagte Gentilini, als der Aufzug sich in Bewegung setzte. Es war nicht klar, was er meinte, aber es hörte sich aufrichtig an.

Jetzt war Sonja diejenige, die schwieg. Was sollte sie auch sagen? Sie spürte nur eine wachsende Beklemmung. Was zum Teufel wollte er ihr zeigen? Was immer es war, es konnte nichts Gutes sein.

Oben angekommen ging Gentilini voraus, einen langen, nur von Kunstlicht beleuchteten Korridor entlang, an dessen Wänden mittelmäßige Drucke neapolitanischer Sehenswürdigkeiten hingen. Die Atmosphäre erinnerte Sonja an den zweifelhaften Charme deutscher Behörden. Auch in Lions Abteilung hatte es früher ähnlich ausgesehen. Erst seit das Polizeipräsidium im neuen Gebäude am Stadtpark residierte, war die Atmosphäre dort freundlicher, heller, lichter – laut Lion, »um Durchblick vorzutäuschen.«

Neben Sonja wurde eine Tür aufgerissen, ein Mann wollte das Zimmer verlassen, überlegte es sich aber offenbar anders, denn die Tür knallte blitzartig wieder zu. Gentilini zog die Augenbrauen hoch, murmelte etwas, das eindeutig unfreundlich klang. Schließlich öffnete er eine Tür zu seiner Rechten, an der ein dickes Rauchverbotsschild prangte.

Sie betraten ein mittelgroßes, unordentliches, stickiges Zimmer, zwei Schreibtische Kopf an Kopf, darauf Berge von Akten und Papier. Kein Kollege in Sicht.

»Bitte, setz dich doch. Möchtest du etwas trinken?«

»Nein«, sagte Sonja und legte so viel Kühle in ihre Stimme wie bei diesen Temperaturen möglich. Sie verschränkte die Arme vor der Brust und sah sich um. Ihrem sondierenden Blick entging weder das Foto von fünf Kindern, die sich um eine Frau gruppierten, noch auf dem Schreibtisch gegenüber ein zweites Foto, auf dem zwei Jugendliche abgebildet waren. Aha, dachte sie enttäuscht: Er ist unglücklich bis glücklich verheiratet, Vater von zwei bis fünf Kindern. Vielleicht ist er allergisch gegen Eheringe.

Aber er hatte sie sicherlich nicht hierher geholt, um ihr das zu zeigen. »Sag mir jetzt endlich, was das soll, diese überfallartige Entführung ins Reich der Kriminalpolizei. Ist das dein ganz persönlicher Stil?« Ihr Ärger war nicht zu überhören. Ihr Blick fiel auf die heruntergelassenen Jalousien. Spöttisch fügte sie hinzu: »Man hat nicht mal einen Blick aufs Meer.«

Gentilini räusperte sich, seine Stimme war belegt. »Man hat auch selten Zeit rauszusehen.«

Er ging zu einem der Schreibtische – nur zwei Kinder, registrierte Sonja – und griff nach einer Umlaufmappe, die ganz oben lag. Er öffnete sie und entnahm ihr eine Art Klarsichthülle, die er Sonja reichte, ohne sie dabei anzusehen.

In der Hülle lag ein Foto. Es war nicht groß, größer als ein Passfoto, etwa Postkartenformat. Das Foto zeigte ein junges Mädchen. Es war nicht das Foto, das Sonja Gentilini in der Trattoria gezeigt hatte, aber es war unverkennbar dasselbe Mädchen.

Sonja wurde blass. Ihr Ärger war verflogen, an seiner Stelle kroch ihr nun Angst in die Glieder. Nein, dachte sie, bitte nicht, nein.

»Ist sie das?«, fragte Gentilinis Stimme wie von weit her.

»Luzie«, stammelte Sonja. Sie begann, am ganzen Körper zu zittern. »Woher hast du das …? Wieso …? Was …?«

Er schob ihr einen Stuhl hin, damit sie sich setzen konnte. »Ich … wollte nur sicher sein, dass es keine Verwechslung ist.«

Sonja nickte. Das Schwarzweißfoto zeigte ihre Tochter im Bikini. Vor einer Balkonbrüstung. Wie ein Model stand Luzie da. Gut sah sie aus. Entspannt, jung. Verführerisch sah sie dem Fotografen entgegen. Dreizehnter fünfter null fünf, hatte jemand mit dünnem Stift auf die Rückseite des Fotos geschrieben. Das war etwa zwei Wochen her. Sonja kannte die Handschrift ihrer Tochter, das war nicht Luzies Handschrift, ihre Fünf sah anders aus. Aber der Dreizehnte, schon wieder der Dreizehnte ... Sant'Antonio, immer wieder Antonio, der Schutzpatron der Liebenden, der in allen Lebenslagen half, aber wo blieb das Glück, wo zum Teufel blieb das Glück ...

Sie starrte den Commissario an. Jetzt sag's schon, dachte sie wie ferngesteuert, spuck's schon aus, sag endlich, dass Luzie tot ist, trau dich doch, du Feigling – aber sie bekam kein Wort heraus.

Gentilini räusperte sich erneut. »Ich habe das Foto in der Trattoria ja nur kurz gesehen, deshalb war ich mir nicht sicher, ob ...« Als Sonja nicht reagierte, fügte er hilflos hinzu: »Das muss gar nichts heißen ...«

Sie starrte ihn weiter stumm an. Was sollte das heißen: Das muss gar nichts heißen ...?

»Wir haben das Foto bei einem Mann gefunden ...«

Ein schwarzes Tier kroch in ihr hoch. Sie spürte seinen heißen, schlechten Atem, sein widerlich struppiges Fell, sie wollte zurückweichen, aber da war die Wand, sie wollte weglaufen, aber ihre Beine gehorchten ihr nicht.

Wie und unter welchen Umständen hatte die Kriminalpolizei mit Männern zu tun ...? In ihr nahm etwas Form an. »Antonio?«, sagte sie tonlos. »Hat Luzie ihn gefunden? Aber wieso habt ihr das Foto? Ist er etwa verhaftet worden? Was hat Luzie damit zu tun?« Ihre Stimme war immer lauter geworden, schriller. »Warum sagst du nichts?«

»Ein Mann namens Libero Zazzera hatte das Foto bei sich«, begann Gentilini zögerlich, ohne Sonja anzusehen. Er starrte auf einen unsichtbaren Fleck auf dem Fußboden.

»Wo ist er? Habt ihr ihn verhaftet? Woher hat er das Foto? Könnt ihr ihn nicht fragen?« Dann schrie sie: »Muss man dir jedes verdammte Wort aus der Nase ziehen? Sag endlich, dass ihr nichts passiert ist!!!«

»Zazzera war Ende zwanzig, Gelegenheitsfotograf und ... Gelegenheitsdealer.«

»War ...?«, stammelte Sonja.

»Er ist tot. Er wurde erschossen. Auf offener Straße, unten in Santa Lucia. Bei der Leiche wurde unter anderem dieses Foto gefunden. Offenbar kannte dieser Zazzera deine ... die Tochter deiner Freundin. Vielleicht war Luzie seine Freundin. Ich weiß es nicht. Und wie gesagt, das muss alles gar nichts heißen«, fügte er hinzu. »Und es ist immerhin eine Spur, um sie zu finden.«

Damit hob er den Kopf und sah Sonja zum ersten Mal an diesem Tag direkt an. Die dunklen Flecken in seinen Augen waren verschwunden, das konnte aber auch an den Tränen liegen, die Sonjas Blick verschleierten.

Gentilini verließ leise das Zimmer. Als er wiederkam, hatte er ein Päckchen Taschentücher und ein Glas Wasser dabei.

»Bitte entschuldige, ich habe es mal wieder falsch herum aufgezogen, im Mitteilen brisanter Nachrichten bin ich echt eine Null. Ich würde gern mit dir ... Die Wohnung, in der Libero Zazzera sich zuletzt aufgehalten hat ... Die Spurensicherung hat schon ... Also, außer dem Foto gibt es von diesem Mädchen keine Spur. Aber ...

vielleicht findest du etwas, was ihr gehört, was sie dort vergessen hat, einen Hinweis, ich meine, Frauen sehen andere Sachen als Männer, und du ...«

»Luzie ist meine Tochter«, sagte sie tonlos.

Gentilini nickte. Ihm war anzusehen, dass er es geahnt hatte. Aber das war jetzt sekundär.

18

Libero Zazzera war im Polizeicomputer registriert, was das Zusammentragen erster Informationen erleichtert hatte. Alter achtundzwanzig, nicht verheiratet, Beruf Fotograf hatte Zazzera, der zweimal wegen Kleindealerei und einmal wegen Drogenbesitzes festgenommen worden war, in den Protokollen angegeben. In der Fotografenszene war er eher ein kleiner Fisch, der ab und zu Gelegenheitsjobs erledigte. Polizeilich gemeldet war Zazzera bei seinen Eltern in Scampia. Die Befragung diverser Anwohner in der Nähe des Tatorts hatte die ermittelnden Beamten auf die Dachwohnung aufmerksam gemacht.

»Nur um dich vorzuwarnen: Bevor unsere Leute hier waren, hat schon jemand anders die Wohnung durchsucht. Wahrscheinlich sieht es dort ziemlich wüst aus«, hatte Gentilini im Auto gesagt, aber Sonja hatte die Achseln gezuckt. Das war sicherlich das geringste der Probleme.

Die Via Palepoli war eine kleine Nebenstraße zwischen der Via Santa Lucia und der Via Nazario Sauro. Sonja hatte keinen Blick für das am Ende der Gasse dunkelblau schimmernde Meer. Erst heute früh war sie ganz in der Nähe gewesen, zwischen sechs und acht, vor über zwölf Stunden also, nur einen Katzensprung entfernt am Lungomare. Und irgendwann in diesem Zeitraum, hatte Gentilini gesagt, war dieser Mann erschossen worden. Der Luzies Foto bei sich trug. Aus welchem Grund auch immer.

Sie war nicht leicht zu erschüttern, aber als ihr dieses Nebeneinander von Ort und Zeit klar wurde, wurde ihr schwindelig. Sie musste sich an eine Hauswand lehnen. Sie rutschte an der Wand hinunter in die Hocke. Was tat sie hier? Was ging diese Wohnung sie an? Dieser Tote namens Libero Zazzera? Diese Stadt namens Neapel? Sie kam sich vor wie im falschen Film. Schnell weg hier, raus aus dem Kino …

Gentilini war stehen geblieben, drehte sich um.

Kannte sie diesen Mann? Was wollte er von ihr?

Gentilini ging zu ihr zurück, kickte mit dem Fuß eine leere Plastikflasche weg. Eine Weile schien er unschlüssig, dann ließ er sich neben Sonja in die Hocke sinken. Die Gasse war kein idyllischer Aufenthaltsort. Nichts als Autos, hohe Häuser, ein Haufen Müllsäcke. Im Stehen sah man das glitzernde Meer, im Hocken den stumpfen Asphalt.

Als Gentilini leise zu summen begann, erkannte Sonja ihn wieder. Seine Stimme, rau und melancholisch. Sie tauchte in die Melodie ein und ließ sich vom Meer der Klänge wiegen. Eine Welle brachte sie nach einer Weile zu sich zurück. Strandgut. Ein Ort, eine Zeit: jetzt. Sie lauschte dem Gesang, aber tief in ihr flüsterte es weiter: Warum Luzies Foto? Was hat Luzie mit dem Toten zu tun? Mit seinem Leben? Seinem Tod? Ist Luzie in Gefahr? Wo steckt sie nur?

Als Sonja schließlich hinter Gentilini die Treppen zu dieser Wohnung hochstieg, musste sie sich sehr zusammennehmen. Sie war hier, um nach Spuren von Luzie zu suchen. Ein bisschen wie ein Spürhund. Rumschnüffeln, Witterung aufnehmen, den sechsten Sinn der Mütter zum Einsatz bringen. Aber wollte sie das überhaupt?, dachte sie mit einem mulmigen Gefühl in der Magengrube. Wollte sie im Schlafzimmer dieses Kerls einen BH von Luzie finden? Wollte sie eine Schranktür öffnen, und darin hing dann eins von Luzies Sommerkleidern, das hellgrüne Spaghettiträgerkleid mit den dunkelroten Rosen? Wieder glitt dieser Schatten von Fremdheit über sie hinweg.

Das Treppenhaus wurde immer finsterer, im dritten und vierten Stock war zu allem Übel auch noch die Glühbirne kaputt. Sie tasteten sich an der Wand entlang. Die Treppe endete vor einer Eisentür, direkt unter dem Dach.

Erste Station war ein schmaler Vorraum, nicht größer als die Sicherheitsschleuse in einer Bank, natürlich ohne Überwachungskamera. Auf dem Fußboden kreuz und quer verteilt Schuhe unter einem Haufen Scherben. Der Rahmen des zerborstenen Spiegels steckte mit einer Ecke in einem Adidas-Schuh. Männergröße, registrierte Sonja. Das Garderobenbrett hing noch an der Wand, an einem der Haken boten die Überreste einer zerschlitzten Lederjacke einen fast gespenstischen Anblick. Am Haken daneben ein Strohhut, überraschend unversehrt.

Männerlederjacke, Männerstrohhut, Männerschuhe. Keine Frauenschuhe. Kein Hinweis auf die Anwesenheit einer Frau, dachte Sonja und folgte Gentilini in den Wohnraum, ein etwa dreißig Quadratmeter großes, nicht sehr hohes Zimmer, in dem sich die Hitze wie unter einer Glasglocke staute. Die Wohnung befand sich auf dem Dach des Hauses, und die Sonne hatte den ganzen Tag erbarmungslos auf die breite Fensterfront geknallt. Niemand hatte die Rolläden heruntergelassen, niemand die Fenster geöffnet. Die Verwüstung im Zimmer war schwer zu übersehen.

Gentilini bahnte sich einen Weg durch das Chaos aus Büchern, CDs, Zeitungen, zerschlagenem Geschirr, aufgeschlitzten Kissen, umgeworfenen Stühlen und sonstigem Hausrat. Mitten im Raum blieb er stehen und sah sich um. »Der Besitzer wird nicht gerade begeistert sein.«

Aus dem Fernsehen kannte Sonja Szenen, in denen Wohnungen auf den Kopf gestellt worden waren. Wie gesagt, Szenen. Das hier war nicht inszeniert. Gentilini hatte sie darauf vorbereitet, dass die Wohnung durchsucht worden war, vermutlich von denselben Leuten, die Libero Zazzera erschossen hatten. Dennoch. *Durchsuchen* war ein vergleichsweise friedliches Wort. Sie schloss kurz die Augen und hoffte inständig, dass Luzie diese Wohnung nie in ihrem Leben betreten hatte.

»Wonach haben sie gesucht?«, fragte Sonja.

»Keine Ahnung. Drogen. Heroin, Kokain. Vielleicht ist Zazzera in letzter Zeit größer eingestiegen ins Geschäft. Oder er hat versucht, auf eigene Faust zu arbeiten.«

»Und dafür wird er erschossen?«

»Es sind schon Leute für viel weniger ins offene Messer gelaufen.«

Gentilini bückte sich, wühlte in einem Haufen Bücher vor einem leeren Regal. »Und es haben schon Leute für weniger gemordet. Gut denkbar, dass Zazzera jemandem in die Quere gekommen ist. Oder seine Kunden nicht gut genug kannte. Wenn ein Junkie dringend einen Schuss braucht, aber kein Geld hat, fallen schnell die letzten Barrieren.«

»Du meinst, es waren Junkies?«

»Ich meine gar nichts. Ich rede nur so vor mich hin.«

»Aber wie sind die hier reingekommen? Die Haustür sieht ziemlich stabil aus. Und unversehrt.«

»Bis auf das Foto, seine Papiere und ein bisschen Kleingeld hatte der Tote nichts bei sich. Kein Tütchen Heroin, keinen Wohnungsschlüssel. Wer immer draußen auf Zazzera gewartet hat, war hinterher in seiner Wohnung, und zwar eindeutig mit Zazzeras Schlüssel. Mit welchem Ziel auch immer.«

»Dann muss der Täter gewusst haben, dass Zazzera hier wohnte.«

»Richtig.«

»Jemand hat ihm aufgelauert?«

»Sieht ganz so aus.«

»Das heißt, dass der Mord geplant war.«

»Nicht unbedingt. Aber wahrscheinlich ist es.«

»Hat denn niemand etwas beobachtet?«, fragte Sonja, und ihr Blick glitt hektisch über das Durcheinander.

Gentilini sah sie mitfühlend an. »Neapel ist eine Stadt, in der die Leute alles sehen, aber nie das, wofür die Polizei sich interessiert. Pure Überlebenskunst, über Jahrhunderte verfeinert.« Er zuckte die Achseln. »Ich kann's verstehen. Ich bin ja selbst hier aufgewachsen, ich hab's zum Teil genauso im Blut und weiß, wie es funktioniert und dass es funktioniert. Jeder ist sich selbst am nächsten. Die Neapolitaner trauen weder den Politikern noch der Justiz – und der Polizei schon gar nicht.«

Sonja dachte an den Tag ihrer Ankunft, an ihre Begegnung mit den Leuten aus den Quartieri Spagnoli, an die Gespräche, die sie mitgehört hatte. Wie lange war das her? Erst zwei Tage?

»Und du, wem traust du?«

»Ich traue nur mir selbst«, sagte er schroff, als sei sie ihm zu nahe getreten, dabei lagen mehrere Meter zwischen ihnen.

Er bückte sich erneut und zog unter dem umgekippten Beistelltisch ein paar herausgerissene Buchseiten hervor.

»Ma-ri-ne-a-kade-mie«, las er stockend, und dann flüssig: »*accademia navale*. Ma-ri-nie-ren – das ist einfach: *marinare*.« Er hielt ihr die Blätter hin. »Das ist deutsch, oder? Sieht aus wie Seiten aus einem Wörterbuch.«

»Gib mal her.« Sie nahm die Blätter mit spitzen Fingern entgegen. Er hatte Recht. Es waren Seiten aus einem zweisprachigen Lexikon. Deutsch-Italienisch. Sah ziemlich neu aus. Es musste nicht Luzie gehören. Vielleicht hatte Zazzera angefangen, Deutsch zu lernen.

»Hier ist auch der Einband«, sagte Gentilini und hielt einen Buchumschlag hoch. »Mitsamt Preisschild. Bei Feltrinelli in der Via Roma gekauft und in Euro bezahlt.«

Wie auf der Suche nach Gegenbeweisen begann Sonja hektisch in dem Durcheinander zu wühlen. Wenn sie weiter nichts fand, keinen einzigen Hinweis auf die Anwesenheit einer zwanzigjährigen Deutschen, dann – ja, was wäre dann? Wäre Luzie dann aus dem Schneider? Es blieb ja immer noch das Foto. Und was war im umgekehrten Fall? Wenn weitere Spuren auftauchten? Sie wagte nicht, darüber nachzudenken. Wo war eigentlich das Bad?

Sie kickte mit dem Fuß einen leeren Topf zur Seite und drückte sich durch eine Schiebetür, die eine Handbreit offen stand. Waschbecken, Toilette, Dusche, alles auf engstem Raum. Zahnbürste, Zahnpasta, Seife, Shampoo, Kamm, Deo. Männerdeo. Zahnbürsten und Shampoo waren neutral. An den Haken hingen zwei Handtücher.

Sonja konnte keinerlei weibliche Drogerieartikel entdecken. Nirgendwo Haargummi, Nagellack, Schminkutensilien, Damenparfüm. Nein, das sah nicht so aus, als wäre Luzie hier gewesen.

Etwas mutiger geworden betrat sie das zweite Zimmer, das viel kleiner war als der Wohnraum mit der Küchenzeile. Hier stand ein großes Bett. Viel mehr passte in den Raum auch nicht hinein. Ein Bambusregal. Ein Hocker. Das Bett sah nicht nur durchwühlt, sondern auch benutzt aus. Auf dem Fußbodenstreifen zwischen Bett und Wand lagen mehrere Kleiderhaufen, wie von einem Maulwurf aufgeworfen. Unmöglich zu sagen, ob Libero Zazzera ein Vertreter jenes Männertypus war, der seine Sachen im Zweifelsfall einfach auf den Boden fallen ließ. Sonja hob mit spitzen Fingern ein Hemd hoch, ein T-Shirt. Männerkleidung. Sie hob eine Hose hoch. Männerhose. Die Socken fasste sie gar nicht erst an. Etwas Geblümtes spitzte unter dem Bett hervor. Ein Seiden-T-Shirt. Ein Frauen-T-Shirt. Nicht von Luzie, nein. Sonja kannte Luzies T-Shirts, schließlich stopfte sie immer noch regelmäßig Luzies Wäsche in die Waschmaschine und hängte sie meistens auch auf. Es sei denn ... das T-Shirt wäre neu. Ein Neuzugang aus einem Laden in Neapel. Nervös fummelte Sonja nach dem Wäscheetikett. Benetton. Das sagte gar nichts. Gab es überall. Über den nächsten Kleiderhaufen, auf dem zuoberst ein Männerpolohemd lag, wollte sie rücksichtsvoll hinwegsteigen. Dann dachte sie, nein, das ist jetzt auch schon egal, und setzte ihren Fuß mitten hinein. Ihr Fuß stieß gegen etwas Hartes, das unter den Stoffschichten verborgen war. Sie bückte sich. Begann zu wühlen. Ihre Finger ertasteten etwas Eckiges. Leder. Ein Griff. Sie zog daran.

Sie starrte auf den kleinen Koffer, den sie aus dem Wäschehaufen herausgezogen hatte: Es war ihr alter kleiner Lederkoffer, in dem sie als Kind die Puppenkleider aufbewahrt hatte. Und später Liebesbriefe und sonstige Andenken. Auch die Postkarte von Antonio. Und zuletzt den braunen Umschlag, der nach Luzies Geburt im Briefkasten gelegen hatte. Es war der kleine Koffer, den Luzie in ihrem Zimmer auf dem Fußboden ausgeschüttet hatte. Sie ließ die Schlösser aufschnappen. Natürlich war der Koffer leer. Aber es gab keinen Zweifel. Er war es. Ihr Koffer. Luzie war hier gewesen.

Wie gelähmt stand Sonja mit dem Koffer in der Hand in dem engen Schlafzimmer, in dem die Hitze ebenso unerträglich war wie nebenan. Es musste nichts passiert sein, aber es war denkbar. Und das Denkbare verwandelte sich in einen Schrei. Einen lautlosen Schrei. Gentilini hörte ihn.

19

Es war Nacht, als sie die Wohnung verließen, eine laue Nacht unter Sternen. Von weither kam ihr ein Lied in den Sinn, das sie auf dem Campingplatz am Bolsenasee vor Jahren immer wieder in der Musikbox gewählt hatte, *Una notte in Italia*, rauchig-samtiger Italokitsch, der aber manchmal genauso tröstlich war wie eine Tüte knallrosa Brausepulver oder ein Grappa zu viel. Diese Art Trost war jetzt willkommen. Die Bar an der Ecke zur Via Santa Lucia hatte noch geöffnet.

Der Barbesitzer polierte konzentriert seine Gläser, sofern er nicht stumm auf Bestellungen reagierte. Mehrere Kinder, nicht älter als acht oder neun, drängten sich um zwei Spielautomaten – Autorennen, eine Jagd auf Außerirdische – und holten so viel Lärm wie möglich aus sich und den Maschinen heraus. An einem Tisch in der Ecke saßen ein paar ältere Männer, tranken Peroni-Bier und spielten Karten. Ein Motorrad fuhr vor, ein bärtiger Mann stieg ab, kam wie aus einem Western entsprungen mit breiten Schritten herein und fragte nach einem gewissen Gigino. Gigino sei nicht da, sagte der Barmann, und der Bärtige drehte bei, verließ die Bar, stieg auf das Motorrad, natürlich ohne Helm, und zog weiter wie bei Sergio Leone.

Gentilini und Sonja tranken einen Grappa. Der Commissario hatte zwei Stunden lang sein Bestes gegeben, um Sonja zur Seite zu stehen und sie zu beruhigen, und Sonja hatte sich zwei Stunden lang nach Seelenkräften dagegen gewehrt. Jetzt waren beide erschöpft.

Dass die Situation Anlass zur Beunruhigung gab, war keine Frage. Aber ebenso gut war denkbar, dass Luzie sich weder in akuter Gefahr befand noch überhaupt irgendetwas mit dem Mord zu tun hatte. Dass sie weder Drogen genommen noch etwas von Libero Zazzeras illegalen Geschäften mitbekommen hatte. Dass sie den Leuten, die Liberos Wohnung auseinander genommen hatten, nicht in die Quere gekommen war. Dass sie weder bedroht noch gefangen gehalten wurde und sich auch nicht auf der Flucht vor wem auch immer befand. Sonja sah sich umzingelt von Katastrophenszenarien. Gentilini dagegen fand, im Zweifelsfalle sollte man sich lieber an die bessere der denkbaren Möglichkeiten halten, statt sich unnötig verrückt zu machen. Er versuchte sie wortreich zu beschwichtigen. Aber es hatte keinen Sinn. Jetzt war Sonja immun gegen Ende-gut-alles-gut-Beschwichtigungen, speziell aus dem Mund eines Mannes, der ihr seit ihrer Ankunft schon drei Tote präsentiert hatte.

Der Barmann schenkte Grappa nach. Sonja verspürte das dringende Bedürfnis, mit einer Frau zu reden, einer Freundin. Gentilini stellte ihr sein Handy zur Verfügung. In der Bar war es zu laut, deshalb ging sie auf die Straße.

Als Sonja anrief, zapfte Maris gerade ein Bier. Gegen neun, halb zehn wurde es in ihrer Barkassenkneipe namens *Übersee* in der Hamburger Speicherstadt langsam voll – ungünstige Bedingungen für ein Telefongespräch dieser Art. Sie telefonierten lange. Es war seltsam. Auf Deutsch hörte sich die Lage anders an. Obwohl die Wirklichkeit sich um keinen Mikromillimeter verändert hatte. Alles war wie zuvor und doch ganz anders. Noch während Sonja erzählte, wurde ihr selbst von Wort zu Wort klarer, was eigentlich passiert war – und was *nicht* passiert war. In der Muttersprache rückten die Geschehnisse näher an sie heran, wie von einem Magneten angezogen, und der Magnet war sie selbst. Und zugleich rückte alles ein Stück von ihr weg, als würde die Muttersprache eine Distanz zu den Ereignissen schaffen, weil Sonja nicht mehr mühsam nach italienischen Formulierungen suchen musste. Es war eine enorme Erleichterung. Nichts war gut, aber es hatte ihr gut getan, darüber zu sprechen.

Sonja fragte, ob Luzie sich in den letzten Tagen bei Maris gemeldet hatte. Hatte sie nicht. Maris versprach jedoch, sich für eine Stunde loszueisen und nach Hause zu fahren, ihren Anrufbeantworter abzuhören, den Zweitschlüssel für Sonjas Wohnung zu holen und dort nachzusehen, ob Luzie nicht schon längst wieder zurückgekehrt war … Sonja war gerührt. Maris war eine echte Freundin.

Als Sonja sich wieder zu Gentilini gesellte, starrte er in den Fernseher, der wie in den meisten Bars in einer Ecke unter der Decke hing. Sonja gab dem Barmann ein Zeichen, er schenkte nach. Sie überlegte, was sie selbst an Luzies Stelle tun würde. Wen sie im Notfall kontaktieren würde. Warum hatte Lion eigentlich in der Pension angerufen? Was wollte er ihr mitteilen? Hatte Luzie sich womöglich bei *ihm* gemeldet?

Auf Lions Schultern war Luzie als kleines Mädchen geritten wie auf einem Elefanten. Er hatte Dutzende abendfüllende Partien Monopoly mit ihr bestritten und sich am Ende meistens als der schlechtere, weil weichherzigere Kapitalist erwiesen. Sollte sie sich bedroht fühlen, würde Luzie sich bestimmt eher an Kriminalkommissar Lion Lichtenberg wenden, als zu irgendeiner fremden italienischen Polizeiwache zu laufen, wo sie niemanden kannte und sich kaum verständigen konnte.

Sonja ging erneut hinaus auf die Straße und wählte Lions Nummer. Er war nicht zu Hause. Sie versuchte es auf dem Diensthandy und erwischte ihn im Fußballstadion. Im Hintergrund hörte sie die Fangesänge des 1. FC St. Pauli. Er musste schreien, um sich verständlich zu machen.

»Eins zu eins«, brüllte er, »fast wäre gerade das zweite Tor gefallen.«

»Nur ganz kurz«, sagte Sonja. »Warum hast du angerufen?«

»Nur so. Wollte hören, wie du mit Gennaro klarkommst.«

»Fatti i cazzi tuoi.«

»Was hast du gesagt?«

»Vergiss es.« Sie beschränkte sich darauf zu fragen, ob er etwas von Luzie gehört hatte.

»Dann hätte ich dich längst angerufen.«

»Genau die Hoffnung hatte ich«, sagte Sonja. »Melde dich bei Gentilini, wenn sich was tut.«

Sie ließ sich den nächsten Grappa auf der Zunge zergehen. Es brannte, aber das war gut so. Es sollte brennen. Sie wollte es spüren. Sie brauchte jetzt einen Schnaps, den man beim Trinken spürte, kein lasches Gesöff, das man sich einfach so zum Spaß in die Kehle schüttete.

Wer kam außerdem infrage? Bei wem würde Luzie sich im Falle eines Falles melden? Sonja ging im Geiste die Leute durch, die sie gemeinsam kannten, auch Freunde und Freundinnen von Luzie. Einen festen Freund hatte Luzie seit über einem Jahr nicht mehr gehabt, und die Trennung von Robin war so dumm gelaufen, dass Luzie seine Telefonnummer nicht einmal mehr mit spitzen Fingern wählen würde. Es kamen letztlich nur drei Freundinnen in die engere Wahl, aber Sonja wusste nur von zweien die Nachnamen.

Sie winkte den Barmann heran und zeigte ihm Luzies Foto. Familienbande, *la mamma*, das öffnete die Herzen weiter als jeder Ausweis der Kriminalpolizei – weshalb Gentilini ihn gar nicht erst bemüht hatte. Sonjas innere Not war glaubwürdig und überzeugend.

Ja, der Barmann erinnerte sich an das Mädchen. Sie hatte in den letzten Wochen ein paarmal hier etwas getrunken. Ja, auch in Begleitung des jungen Mannes, der heute erschossen worden war. Dann hob er die Hände, als würde Sonja ihm die Pistole auf die Brust setzen. Das sei alles.

»Mehr weiß ich nicht. Ich habe nur die Schüsse gehört, aber nichts gesehen. Und wenn ich etwas anderes behaupten würde, wäre ich ein Lügner.«

Wortlos griff er nach der Grappaflasche und füllte die Gläser erneut bis an den Rand. »*Offerta della casa.*«

Sie tranken im Stehen und auf ex.

Kurz darauf kam der Rückruf von Maris: von Luzie keine Spur. Maris hatte wie vereinbart einen unübersehbar großen Zettel auf dem Küchentisch hinterlassen und einen zweiten auf Luzies Bett. Darauf stand Gentilinis Handynummer und dass Luzie sofort – SOFORT! – dort anrufen solle, wenn sie diese Nachricht las.

Auf der Liste der möglichen Kontaktpersonen stand nicht zuletzt auch Sonjas Mutter. Draußen fuhr gerade ein Krankenwagen vorbei. Als die Sirene in der Ferne verklang, wählte Sonja die Nummer. Damit Oma Hilde sich nicht unnötig Sorgen machte, tarnte Sonja den Anruf als spontanen Urlaubsgruß.

»Ich wollte nur schnell hören, wie es dir geht.«

»Das ist ja mal eine Seltenheit. So spät am Abend? Ich wollte gerade ins Bett.« Ihre Mutter hatte wie gewohnt zur Begrüßung eine spitze Bemerkung parat. Wer weiß, wie lange ihr der Vorwurf schon auf der Zunge liegt, dachte Sonja. Wann habe ich sie zuletzt angerufen? Schätzungsweise am Muttertag …

»Dass du auch mal an mich denkst.«

Was sollte man darauf schon entgegnen?

»Du bist also auch in Neapel, wie Luzie? Hast du überhaupt Urlaub? Mir sagt ja keiner was.«

Es war die Sorte Sätze, bei denen Sonja regelmäßig Lust bekam, das Gespräch so schnell wie möglich zu beenden. Sie legte eine Schweigeminute ein. Das half auch bei größerer Entfernung.

Ein altes Spiel. Nach dem Tod des Vaters waren sie und ihre Mutter eine Zeit lang nah zusammengerückt, doch dann hatte Sonja mehr und mehr ihr eigenes Leben gelebt, war mit Freunden verreist, ihr Alltag hatte sich bald immer weniger um die Mutter gedreht, die allein zurückblieb und es nicht schaffte, ihrerseits noch einmal neu zu starten. Erst Luzies Geburt hatte der frisch gebackenen Oma wieder Tür und Tor in Sonjas Leben geöffnet. Mit fliegenden Fahnen und wehenden Plänen hatte Sonjas Mutter die Chance gewittert: aus dem verflossenen Zweierteam ein Dreierteam zu bilden. Als Sonja ein Jahr nach Luzies Geburt zu studieren begann, hatte die Oma sofort hilfsbereit angeboten, ganztags auf die Enkelin aufzupassen. Als Luzie mit dreieinhalb in den Uni-Kindergarten kam, war Oma Hilde zutiefst gekränkt gewesen. Trotzdem war sie immer eingesprungen, auch abends oder über Nacht oder wenn Sonja Prüfungstermine hatte. Natürlich wurde von Sonja Dankbarkeit erwartet, und zwar doppelt und dreifach. In Form von Ausflügen, Einladungen, Unternehmungen und Anrufen mehrfach in der Woche, in Form von Vereinnahmung, die unter dem Decknamen Gemeinsamkeiten lief. Die Mutter, die Tochter, die Enkelin – »das heilige Triumvirat der Zorns«, pflegte Oma Hilde fröhlich zu sagen, wenn sie wieder einmal an einem Sonntag einen Ausflug unternahmen, zu dritt an die Ostsee oder in die Lüneburger Heide. »Ist das nicht herrlich, Kinder?!«, rief sie jedes Mal begeistert, »das sollten wir viel häufiger machen ...« Eines Tages war sie mit dem Vorschlag herausgerückt, sie könnten sich gemeinsam eine Wohnung suchen, das wäre viel praktischer und auch vom Preis her günstiger, und hatte sogleich die entsprechend präparierte Zeitung mit den Wohnungsannoncen auf dem Küchentisch ausgebreitet: Die infrage kommenden Objekte waren bereits rot angestrichen. Es war schwer gewesen, Oma Hildes Tatendrang mit heiler Haut zu entkommen.

Die Mutter legte einen Scheit Freundlichkeit nach. »Na ja, Hauptsache, ihr amüsiert euch.« Um dann zu sticheln: »Aber ist das nicht gefährlich in Neapel? Mit all den Toten, was man ständig in der Zeitung liest? Das ist doch schrecklich, da könnt ihr doch nicht ... und pass bloß auf, dass sie dir nicht deine teure Digitalkamera klauen.«

Sonja musste sich zwingen, ihrer Stimme eine Prise Unbesorgtheit beizumischen. »Alles halb so schlimm, Mama. Den Touristen krümmt hier niemand ein Haar. Und die Stadt ist wirklich traumhaft ...«

Schon als sie es ausgesprochen hatte, wusste sie, dass es ein Fehler war. Denn nach dem Du-kümmerst-dich-nicht-um-mich wurde nun Vorwurf Nummer zwei ausgeworfen wie ein Fangnetz: Ihr-nehmt-mich-ja-nie-mit.

»Da bin ich ja leider noch nie hingekommen!« Ein Seufzen. »Das wird wohl in diesem Leben auch nichts mehr werden.«

Als Luzie klein war, zur Kindergartenzeit, vielleicht als Ersatz, weil Sonja ein schlechtes Gewissen hatte, waren sie mehrmals zu dritt in den Urlaub gefahren, an die Nordsee, auch nach Italien, drei Frauengenerationen: »Hier kommt Zorn hoch drei.« Doch die beschworene Einheit war in Wirklichkeit gar keine, zu verschieden waren die Ansichten von Mutter und Tochter, was Luzies Erziehung betraf, was erlaubt war und was nicht. Nachdem sich Hilde und Sonja mehrfach vehement in die Haare gekriegt hatten, wurden die Triumviratsreisen für beendet erklärt. Sonja hatte seither immer wieder vergeblich versucht, ihre Mutter für eine organisierte Reise gleich welcher Art zu begeistern. Hilde Zorn war erst Ende sechzig und bekam eine Rente, die keine Riesensprünge, aber mindestens eine kleine Reise pro Jahr erlaubte.

Deshalb sagte Sonja auch jetzt wieder: »Mama, geh ins

nächste Reisebüro. Bei mir im Flugzeug saßen viele reizende ältere Leute, eine Reise nach Neapel oder Ischia kostet nicht die Welt, das kannst du dir leisten. Wenn ich wieder da bin, gehen wir zusammen hin und suchen etwas aus, was dich interessiert, ja?«

»Vielleicht zeigt Luzie ihrer Großmutter ja eines Tages, wo sie in Neapel überall gewesen ist ... Sie hat mir übrigens eine Postkarte geschickt, habe ich das schon erzählt? Gestern früh lag sie im Briefkasten, ich bekomme ja so selten Post, wer soll mir schon schreiben? Und stell dir vor, die Karte war vier Wochen unterwegs, ich habe extra auf dem Poststempel nachgesehen.«

Sonja hielt den Atem an. »Was hat sie denn geschrieben?« Sie hörte förmlich, dass ihre Mutter bei dieser Frage Aufwind bekam.

»Dass es ihr gut geht und dass sie ... Wieso willst du das überhaupt wissen? Nein, Kind, also wirklich, das Briefgeheimnis habe ich noch nie verletzt, das sind Sachen zwischen meiner Enkelin und mir. Wenn sie es dir erzählen will, wird sie es sicherlich tun. Und wenn nicht ...«

Eins war klar: Hätte Luzie sich nicht nur per Postkarte, sondern auch telefonisch bei ihr gemeldet, hätte Oma Hilde das garantiert nicht für sich behalten können.

Zurück in die Bar. Der nächste Grappa. Gentilini starrte nicht mehr in den Fernseher, sondern ins leere Glas. Ein wohlig dumpfer Nebel eroberte langsam, aber sicher Sonjas Sinnes- und Gedankenwelt. Der Alkohol machte die Sache nicht besser und schaffte kein Problem aus der Welt, aber er legte sein wärmendes Mäntelchen um alle vor Kälte und Angst klappernden, offenen Fragen. Die innere Unruhe ließ jedenfalls allmählich nach.

Und ein Mann? Ein Freund des Hauses sozusagen?

Eine Art Vaterersatz? Sonja war seit Hendrik mit keinem Mann mehr zusammen gewesen, jedenfalls nicht für länger. Und vorher, ein Jahr Manuel, ein halbes Jahr Hanspeter, anderthalb Vincent, aber der hatte in Freiburg gelebt und sie hatten sich nur alle zwei Monate für ein verlängertes Wochenende gesehen – und nicht immer war Luzie dabei gewesen. Vincent hatte eine Frau aus Karlsruhe geheiratet, worüber Sonja nicht nur traurig gewesen war. In ihrem Leben hatte es in den letzten Jahren nicht wirklich Platz für einen Dritten gegeben, der sich perspektivisch auf Dauer bei ihr und Luzie einrichten wollte. Sonjas Leben bestand aus Beruf und Tochter und Tochter und Beruf, und das schloss auch Schule und Recherchen und Ärger bei der Arbeit und Ausflüge mit Oma Hilde mit ein, Krankheiten und Arztbesuche und Sportveranstaltungen und Taxidienste und Streit und Versöhnungen und wichtige Gespräche und Blödeleien und Abende vor dem Fernseher und Zeit zu zweit und Zeit für Freunde. Freunde, die keine Ansprüche stellten und von denen sie sich verabschiedete, sobald sie ihr zu dicht auf die Pelle rückten. Wahrscheinlich war sie nie wirklich verliebt gewesen. Nicht bis über beide Ohren. Nicht wie damals.

Nein, einen Vaterersatz hatte es nie gegeben.

»Könnte es nicht sein, dass Luzie längst bei ihrem Vater ist?«, fragte Gentilini irgendwann zwischen dem sechsten und dem neunten Grappa. »Falls sie herausgefunden hat, wer er ist und wo er wohnt?«

Klar. Auch das war denkbar. »Ich weiß übrigens inzwischen seinen vollen Namen«, sagte Sonja und erzählte, wie sie darauf gekommen war.

»Wieso sagst du das erst jetzt?«

»Wollte ich ja … Verrückt, dass ich nicht eher darauf

gekommen bin. Er hatte es sogar auf die Postkarte geschrieben: Antonio di Napoli. Antonio aus Neapel. Ganz einfach.«

Gentilini winkte nur kurz mit dem Kopf. Der Barmann schenkte ein. »Dann sind wir wenigstens an dem Punkt einen Schritt weiter«, sagte er mit schwerer Zunge. »Morgen früh such ich dir alle infrage kommenden Antonio di Napolis raus. Vielleicht ist deine Luzie bei ihrem Vater, und alles wird gut.«

»Nicht nötig«, murmelte Sonja und schwankte leicht. »Ich war heute im Internetcafé und hab den halben Tag rumtelefoniert. Aber ein paar Leute habe ich nicht erreicht. Vielleicht lebt Antonio gar nicht mehr in Neapel.«

»Das finden wir schnell raus. Keine Angst, wir finden ihn, und wenn er im hinterletzten Bergdorf in der Basilicata lebt«, brabbelte Gentilini, und es klang wie ein Zitat aus einem Film. Vielleicht war es seine Art, sich Mut zu machen, indem er sich schon vorher auf die Schulter klopfte. Oder aber *ihr* Mut zu machen. »Wir finden Luzie.«

Er lehnte an der Theke und starrte ausdruckslos vor sich hin, vielleicht auf die Seifenlauge im Gläserspülbecken, vielleicht auf die Wasserspuren auf der Aluminiumtheke. Dann sagte er unvermittelt: »Ich habe auch eine Tochter. Und einen Sohn.«

»Wie alt sind sie?«, fragte Sonja, die in ähnlicher Pose neben ihm stand, Schulter an Schulter, jetzt ihrerseits mit trübem Blick und auf einen anderen Fleck starrend, der eher aus ihrer Erinnerung stammte, aber zunehmend matter wurde und mit der Gegenwart verschwamm. Aha, der Commissario besaß also doch ein Privatleben – glücklich verheiratet, zwei Kinder, anstrengender Beruf und ab und zu ein neapolitanisches Lied auf den Lippen … und siegesgewisse Sprüche … und den Geschmack von Grappa in der Kehle …

»Vierzehn und sechzehn«, sagte Gentilini. »Sie leben bei ihrer Mutter«, setzte er mit bleischwerer Zunge hinzu. Er kippte den nächsten Grappa runter. »Aber ich seh die Kinder alle vierzehn Tage am Wochenende. Wenn sie Lust haben. Und wenn nichts dazwischenkommt.« Er setzte das Glas hart auf die Theke. »So was wie ein kleiner Mord. Oder ein größerer Mord. Sondereinsatz, auch mitten in der Nacht. Dieses Wochenende wär's wieder so weit. Wenn nichts dazwischenkommt. Sie lieben es rauszufahren, auf die Inseln, ein Boot zu mieten.« Er hob den Zeigefinger. »Nein, stimmt nicht. Man muss immer ehrlich sein. Eigentlich bin ich es, der rausfahren will. Giorgio kommt gerne mit, aber Isabella nicht. Isabella ist lieber mit ihrer Clique unterwegs. Nicht mit ihrem alten Vater und ihrem kleinen Bruder. Väterwochenenden stehen zur Zeit bei ihr nicht hoch im Kurs. Was soll ich machen? Den Beliebtheitsgrad steigern und ihr ihre Freiheit lassen. Rosaria flippt aus, wenn sie das hört. Aber was bleibt mir für eine Wahl?« Er breitete resigniert die Arme aus. »Es ist verdammt schwer, es den Frauen recht zu machen.«

Sonja stimmte ihm insgeheim zu, aber das behielt sie für sich. »Wie lange lebt ihr schon getrennt?«

»Eine halbe Ewigkeit. Seit Giorgio damals … im Dezember sechs Jahre. Meine Frau – meine Exfrau – hat wieder geheiratet. Einen Banker. Der ist abends vermutlich auch nicht öfter zu Hause als ich damals. Aber er läuft nicht mit der Pistole durch die Gegend und ist in keinen verlorenen Krieg gegen die Camorra verwickelt.« Er stieß einen Pfiff durch die Zähne aus und zeigte mit dem Daumen auf die beiden leeren Gläser, die prompt nachgefüllt wurden.

»Und du?«, fragte Sonja.

»Was, ich?«

»Hast du auch wieder geheiratet?«

»Seh ich so aus?«

»Ich weiß nicht, wie du aussiehst.«

»Wieso, ich steh doch vor dir.«

»Neben mir.«

»Dann eben neben dir.« Er grinste. »Aber nicht bloß neben dir. Ich steh auch irgendwie neben mir.«

Sie brachen in schallendes Gelächter aus.

»Ich lebe auch allein«, sagte Sonja. Sie schwankte. »Das heißt, natürlich mit Luzie. Aber sie zieht bald aus. Wenn wir wieder in Hamburg sind ... Wenn wir jemals wieder ...« Sie brach in Tränen aus. Sie konnte nicht anders. Es waren die Worte – die Worte hatten sie verschleppt und den schützenden Mantel des Alkohols von ihr gezerrt. Sie musste sich am Tresen festhalten. Gentilinis Arm legte sich fest um sie.

»Wir finden Luzie. Und wenn wieder ein Wochenende dabei draufgeht. Versprochen.«

20

Nächte, deren Träume sich vor dem Erwachen verflüchtigten, waren wie eine Reise durch eine Grauzone, in der jeder Schritt, jedes Bild, jede noch so phantastische Vision sofort vom Nebel des Vergessens verschluckt wurden. Man durchquerte ein Stückchen Lebenszeit, aber bewusstlos, gewissenlos, ohne verstrickte und verknotete Gedanken und Gefühle, die sonst beim Aufwachen oft noch im Nacken oder in der Magengrube saßen und sich nicht immer unter der Dusche abschütteln ließen. Träume konnten hartnäckige Begleiter des Alltags sein, sie hockten in den Gliedern, ließen einen nicht los. Wie erholsam war dagegen eine vermeintlich traumlose Nacht. Eine Spanne Einsamkeit, eine Spanne Gedankenfreiheit, die Erinnerung reingewaschen wie der Himmel nach einem Gewitter.

In Neapel hatte es nicht gewittert, aber Sonja hatte beim Aufwachen trotzdem kurzfristig Schwierigkeiten mit der Erinnerung. Es dauerte ein paar Atemzüge, bis sie wieder wusste, wo sie war. Allerdings hatte sie keinen blassen Schimmer, wie sie nachts in die Pension und in ihr Bett zurückgefunden hatte. Der letzte Erinnerungsstreifen zeigte die Bar, in der sie mit Gennaro Gentilini etliche Grappa getrunken hatte – nach dem Pochen in ihrem Kopf zu urteilen, mehr als nur etliche, eher ein ganzes Dutzend. Alles andere war im Dunkel der Nacht zurückgeblieben.

Das Pochen in ihrem Kopf war lästig. Wenn sie noch ein wenig weiterschlief, gab es vielleicht die Chance, den Tag ohne Schädelbrummen zu beginnen. Sie schloss die Augen, bereit, wieder in den Halbschlaf zu sinken. Aber draußen lärmte der Alltag. Eine Autosirene heulte los, nervtötend. Das Pochen wurde lauter. Sie schrak hoch. Das Pochen wummerte gar nicht in ihrem Kopf, sondern dahinter. Mit einem Schlag war sie hellwach. Jemand klopfte energisch an ihre Zimmertür.

»*Signora!!!*«

Die Stimme der Zimmervermieterin. *Porcamiseria*, konnte diese Nervensäge sie nicht in Ruhe schlafen lassen?

»Sono le dieci e venti!«

Zwanzig nach zehn? Ja und?

»Bisogna lasciare la stanza alle dieci!«

Wie? Was? Ach so. Sie hatte ja am Tag zuvor angekündigt, dass sie nur noch eine Nacht bleiben würde.

Das Pochen wurde vehementer. Als stünde draußen die Polizei und wollte sich notfalls gewaltsam Zutritt verschaffen.

»*Signoooorrrraaa*! *C'è un uomo che aspetta*!«

Ein Mann? Mit einem Satz war Sonja aus dem Bett. Sogleich meldete sich ihr Schädelbrummen so heftig, als wäre sie mit dem Kopf gegen eine unsichtbare Decke gestoßen.

»Ich komme!«, rief sie. »*Vengo subito!* Einen Augenblick! *Chi è?*«

»*Un uomo*«, schrie Signora Russo erneut gegen die verschlossene Tür. »*Questo Gentilini. Ma chi è chillo?!*« Sie schien in Fahrt zu sein, denn sie zeterte weiter, es sei nach zehn und überhaupt, Männerbesuch in der Pension und diese ständigen Anrufe, *basta!* – sie sei kein Auskunftsbüro und kein lebender Anrufbeantworter und kein Unterschlupf für zweifelhafte Objekte. Das sagte sie wortwörtlich: *Zweifelhafte Objekte*. Als wäre damit der Zenit ihrer Empörung überschritten, wurde ihr Schimpfen danach leiser – offenbar war sie auf dem Rückweg in den vorderen Teil der Pension, um darüber zu wachen, dass das zweifelhafte Objekt nicht womöglich etwas mitgehen ließ.

Sonja kramte in ihrer Kulturtasche nach Aspirin und fand schließlich eine unansehnlich gewordene Kopfschmerztablette, die von einer ihrer letzten Reisen stammen musste und den Charme eines Bonbons besaß, den ein Junge wochenlang in der Hosentasche mit sich herumgetragen hatte. Egal, runter damit, auf die inneren Werte kam es an. Sie schüttete sich Wasser ins Gesicht, hielt dann die Handgelenke unter den kalten Wasserstrahl, auch die Füße, Kneippen auf Neapolitanisch. Sie kramte ihr hellgelbes Leinenkleid aus dem Koffer und dankte der Vorsehung, dass sie ihn gar nicht erst ausgepackt hatte. Das beschleunigte den Abschied.

Im Telefonzimmer stand, mit dem Rücken zur Tür, tatsächlich Gentilini und wartete auf sie. Waren sie etwa verabredet gewesen, und sie hatte es vergessen? War in der Nacht irgendetwas passiert, woran sie sich dringend erinnern müsste? Irritiert blieb sie stehen, stellte den Koffer ab.

»*Buon giorno, Gennaro.*«

Er drehte sich um, sein Gesicht strahlte sie an, aber seine Augen blieben ernst. »*Ben dormito?*«

»Hatten wir eine Verabredung? Ich kann mich nicht ...«

Bevor Gentilini antworten konnte, preschte Signora Russo, heute in einem hellvioletten Jogginganzug, seitlich an Sonja vorbei. Ihr Blick fiel auf Sonjas Koffer.

»Ich sehe, Sie haben schon gepackt. Eigentlich hätten Sie das Zimmer schon um zehn verlassen müssen, Signora, das ist hierzulande so üblich, aber ich mache eine Ausnahme«, fügte sie hinzu, als hätte sie soeben einen Schwerverbrecher begnadigt. Mit hochmütiger Miene händigte sie Sonja einen handgeschriebenen Zettel aus. »Die Rechnung.«

Sonja warf kurz einen Blick darauf, zog dann ungläubig die Augenbrauen hoch. »Dreihundert Euro? Für drei Nächte? In dieser Rumpelkammer?«, entfuhr es ihr ungläubig.

»Sie hatten immerhin eine ganze Woche gebucht«, gab

die Zimmervermieterin patzig zurück. »Ich habe Ihnen zwei Nächte erlassen, man ist ja kein Unmensch.«

»Darf ich mal sehen?«, mischte Gentilini sich ein, warf einen Blick auf den Zettel und wedelte damit herum. »Soll das eine Rechnung sein?«

Signora Russo warf den Kopf in den Nacken. »Das geht Sie gar nichts an.«

»Sie haben doch sicherlich nichts dagegen, wenn ich mir das komfortable Zimmer der Signora einmal ansehe«, versetzte Gentilini mit freundlicher, aber eiskalter Stimme, der man nicht widersprach und die Sonja an ihm noch nie gehört hatte. »Sechzig Euro pro Nacht ist ja in der heutigen Zeit wirklich günstig, geradezu ein Spottpreis …«

»Bittesehr.« Patzig hervorgebracht, aber der Vermieterin war anzumerken, dass sie verunsichert war und nicht wusste, ob dieser Unbekannte die letzten Worte womöglich ironisch gemeint hatte. Ob er eher als Freund einzustufen war oder als Feind. »Ich habe der Signora selbstverständlich einen extraguten Preis gemacht«, fügte sie hinzu und zwinkerte verschwörerisch, machte aber keine Anstalten, Gentilini zu Sonjas Zimmer zu führen.

»Einen extraguten Preis«, wiederholte Gentilini. Seine Stimme hatte jetzt zusätzlich etwas Drohendes bekommen. »Für ein extrakleines Zimmer. Sagen wir, einen Schlauch von einem Zimmer. Eine Art Abstellkammer …«

»Woher wissen Sie …? Wann haben Sie …? Waren Sie etwa …«

Signora Russo schnappte nach Luft. Dann besann sie sich. Kehrtwende, Taktik gewechselt.

»Es war ja alles voll, als die Signora am Montag eintraf«, sagte sie in flehentlichem Ton und rang die Hände.

»Was sollte ich denn tun? Sie zurück auf die Straße schicken? Und da habe ich ihr auf die Schnelle eben das Zimmer, das ich ja eigentlich gar nicht vermiete, hergerichtet … Es wird einem nicht gedankt, wenn man etwas Gutes tut … Sagen wir einfach zweihundertfünfzig, und die Sache ist erledigt, *va bene*?«

»*No*«, erwiderte Gentilini schroff. »*Non va bene per niente.*«

Er holte seinen Ausweis hervor und schnippte damit vor den Augen der entgeisterten Zimmervermieterin ein paar unsichtbare Fussel vom Ärmel seines Jacketts. Dann nahm er eins der Faltblätter von dem Stapel auf dem Tisch und klappte es auf. Die Pension *O sole mio* präsentierte sich darin ähnlich wie im Internet von der allerbesten Seite und in den höchsten Tönen. Hübsche, geräumige Zimmer, ruhige Lage, Dachterrasse. »Nette Pension. Ist das irgendwo hier in der Nähe?«

Signora Russo schnappte nach Luft. Sie war bleich geworden. »Ich …«

Sonja war an diesem Morgen ein bisschen langsam und begriff nur zeitverzögert, was da gespielt wurde.

»Sie haben sicherlich in den letzten Jahren die Gewerbesteuer gezahlt, oder?«, fuhr er fort. »Sie haben sicherlich auch in diesem Jahr die Lizenz erneuert, nicht wahr? Aber natürlich haben Sie das, Sie sind eine ehrliche Person, die unsere Gesetze niemals überschreiten würde, das sieht man doch auf einen Blick. Und Neapel ist ja eine touristenfreundliche Stadt, wir bemühen uns schließlich um unsere Gäste und um unseren Ruf, nicht wahr, damit es sich in Italien und in ganz Europa herumspricht, dass man nach Neapel fahren kann, ohne überfallen zu werden, ohne übers Ohr gehauen zu werden, keine Halsabschneiderei in keiner Gasse und in keiner Pension und überhaupt nirgends. Nicht wahr, Signora?« Seine Stimme war nicht lauter geworden, aber sie füllte den ganzen Raum aus.

»*Facciamo duecento*«, versuchte die Signora einzulenken, aber sie hatte noch nicht begriffen, dass der Commissario nicht in Kompromisslaune war.

»Die Signora zahlt fünfzig Euro und keinen Cent mehr«, sagte Gentilini. »Zwanzig Euro pro Nacht, und das ist noch üppig gerechnet. Man ist schließlich kein Unmensch.«

»Das macht dann aber sech ...«, wollte die Signora protestieren.

»Und zehn Euro Rabatt, weil sie nachts kein Auge zugetan hat. Und wenn wir noch lange hier herumstehen, werden Sie sich auf einen weiteren Rabatt einlassen müssen, *cara signora*, das geht bei uns ruckzuck, Sie wissen ja, Zeit ist Geld ...«

Er griff in die Hosentasche, zog einen Fünfzigeuroschein hervor und legte ihn auf den Telefontisch. »Stimmt so.« Dann warf er Sonja einen grimmig-amüsierten, zuckersüßen Blick zu und schnappte sich ihren Koffer. »Cara, wohin möchtest du lieber? Ins Royalcontinental oder ins Miramare?«

Der kleinlaute Blick der Zimmervermieterin zerfiel in tausend Scherben. »Wenn Sie möchten, kann ich Ihnen ein anderes, sehr ruhiges, sonniges Zimmer ...«

»Aber bitte mit Blick auf die Bucht von Neapel, *tesoro*«, rief Sonja Gentilini hinterher, der schon im Flur war. Sie griff in ihren Rucksack, zog einen Zehneuroschein aus dem Portemonnaie und legte ihn zu dem Fünfzigeuroschein auf den Tisch. »Fürs Telefonieren«, fügte sie hinzu. »Der Rest ist für Sie.«

»Ich bin sicher, Sie kümmern sich künftig um ein ausgewogenes Preis-Leistungs-Verhältnis, nicht wahr?«, rief Gentilini Signora Russo von der Wohnungstür aus zu. »Ich schicke bei Gelegenheit jemanden vorbei, der das prüft. Vielleicht wieder einen Gast aus dem europäischen Ausland, was meinen Sie?«

»Du bist unmöglich«, sagte Sonja, als er ihren Koffer im Polizeiwagen verstaut hatte, der direkt vor der Pension stand und die schmale Gasse blockierte.

»Ich weiß«, knurrte er. »Aber Rache ist süß und das ganze Leben hier bitter wie ein Amaro Averna. Man muss es sich manchmal ein bisschen erträglicher machen.«

Hinter ihnen begannen mehrere Autos zu hupen. Ein Vespafahrer schlängelte sich im Zentimeterabstand an ihnen vorbei. Gentilini sah auf die Uhr, schaltete das Blaulicht und das Martinshorn ein.

»*Basta*! Um halb zwölf ist eine Besprechung, ich habe also nicht mehr viel Zeit und muss mit dir reden. Wir fahren jetzt ins Royalcontinental, da ist ein Zimmer für dich reserviert.«

»Wie bitte?« Sonja sah ihn entgeistert an. »Das ist nicht dein Ernst! Ich dachte, du hast in der Pension Witze gemacht ...«

»Habe ich auch. Und jetzt bin ich wieder ganz ernst.« Er verzog den Mund. »So schnell geht das im Leben. Erst Ruckzuck und dann wieder Zuckruck ...« Er trat aufs Gaspedal.

»Woher weißt du, ob ich mir das leisten kann?«

»Das weiß ich gar nicht. Vielleicht musst du dafür dein letztes Sommerkleid verkaufen ...« Er streifte sie mit einem ironischen Blick. »Wahrscheinlich eher dein vorletztes. Nein, Spaß beiseite. Du bist natürlich mein Gast.«

»Vergiss es. Das kann ich unmöglich annehmen ...«

Er fuhr im Slalom durch die enge Gasse, bis er in eine größere Straße mit richtigen Bürgersteigen einbog. Via Duomo.

»Manchmal kann man mehr, als man denkt. Aber damit es dir leichter fällt: Einer meiner unzähligen Cousins ist da ein höheres Tier, quasi eine Giraffe, keine Ahnung, was er genau macht, ist ja auch egal, Hauptsache, er ist mein Cousin.«

»Wie viele Cousins hast du denn ...«

»Viele, sehr viele. Meine Mutter hatte sieben Geschwister, mein Vater sechs. Da kommt was zusammen. Ist manchmal durchaus praktisch.«

»Ich nehme an, deine Cousins sehen das umgekehrt auch so?«

Gentilini lachte. »Wenn es darum geht, jemand zu seinem Recht zu verhelfen, habe ich immer ein offenes Ohr. Auf dem anderen Ohr bin ich stocktaub.« Er bremste scharf, als ein Auto ohne zu bremsen von rechts aus einer Seitenstraße in die Hauptstraße einbog. *»Idiota!«* Nach einer Weile sagte er. »Du hast heute Nacht davon geredet, wie lange du schon von einem Zimmer mit Meerblick träumst.«

»Das weiß ich gar nicht mehr«, murmelte sie.

»Aber ich«, sagte er mit leisem Triumph in der Stimme und fügte dann spöttisch hinzu: »Auch Männer sind manchmal nützlich. Zum Beispiel, um sich an die Wünsche der Frauen zu erinnern.«

Sie überging die Anspielung. »Was habe ich noch alles erzählt?«

Er zuckte die Schultern. »Wir waren ziemlich betrunken, aber es heißt ja, Betrunkene und Kinder sagen die Wahrheit. Wir haben von unseren Wünschen geredet.«

»Du auch?«

Er grinste. »Ich auch.«

Er bog in die Straße ein, die wie eine Schneise quer durch das Gassengewirr vom Bahnhof zum Castel Nuovo führte. Ein Geschäft reihte sich ans nächste. Auf den Gehwegen und an den Straßenecken standen ambulante Händler, darunter auch Afrikaner, und verkauften T-Shirts, Socken, Modeschmuck, imitierte Markenhandtaschen, schwarz gebrannte CDs, geschmuggelte Zigaretten.

»Und was ist dein Wunsch? Dein größter Wunsch?«

»Sag bloß, du hast das vergessen ...«

»Ich habe alles vergessen«, fuhr Sonja ihn an. »Alles!« Dann fiel es ihr ein. »Nein, nicht alles. Du wünschst dir ein Mord-und-Totschlag-freies Wochenende mit deinen Kindern, stimmt's?«

Er nickte. »Sowieso.«

»Aber da war noch mehr, oder?«

»Erraten.«

»Sagst du es mir?«

»Nein.«

Das entschiedene Nein brachte Sonja zurück auf den Boden. Was ist das überhaupt für ein blödsinniges Geplänkel?, dachte sie auf einmal ärgerlich. Als wäre Zazzera nicht tot und Luzie nicht verschwunden und womöglich in Gefahr ...

»Hat Lion sich bei dir gemeldet? Oder Maris?«

»Leider nein. Aber ich habe etwas anderes entdeckt ... Ich habe ein bisschen im Polizeicomputer gestöbert. Vielleicht täusche ich mich ja. Wenn dem so ist, trinken wir gleich auf der Hotelterrasse einen Espresso und genießen die traumhafte Aussicht, bevor ich mich wieder in meinen irre spannenden Job stürze. Wenn nicht ...« Er griff mit der linken Hand in die Ablage der Fahrertür und reichte Sonja ein zusammengefaltetes Blatt Papier. »Ist er das? Ist das *dein* Antonio di Napoli?«

21

Commissario Gentilini hatte am Morgen, als er gegen halb neun verkatert sein Büro betrat, zuerst im Internet die Pagine Bianche durchgesucht, Neapel und Provinz Neapel, dann Kampanien, dann Rom und als Stichprobe Mailand. Das war Routinearbeit, langweilige, stupide Routinearbeit. Am liebsten hätte er so etwas immer einem Kollegen einen oder zwei Dienstgrade unter sich übertragen, aber da er sich nur zu gut daran erinnerte, wie er selbst am Anfang seines Berufslebens diese stupiden Such- und Abgrasaufträge gehasst hatte – und nicht nur die, sondern auch die Vorgesetzten, die sich genüsslich vom Hals schafften, was sie selbst wiederum Jahre zuvor hatten ertragen müssen –, verzichtete er darauf. Getretenwerden und dann irgendwann Wiedertreten war die ebenso primitive wie prächtig funktionierende Grundidee, die hinter dem Delegieren unliebsamer Aufgaben steckte. Also gab er sich lieber von Zeit zu Zeit selbst einen Tritt und tat das Unvermeidliche.

Das ungute Gefühl jedoch, das sich diesmal beim Durchforsten des elektronischen Telefonbuchs eingestellt hatte, war nicht auf seinen unterdrückten Widerwillen zurückzuführen. Eine Vielzahl von Männern mit dem Namen Antonio di Napoli trieben in diesem Land ihr Wesen beziehungsweise ihr Unwesen. Es waren so viele! Gentilini hatte auf den Bildschirm gestarrt, als hätte er noch nie in seinem Leben Hunderte identischer Namen gesehen, die sich aneinander reihten wie Klone in düsteren Zukunftsvisionen.

Von einem spontanen Impuls getrieben, hatte er angefangen, nach seinem eigenen Namen zu suchen. *Gentilini* war zwar längst nicht so verbreitet wie *di Napoli*, aber trotzdem hockten überall in Italien seine Doppelgänger. Es war ihm kalt den Rücken heruntergelaufen. Er hatte die Listen ausgedruckt. Er hatte zum Telefonhörer gegriffen und wahllos eine der Nummern gewählt – die eines gewissen Gennaro Gentilini aus Turin. Der Mann hatte sich mit einem unfreundlichen »Pronto« gemeldet.

»Bin ich mit Gennaro Gentilini verbunden?«, hatte der Commissario gefragt.

»Sì. Wer ist denn da?«

Daraufhin hatte Gentilini wahrheitsgemäß gesagt, er heiße ebenfalls Gennaro Gentilini und lebe in Neapel. Mit einem empörten Schnauben hatte sein Namensvetter die Verbindung unterbrochen.

Gut möglich, dass der Commissario umgekehrt nicht anders reagiert hätte. Vielleicht hätte auch er geglaubt, es mit einem schlechten Scherz zu tun zu haben. Aber das war es nicht. Es war kein Scherz. Da war diese tief wurzelnde Verunsicherung, die ihn in großen Zeitabständen heimsuchte und sich diesmal wahrscheinlich aufgrund des gestrigen Alkoholexzesses ihren Weg an die Oberfläche gebahnt hatte. Unerwartet begann für ihn der Boden seiner Existenz zu wanken und zu bröckeln, Fragen taten sich auf wie Abgründe mit der Überschrift: Warum tust du, was du tust? Warum lebst du, wie du lebst?

Ein in Rom aufgestöberter Gennaro Gentilini hatte freimütiger reagiert als der Namensvetter aus Turin. Sie hatten Alter, Hobbys und Beruf verglichen, aber in letzter Konsequenz war der Commissario doch zu feige gewesen und hatte vorgegeben, er sei Koch. Ein spontaner Einfall. Vielleicht aber war umgekehrt auch der andere gar nicht Autohändler, wie er gesagt hatte. Man wusste es nicht. Man wusste nicht, wer der andere war. Jeder konnte den anderen anlügen und betrügen.

Zu guter Letzt hatte Gentilini auch noch im kripointernen Netzwerk nach sich selbst gesucht – und, was für ein Wunder, sich selbst gefunden: Commissario Gennaro Gentilini. Doch damit nicht genug – auch einen weiteren Gennaro Gentilini hatte er entdeckt, der wegen Trickbetrügerei in Padua inhaftiert war. Der Commissario hatte sich das zugehörige Dossier ausgedruckt, es dann aber doch nur überflogen. Was sollte das alles? Was wollte er sich damit beweisen? Dass er er selbst war und kein anderer?

Er hatte telefonisch einen doppelten Espresso bestellt, um wenigstens einen handfesten Grund für das innere Flattern zu schaffen, und während er wartete, hatte er im Kriponetzwerk nach Antonio di Napoli gesucht. Wenn Gennaro Gentilini schon doppelt vertreten war, mussten die Männer namens Antonio di Napoli in proportionaler Entsprechung mindestens zehnfach zu finden sein. Welcher Teufel ihn da wieder geritten hatte – nein, nicht der Teufel, eine Vorahnung …

Der erste, den er gefunden hatte, war über sechzig und stand auf einer Fahndungsliste der Polizei der Provinz Friaul. Der zweite kam aus Neapel – und war tot. Gentilini hatte instinktiv gewusst, dass er ins Schwarze getroffen hatte.

Antonio di Napoli, geboren am 6. Dezember 1961 in Neapel, war am 22. März 1985 in Neapel erschossen worden. Genauer gesagt, in Santa Lucia. Noch genauer gesagt, auf dem Borgo Marinaro. Nur *wer* geschossen hatte, war auch nach über zwanzig Jahren noch eine offene Frage.

Gentilini konnte sich nicht auf Anhieb an den Fall erinnern. Vor zwanzig Jahren war er noch nicht bei der Kripo gewesen. Er hatte daher aus dem Archiv die Akte angefordert und sich zur ersten Information aus dem Internet ein paar Zeitungsartikel ausgedruckt, die damals zu dem Fall erschienen und elektronisch abrufbar waren. Außerdem hatte er ein altes Schwarzweißfoto von di Napoli ausgedruckt und es absichtlich nicht digital vergrößert. Sollte es sich tatsächlich um den Mann handeln, nach dem sowohl Sonja als auch ihre Tochter suchten, dann war er im Kleinformat sicherlich erträglicher. Und dann war auch die Frage nach dem Grund für di Napolis abruptes Verschwinden, von dem Sonja ihm in der vergangenen Nacht erzählt hatte, ein für alle Mal beantwortet.

Als er und Sonja sich eine gute Stunde nach diesem überraschenden Fund auf der fast durchgehend verstopften Präferenzspur für Busse und Taxis den Rettifilo entlangschoben, starrte Sonja entgeistert auf den Computerausdruck des gerade mal streichholzschachtelgroßen Fotos auf dem ansonsten leeren Blatt.

Nein, das ist nicht *mein* Antonio di Napoli, dachte sie in einem Anflug von Trotz. Aber er ist es. Unverkennbar. So hat er damals ausgesehen.

»Woher hast du das Foto?«, fragte sie mit belegter Stimme.

»Aus dem Computer«, erwiderte Gentilini lahm.

»Wie bist du auf ihn gestoßen? Hat er eine Homepage? Wieso habe eigentlich ich nicht danach gesucht … Bitte, spann mich nicht so auf die Folter!«

Gentilini schüttelte den Kopf. Ihm war anzusehen, dass er bedrückt war.

»Aber wieso … was …« Sie brach ab, schien plötzlich zu begreifen. »Ach so, ich verstehe. Das ist ein Foto aus eurer polizeiinternen Kartei, womöglich sogar von Interpol, ein Verbrecherfoto …«

»Nein«, sagte Gentilini leise, aber mit Nachdruck. »Du irrst dich. Er wurde … Er ist …«

»Tot?«

Gentilini nickte.

»Er ist tot?«, fragte sie erneut ungläubig, als hätte sie sein Nicken nicht gesehen. Sie schwieg eine Weile.

Gentilini bremste an der roten Ampel gegenüber vom Castel Nuovo. Ein etwa zwölfjähriger Junge wuselte mit einem Eimer voll grauschwarzem Wasser und einem Fensterschwamm mit Gummilippe zwischen den Autos hindurch. Er ließ auch den Polizeiwagen nicht aus. Gentilini hob nur kurz den Zeigefinger und bewegte ihn seinerseits wie einen Scheibenwischer hin und her. Der Junge eilte zum nächsten Auto.

Sonja hatte Routine im systematischen Ordnen, Speichern und Verarbeiten vieler Informationen, doch eine dieser beiden war ihr eindeutig zu viel. In ihrem Kopf drehten sich ununterbrochen und stupide wie auf einer Schallplatte mit Sprung diese beiden Sätze: *Es ist Antonio*, und *Antonio ist tot*. Sie gab sich unendlich viel Mühe, den nackten Inhalt der beiden Informationsfragmente zu verstehen und mit ihren Gefühlen in Verbindung zu bringen, aber es gelang ihr nicht. Zumindest nicht so schnell.

»Es war kein natürlicher Tod, habe ich Recht?«, murmelte sie.

»Antonio di Napoli wurde erschossen.«

Sie schloss die Augen.

Bis zum Hotel sprachen sie kein Wort mehr. Gentilini stimmte diesmal kein Lied an. Wäre er allein gewesen, hätte er das vielleicht getan. Jetzt hielt er sich aus Rücksicht auf Sonja zurück. Am eleganten Eingang des Royalcontinental wimmelte er die Hotelpagen ab, erledigte an der Rezeption die Anmeldeformalitäten und brachte Sonjas Gepäck eigenhändig ins Zimmer Nummer 515 im fünften Stock. Keiner von beiden hatte auch nur einen Blick übrig für die sagenhafte Aussicht, das Wasser, die Insel Capri, heute deutlich und klar in der Ferne zu erkennen. Die Sonne des Südens knallte unbarmherzig gegen die Fensterfront. Gentilini schloss die Tür zum Balkon, zog fürsorglich die Stores vor, ließ die Markise so weit wie möglich ausfahren, regulierte die Klimaanlage. Dann stand er hilflos im Zimmer herum.

»Es tut mir so Leid«, sagte er nach einigen stummen Minuten. »Ich hätte gern eine bessere Nachricht für dich gehabt.«

Sonja drehte sich zu ihm um, sah ihm ins Gesicht. Sie war aufgewühlt, bemühte sich sichtbar um Fassung.

»Wann ist es passiert?«

»Vor gut zwanzig Jahren, im März fünfundachtzig.«

Sie schluckte, drängte die Tränen zurück. »Wer hat ihn erschossen? Und warum?«

Er zögerte. »Das wissen wir nicht.«

Sie starrte ihn an.

»Das wisst ihr nicht?« Ihre Stimme zitterte, wurde dann schrill. »Wieso zum Teufel wisst ihr das nicht?«

Gentilini sah zu Boden und scharrte in Gedanken mit den Füßen. Das Zimmer war mit einem meerblauen Teppichboden ausgelegt. Zimmer in so wundervoll gelegenen Hotels sollten keinen Teppichboden haben, dachte er fluchthalber, sondern Parkett oder Kacheln. Pensionen in so wundervoll gelegenen Städten sollten Reisende nicht übers Ohr hauen. Wieso konnte er ihr nur keine andere Antwort geben? Was für einen beschissenen Beruf übte er aus, dass er, ebenso wie seine Kollegen, selbst nach zwanzig Jahren noch nicht mit Sicherheit wusste, wer den damals fünfundzwanzigjährigen Journalisten auf dem Gewissen hatte?

Was tat er eigentlich den lieben langen Tag? Von einem Mord zum nächsten eilen? Nur darauf warten, dass wieder etwas passierte? Er und seine Kollegen hatten nie ausreichend Zeit, sich die einzelnen Fälle wirklich gründlich vorzunehmen und sorgsam durchzugehen, allen Spuren zu folgen, alle Zeugen zu befragen und nach weiteren Zeugen zu fahnden. Da blieb zu viel auf der Strecke. Selbst der Doppelmord vom Montag in den Quartieri Spagnoli war fast schon vergessen. Und mit dem Mord an Zazzera würde es nicht anders laufen. Di Napoli? Schnee von vorvorgestern. Personalmangel auf der einen Seite, ein Überschuss an Gewalt auf der anderen. Das Verhältnis stimmte nicht mehr – die Verhältnisse stimmten sowieso schon lange nicht mehr, aber das Missverhältnis wurde immer schlimmer. Wie ihn das alles anwiderte, diese allgegenwärtige Gier nach Geld und Macht. Inzwischen verstand Gentilini besser, was Rosaria damals gemeint hatte. Seine Frau hatte seinen Beruf und alles, was damit verbunden war, einfach nicht länger aushalten können. Er hielt es ja manchmal selbst nicht aus.

Sicher, vor zehn, zwölf Jahren, als die Kinder noch klein waren, hatte Italien einen Aufschwung an Transparenz, Rechtsstaatlichkeit und Demokratie erlebt. Auch in Neapel hatte ein neuer Wind geweht: Teile der Altstadt, die Via Roma und die Via Chiaia wurden für den Verkehr gesperrt, korrupte Kommunalangestellte gefeuert, Parks geöffnet, das Stahlwerk Italsider in Bagnoli als größter Verpester von Luft und Wasser geschlossen. Der linke Bürgermeister setzte auf Umweltschutz und Tourismus, also wurden das Museo Nazionale modernisiert, das Metronetz ausgebaut, die Polizeipräsenz in der Altstadt verdoppelt, und auf den autofreien Plätzen öffneten Cafés – mit dem Erfolg, dass Neapel in Italien tatsächlich eine Zeit lang zum Geheimtipp für Sightseeing und Kulturtourismus schlechthin geworden war. Die Arbeit der Polizei hatte endlich einmal Wirkung gezeigt: Bestechliche Politiker, Unternehmer, Camorramitglieder wanderten ins Gefängnis – Leute, die im Tauschhandel für Wählerstimmen das Gesetz beugten; Leute, die für ansehnliche Summen Bauaufträge an Firmen erteilt hatten, die sich überdies oft genug wiederum als Scheinfirmen der Camorra entpuppten; Leute, die unliebsame Beweise für Lug und Trug verschwinden ließen, um die eigene Karriere zu beschleunigen; Leute, die lieber über Leichen gingen, als einen Millimeter an Macht einzubüßen; allesamt Leute, die schamlos das Haben über das Sein stellten. Es war eine gute, kraftvolle Zeit gewesen. Man hatte sich gegenseitig auf die Schulter geklopft. Vielleicht ein bisschen zu oft. Die Blütezeit war kurz gewesen. Zu kurz.

An der strukturellen Arbeitslosigkeit und dem Druck der Globalisierung hatte auch diese Politik nichts ändern können. Die Schließung der Dreckschleuder Italsider hatte den Verlust von Arbeitsplätzen bedeutet. Rund siebzig Prozent der Jugendlichen in Neapel hatten keinerlei Perspektiven, was eine Ausbildung oder reguläre Arbeit betraf. Und Arbeitslosigkeit hieß langfristig immer Zunahme an Kriminalität – da brauchte man keine umfangreichen Statistiken, da reichte ein einziger Blick in die Slums von Südamerika. Die Camorra hatte sich nach den Rückschlägen in den späten Achtziger- und frühen Neunzigerjahren regeneriert und zeigte verstärkt und ungeniert Präsenz. Zehn Jahre Berlusconi hatten das Übrige getan.

Nein, das Sein hatte schon lange nicht mehr die Oberhand über das Haben, dachte Gentilini, während er auf dem meerblauen Teppich stand, der ihn nicht forttrug, nirgendwohin in Sicherheit brachte, und ihm auch nicht half, eine fadenscheinige Antwort zu finden. Die Hoffnung, alles könnte gut werden, alles könnte sich ändern, war eine grandiose Illusion. Man musste mit kleinen Schritten zufrieden sein. Mit sehr kleinen Schritten. Und selbst das war nicht viel mehr als Selbstbetrug. Von wegen kleine Schritte – er trat doch auf der Stelle, seit langem schon, alle traten sie auf der Stelle, auch seine Kollegen, alle versuchten sie, die Löcher im Wassereimer mit Stroh und Papier zu stopfen. *Aktivismus gegen Ohnmacht*, könnte das Programm im Klartext lauten. Und der Erfolg: zwei Schritte vor und drei zurück. Noch schlimmer also. Und unterwegs gingen Ehen kaputt und die Liebe verloren, aber man merkte es nicht einmal oder wollte es nicht merken, weil sonst das ganze Lebenskonzept, das Lebenskorsett, das einem die Luft abschnürte, einen Riss bekam, nein, was hieß schon einen Riss – mit lautem Getöse in die Luft flog und man selbst mit dazu.

Er ballte innerlich die Faust. *Basta*! Da war erstens der Mord an Libero Zazzera. Da war zweitens der Mord an Antonio di Napoli. Da war drittens die verschwundene Luzia Zorn. Und viertens … diese Frau, von der er heute Nacht geträumt hatte und die ihn jetzt immer noch verzweifelt ansah und vergeblich auf eine Antwort wartete. Und wenn heute fünf neue Camorraopfer auf den Straßen Neapels lägen, würde er *diesen einen* Fall, der aus mehreren einzelnen, aber irgendwie miteinander zusammenhängenden Fällen bestand, nicht drangeben. Er konnte Sonja nicht di Napolis Mörder präsentieren – noch nicht! Aber er würde am Ball bleiben. Vor allem aber würde er Luzie finden, egal, was sonst geschah.

Er zog einen Pack zusammengefalteter Din-A4-Blätter aus der Innentasche seines Jacketts und legte alles auf die gelb-blau gestreifte Tagesdecke auf dem Bett. »Ich habe einige Artikel ausgedruckt, die nach seinem Tod erschienen sind. Und ein paar Informationen. Das war's aber auch schon.«

Dann ging er auf Sonja zu, blieb vor ihr stehen, sah sie stumm an und strich mit dem Finger über ihre Wange. In dem Moment wusste er, dass er sie gern in die Arme genommen hätte.

»Mehr kann ich jetzt leider nicht für dich tun. Ich muss los. Wir haben eine Besprechung, danach kümmere ich mich weiter um den Fall Zazzera. Du kannst mich jederzeit auf dem Handy erreichen, *va bene*?«

Sie nickte.

22

Sonja lag auf dem Bett und starrte an die mit Fertigstuck verzierte Decke. Das sah sie auf einen Blick, dass die Stuckrosetten nicht echt waren – belanglose Details aus jahrelangen Recherchen zum Thema Wohnen und Leben, an denen sie sich jetzt festhielt wie an einem rettenden Strohhalm. Am Königsblau der Sessel. Am glänzenden Messing der Stehlampe. Den Strohblumen. Dem gesteppten Bettüberwurf. An den Versatzstücken eines Viersternehotels, zusammengewürfelt aus internationalen Wohnillustrierten für die gehobene Einkommensklasse.

Es half alles nichts.

Antonio war erschossen worden.

Sie wartete darauf, dass Trauer sich wie ein schwarzer Mantel um sie legte. Sie wartete darauf, dass Tränen kämen. Aber es kamen keine.

Sonja stand auf, ging ins Bad, starrte in den Spiegel, sah kleine, zu Tode erschreckte Augen. Sie ging zurück ins Zimmer, griff nach den Computerausdrucken auf dem Bett, stopfte sie in ihren Rucksack und verließ das Hotel. Sie musste etwas unternehmen. Sie brauchte Bewegung. Im Gehen war das Innehalten oft leichter.

Eine Zeit lang folgte sie dem Lungomare. Sie hatte heute keinen Blick für blaue Untiefen und wässrige Ferne. Was sie vor ihrem inneren Auge suchte war nah, viel zu nah, um es erkennen zu können. Links das Meer, rechts der Verkehr, über ihr diese Hitzeglocke – sie fühlte sich in die Zange genommen. Sie überquerte die mehrspurige Straße, passierte ein schmiedeeisernes Jugendstiltor und betrat einen Park, der sich wie ein der Länge nach ausgerollter Schal zwischen den hohen Palazzi des Viertels Chiaia, dem Lungomare und dem Meer erstreckte. Am Eingang vermietete ein junger Mann Miniautoscooter. Er saß im Schatten und hörte Musik vom MP3-Player, offenbar ging noch kein Geschäft. Eine breite Allee führte in den Park hinein, weiter hinten sah Sonja Frauen auf Bänken sitzen, Kleinkinder rannten juchzend und kreischend Luftballons nach. Sonja ging langsam, sehr langsam. Sie hielt sich am Rand des Parkwegs im schmalen Schattenwurf der Bäume auf.

Vor ihr war diese unsichtbare Wand. Sie wusste, sie kam nicht daran vorbei. Sie musste sich ihr stellen. Zum x-ten Mal wiederholte sie im Stillen die Tatsache, dass Antonio seit zwanzig Jahren tot war. Mausetot. Unter der Erde. Begraben. Von Würmern zerfressen. Zu Staub zerfallen. Was hinreichend erklärte, weshalb er nie wieder etwas hatte von sich hören lassen – kein Sterbenswörtchen. Was ebenfalls erklärte, weshalb sie ihn bisher in Neapel nicht ausfindig machen konnte. Es gab ihn nicht mehr. Ironisch betrachtet, hatte sie zwanzig Jahre lang völlig umsonst daran gearbeitet, Antonio aus ihrem Gedächtnis zu löschen. Vergebliche Mühe, den Satz *Er ist für mich gestorben* in ihrem Denken und Fühlen zu verankern. Er war schon damals gestorben. Und zwar wirklich. Aber sie hätte ihm, dem Vater ihrer Tochter, niemals *wirklich* den Tod an den Hals gewünscht. Alles Mögliche, gerne alle Missgeschicke der Welt, aber nicht den Tod. Schon gar keinen gewaltsamen.

Damals hatte sie wie besoffen von Verachtung, der eisigen Verachtung der Verlassenen, eine erst seit so kurzem offen stehende Tür in ihrem Leben zugeknallt und den Schlüssel mit einem zornerfüllten Urschrei auf Nimmerwiedersehen ins Meer des Vergessens geschleudert. Und jetzt hatte das Meer des Lebens sie wieder vor diese Tür gespült und sie erneut einen Spaltweit geöffnet – und Sonja wusste: Wenn sie die Tür weiter aufstieß und über die Schwelle trat, würden Vergangenheit und Gegenwart, der alte und der neue Schmerz in ihr wieder eins, und sie hatte Angst vor der Kettenreaktion, die diese Begegnung auslösen könnte. Die Wirklichkeit hatte sich um ein paar Grade weitergedreht und zeigte nun ein anderes

Gesicht, und damit änderten sich im Handumdrehen auch die Perspektiven, damit änderte sich alles, was Sonja bis zu diesem Moment zwanzig Jahre lang gedacht und empfunden hatte.

Nichts stimmte mehr. Die ganze Verachtung, die Bitterkeit, die Wut, in deren Fahrwasser sie eine Art Leichentuch über die Affäre mit Antonio geworfen hatte, waren durch seinen gewaltsamen Tod gegenstandslos geworden. Er hatte sich gar nicht sang- und klanglos aus dem Staub gemacht. Vielleicht hätte er sie damals überhaupt nicht verlassen. Vielleicht wäre er wiedergekommen, in den Wochen vor Luzies Geburt oder sogar zur Entbindung oder danach, in den ersten Lebenswochen und -monaten. Vielleicht, nein sicherlich, hätte er sein Töchterchen sehen und im Arm halten wollen, vielleicht wäre er sogar nach Hamburg gezogen oder Sonja nach Neapel oder aber alle beide an einen ganz anderen, dritten Ort, und dort hätten sie dann glücklich und zufrieden gelebt bis an ihr Lebensende. Vielleicht hätten sie sogar geheiratet. Vielleicht wären sie jetzt ein genauso unerträgliches Paar wie Ulrike und Volker oder Gaby und Heinrich. Vielleicht wären sie längst schon wieder geschieden wie Ilka oder Gentilini, Luzie wiederum hätte ihren Vater regelmäßig in Neapel besucht, zumindest in den Ferien. Was war nicht alles denkbar, im Nachhinein. Die Hoffnung machte es möglich, die nachträgliche, irreale Hoffnung des längst Vergangenen, die nicht nach Beweisen verlangte und keine Enttäuschung kannte …

Der steinerne Brunnen mit den Löwenköpfen in der Mitte der Allee sah aus, als sei alles Wasser unter der brütenden Sonne verdampft. Die leeren Becken dienten als Halde für Zigarettenschachteln, Kaugummipapier. Ein trostloser Anblick. Ein Kind war beim Herumtollen hingefallen und brüllte jetzt wie am Spieß. Sonja bog von der Hauptallee in einen schmaleren Seitenweg ein.

Während Luzie in Sonjas Bauch wuchs und gedieh, war Antonio unter die Erde gebracht worden, im März vor zwanzig Jahren: eine Gleichzeitigkeit von Leben und Tod, die so viel Schmerz enthielt, dass sie es kaum aushalten konnte. Aber Sonja ging weiter, ging auf die unsichtbare Wand zu, und im nächsten Moment hatte sich die Wand in nichts aufgelöst. Jede Faser ihres Körpers sagte ihr, wie krank sie damals gewesen war: vor Verlangen, vor Sehnsucht. Das Warten, das Hoffen, Tag für Tag. Wie oft war sie mit klopfendem Herzen zum Telefon gerannt, wenn es klingelte, wie oft hatte sie mit zitternden Fingern den Briefkasten geöffnet. Von wegen Coolness und *Ich mach das ganz allein und brauch dich nicht*. Antonio war kein Kurzzeitlover gewesen, kein Zufallsgeliebter, den man im Packeis jugendlicher Irrtümer einfrieren konnte. Sie hatte damals ihr Herz an ihn gehängt. Seine Hinterlassenschaft war nicht allein Luzie, er hatte ihr einen Keim der Liebe hinterlassen, den sie jahrelang versucht hatte, zu ersticken.

Se n'è andato … Keine Frage, was die Frau in Neapel, mit der Maris damals ohne Sonjas Wissen telefoniert hatte, in Wirklichkeit gemeint hatte: *Antonio ist tot, Antonio ist gestorben*. Maris und Sonja konnten sich damals zwar auf Italienisch verständigen, aber lange nicht gut genug, um Bedeutungsschattierungen der Sprache zu kennen. Also hatten sie sich den Satz im einfachen, direkten Wortsinn übersetzt, *andarsene* als *weggehen*: *Antonio ist weg, Antonio ist nicht mehr da*. Nie im Leben wäre Sonja in der Obhut ihrer Kränkung auf die Idee gekommen, die Frau könnte etwas anderes gemeint haben, obwohl man es auch im Deutschen zuweilen so ausdrückte: *Er ist von uns gegangen …*

»*Kssss*«, machte es hinter ihr. Sie erschrak, blieb stehen, sah sich um. Ein Mann saß unter einer Palme auf einer Bank und grinste sie gierig an, die Beine weit und vor allem breit von sich gestreckt. Es sollte vermutlich einladend wirken. »*Ksss … vieni qua, bellina …*«

Der hatte sie wohl nicht mehr alle.

Sie ging rasch weiter. Der kleine Zwischenfall hatte sie wieder in die Realität geholt, ihre Stimmung war umgeschlagen. Ihr Schmerz zog sich zurück wie das Wasser bei Ebbe. Was blieb, waren offene Fragen.

Weshalb, fragte sie sich und kniff die Augen zusammen, weshalb hatte sie eigentlich nichts von Antonios Tod erfahren? Weshalb hatte niemand sie angerufen? Antonio hatte doch sicherlich Familie, Eltern, vielleicht sogar Geschwister. Hatte keiner von ihnen von dieser Liaison in Hamburg gewusst? Und diese Freunde, die damals in Venedig mit von der Partie waren – und in diesem Moment wusste sie plötzlich wieder die Namen, die sie all die Jahre hindurch ebenfalls verdrängt hatte, jeden einzelnen, – Sergio, Franco und Gianluca –, hatte Antonio etwa mit keinem von ihnen über Sonja und das Kind, das sie von ihm erwartete, gesprochen? So musste es sein, es gab keine andere Erklärung, denn andernfalls hätte bestimmt irgendwer versucht, mit Sonja Kontakt aufzunehmen und ihr die Nachricht von seinem schrecklichen Tod zukommen zu lassen … Und wenn das so war, wenn Antonio tatsächlich mit keiner Menschenseele darüber gesprochen hatte, dann konnte Sonja sich keinen anderen Grund dafür denken, als den, an dessen Vereisung sie sowieso all die Jahre hindurch gearbeitet hatte: Dass Antonio Sonja *nicht* geliebt hatte. Dass er *kein* Verlangen gespürt hatte, *keine* Sehnsucht. Dass die Zeit mit ihr für ihn nichts als ein Zwischenfall gewesen war, eine Fußnote in der Ewigkeit, und sie und sein Kind, ihrer beider Kind, waren ihm gleichgültig gewesen, so gleichgültig, dass er es nicht einmal für nötig gehalten hatte, irgendwem davon zu erzählen.

Sie spürte, wie die alte Wut und die Bitterkeit sich aufs Neue in ihr breit machten, den Schmerz an den Rand zu drängen versuchten. Vermutungen, nichts als Vermutungen – es war alles so hundserbärmlich verwirrend.

23

Zwischen Palmen und Büschen schimmerte etwas Rotes. Sonja kam zu einer Art Kiosk, vor dem unter roten Sonnenschirmen ein paar Tische und Stühle aufgestellt waren. An einem der Tische saßen zwei Männer und rauchten. Als Sonja sich setzte, stand einer von ihnen auf, kam an ihren Tisch und fragte sie nach ihren Wünschen. Sie bestellte einen Cappuccino. Der Zigarettenrauch zog zu ihr herüber. Sonja hatte vor zehn Jahren aufgehört zu rauchen und würde einen Teufel tun, wieder damit anzufangen, aber von Zeit zu Zeit passierte es, dass der altbekannte Duft sie nicht störte, sondern verführerisch anwehte, dann sog sie ihn genüsslich ein und bedauerte für diesen kurzen Moment, dass dieser Weg zur Entspannung ihr nicht mehr offen stand. Jetzt eine Zigarette …

Sie kramte die Papiere, die Gentilini für sie zurückgelassen hatte, aus dem Rucksack und faltete sie auseinander.

Auf dem ersten Blatt befanden sich nur wenige allgemeine Angaben zur Person von Antonio di Napoli, Körpergröße, Augenfarbe, Haarfarbe, Geburtsdatum undsoweiter. Sonja wollte es schon zur Seite legen, als sie bei der Rubrik Beruf stutzte: Journalist. Das war doch nicht möglich. Antonio hatte tatsächlich den gleichen Beruf gehabt wie sie.

Damals in Venedig hatte sie noch gar nicht gewusst, dass sie Journalistin werden wollte. Sie hatte gerade erst das Abitur in der Tasche und schwankte zwischen einer Dolmetscherausbildung, einer Tischlerlehre und einem Philologiestudium. Antonio hatte gesagt, er studiere Politik. Und nebenbei verfasse er manchmal Gedichte, *nur so zum Spaß*, die er dann vertone, *ein bisschen so wie Paolo Conte*, aber natürlich kein Vergleich. Wovon er damals gelebt hatte? *Hier ein Job und da ein Job*. Das konnte vieles heißen, auch kleine Jobs bei einer Zeitung. Das war normal. Die meisten Leute, die Sonja damals kannte, hatten *hier und da einen Job*, und in der restlichen Zeit lebten und träumten sie von allem anderen, was sie später machen würden. Und sie und Antonio? Hatten sie damals laut geträumt? Von einer Karriere im Land der Printmedien? Hatten sie darüber gesprochen? Auf ihren Spaziergängen durch die Stadt hatten sie lebhaft diskutiert, über die politischen Systeme in Italien und in der Bundesrepublik, die Gemeinsamkeiten und die Unterschiede, was Mussolini von Hitler unterschied und weshalb das Nord-Süd-Gefälle in Italien so viel krasser ausfiel als in Deutschland, auch über die RAF und die Roten Brigaden und die USA und den Kommunismus und denkbare Alternativen zum Kommunismus und über den Einfluss des organisierten Verbrechens und die Teilung Deutschlands. Allgemeinheiten, worüber man eben so sprach. Aber was hatte Antonio ihr aus seinem Leben erzählt? Aus seinem Alltag? Von Eltern, Geschwistern (falls es überhaupt welche gab), Kindheit? Eben nichts. Sonja erinnerte sich nur an Allgemeinplätze über Neapel, letztlich nichts Konkretes.

Konkret ist immer nur die Wirklichkeit, die man gerade lebt. Ja, das hatte er gesagt, genau so oder zumindest fast. Vermutlich irgendein Zitat. Klang trotzdem gut. Den Moment leben. *Carpe diem.*

Konkret ist aber auch der Tod, dachte Sonja. Und dieser Tod, Antonios Tod, war kein Zufall, ganz und gar nicht.

Sie nahm sich das zweite Blatt vor, einen Zeitungsartikel, der offenbar am Tag nach dem Mord erschienen war, Ende März 1985. Die Überschrift lautete: *Giovane cronista ucciso a Santa Lucia.*

Sonja erschauderte, ihre Hand zitterte so stark, dass die Buchstaben vor ihren Augen hin und her hüpften. Sie legte das Blatt vor sich auf den Tisch und holte Luft, wie um sich zu stärken.

Der Mord war früh am Morgen verübt worden. Antonio di Napoli, *ein junger, talentierter Nachwuchsjournalist*, hieß es in dem Artikel, pflegte regelmäßig auf dem Borgo Marinaro zu angeln …

Beim Angeln, wiederholte Sonja leise, wie um die Nachricht auf diese Weise fassbarer zu machen. Das Bild von Antonio, der in Hamburg am Leinpfad die Angelschnur in die Alster auswarf, schob sich augenblicklich über das Bild vom Borgo Marinaro, wo Sonja zwei Tagen die friedliche Morgenstimmung genossen hatte.

Ein Fischer eines gerade in den Hafen einlaufenden Bootes hatte bezeugt, das Opfer sei nicht allein gewesen. Er war noch etwa zweihundert Meter entfernt gewesen und hatte den Schuss aufgrund des Motorenlärms nicht gehört, aber deutlich gesehen, dass sich zwei Männer am Tatort befanden. Als er sein Boot vertäut hatte, bemerkte er, dass einer der Männer am Boden lag, vom anderen war nichts mehr zu sehen. Eine ähnliche Aussage hatte die Putzfrau eines nahe gelegenen Restaurants gemacht. Sie habe durch die Fensterscheibe beobachtet, wie einer der beiden Männer plötzlich zusammensackte, während der andere blitzartig verschwunden war. Aber dass der zweite Mann geschossen hatte, mochte sie nicht beschwören.

Der Verfasser des Artikels stellte die These auf, dass der Mörder im Umfeld der Camorra zu suchen sei, vermutlich ein Auftragskiller. Denkbares Motiv seien die Artikel, die der jüngere, noch unerfahrene Kollege in den letzten Monaten verfasst hatte. Darin hatte di Napoli die Verfilzung von Politik, Justiz und Camorra angeprangert: mit Hauptaugenmerk auf den Milliardenbeträgen, die nach dem Erdbeben 1980 als Wiederaufbaugelder nach Neapel und in die gesamte Region geflossen, dort aber auf Nimmerwiedersehen in unterirdischen Kanälen versickert waren. Diese Kanäle habe di Napoli, dessen Familie selbst Opfer der Erdbebenkatastrophe geworden war, aufzuspüren und nachzuverfolgen versucht. Möglicherweise war ihm das zum Verhängnis geworden.

In dem Artikel wurde außerdem Vittorio di Napoli zitiert, Bruder des Opfers und, wie es hieß, den Lesern als Ersatztorhüter des SSC Napoli bekannt. *Antonio hat vor zwei Wochen eine Warnung erhalten*, hatte Vittorio dem Journalisten anvertraut. Er und seine Familie stünden noch immer unter Schock.

Was denn für eine Warnung?, dachte Sonja. Und offenbar gab es einen Bruder …

Sein sympathischer junger Kollege habe sich nicht abschrecken lassen, schrieb der Journalist weiter, di Napoli habe nicht aufgehört, im Trüben zu stochern und unliebsame Fragen zu stellen, was nun einmal die Aufgabe eines jeden Journalisten sei: Aufklärung, Recherche, nicht Schönschreiberei. Diese aufrechte Haltung habe Antonio di Napoli mit dem Leben bezahlen müssen. Auch wenn er erst seit gut einem Jahr als freier Mitarbeiter für die Zeitung geschrieben habe, trauere die gesamte Redaktion um ihn wie um einen langjährigen Kollegen und Freund.

»Antonio, wir vergessen dich nicht«, lautete der letzte Satz. Sein Pathos war durchschlagend und löste bei Sonja eine Tränenflut aus.

Der Mann, der ihr den Cappuccino gebracht hatte, näherte sich ihrem Tisch und legte diskret ein halbes Dutzend Papierservietten neben ihre Tasse. Dann kam er noch ein zweites Mal und stellte ein Schnapsglas mit einer dunklen Flüssigkeit vor ihr ab.

»Das hilft«, war sein einziger Kommentar.

Sonja musste wider Willen lächeln. Das Weinen wirkte wie eine kleine Befreiung. Sie putzte sich die Nase und wischte die Tränen ab, die immer wieder nachflossen.

Die Flüssigkeit im Glas sah aus wie ein Amaro und schmeckte auch wie ein Amaro. Sonja hätte so etwas nie freiwillig bestellt. Sie kippte das Gesöff mit Todesverachtung herunter. Er schmeckte noch bitterer, als sein Name verkündete. Wie Gentilini gesagt hatte: Das Leben hier ist bitter wie ein Amaro Averna … Wirklich hatte die Stadt seit ihrer Ankunft viele bittere Seiten für sie bereitgehalten, so dass sie sich jetzt fragte, ob Neapel überhaupt schöne, süße Seiten hatte – *la dolce vita* eben …

Sie schüttelte sich. Die beiden Männer, die nun am

Tresen des Kiosks standen und zu ihr herübersahen, machten eine zustimmende Geste und grinsten kurz. Sie nickte ihnen zu.

Als Letztes nahm sie sich das dritte Blatt vor – ein weiterer Zeitungsartikel, erschienen zum zehnten Todestag. Darin wurde mit flammenden Worten beklagt, dass sich Antonio di Napolis Mörder auch zehn Jahre nach der Tat noch auf freiem Fuß befanden und die Kriminalpolizei den Fall längst zu den Akten gelegt hatte. Die Fährte des zweiten Mannes, der am Tatmorgen am Borgo Marinaro gesichtet worden war, sei nie ernsthaft weiterverfolgt worden, schrieb der Journalist. Der Taxifahrer, der die Ermittler auf die Spur eines Mopedfahrers gebracht hatte, der den Tatort etwa zur Tatzeit fluchtartig verlassen hatte, war ein halbes Jahr später auf mysteriöse Weise tödlich verunglückt. Der Mopedfahrer wiederum, den Behörden aus dem Umfeld der Camorra rund um den Vesuv bekannt, hatte ein überaus zweifelhaftes Alibi vorgelegt. Ein verhafteter Camorrist hatte ausgesagt, di Napoli sei wegen eines geplanten Berichts über einen Swinger-Club aus dem Verkehr gezogen worden, die Behauptung war aber später widerrufen worden. Seither war eine ganze Reihe von Camorristen und Auftragskillern hinter Gitter gekommen, die alle möglichen Verbrechen gestanden hatten – keiner aber wollte den Mordauftrag di Napoli erhalten, geschweige denn ausgeführt haben. Viele Ehrenworte. Diverse falsche Fährten. Und der unbekannte zweite Mann, möglicherweise mit dem Täter identisch, hatte sich dank der Mühlen der Zeit in nichts aufgelöst. Was ebenso für das ominöse Manuskript galt, an dem di Napoli laut Aussagen zweier Freunde in den Monaten vor dem Mord wie ein Besessener gearbeitet hatte und das, wie nach seinem gewaltsamen Ende nahe lag, vielleicht Aufschluss über Namen, Drahtzieher und bisher nicht aufgedeckte Verflechtungen in den Kreisen von Politik, Wirtschaft, Justiz und organisiertem Verbrechen geben könnte. Diese Unterlagen seien ebenfalls nach wie vor verschwunden und würden vermutlich auch nie wieder auftauchen. Ein einziges Ermittlungsdesaster, schrieb der Journalist anklagend. Die Erinnerung an den sympathischen Kollegen aber …

Sonja ließ das Blatt sinken. Nein, dachte sie, im Nu schweißgebadet, neinneinnein!

Das Manuskript … was für ein Manuskript … der Koffer … der braune Umschlag … Monate unterwegs … Als sie den Koffer gefunden hatte, war er leer gewesen … aber das Manuskript, der Umschlag … Luzie musste ihn herausgenommen haben … Luzie war weg und Libero Zazzera war tot … was hatte das alles miteinander zu tun … wie hing das alles zusammen …

Sie winkte dem Kellner und zeigte mit dem Daumen auf ihr Glas. Als er ihr einen neuen Amaro brachte, legte sie einen Zehn-Euro-Schein auf den Tisch und fragte ihn, ob er ein Handy habe und ob sie kurz telefonieren dürfe.

24

Gentilini hatte zwar gesagt, sie könne ihn jederzeit erreichen, aber jetzt antwortete er weder in seinem Dienstzimmer noch auf dem Handy. Dann eben nicht, dachte Sonja enttäuscht und wütend. Wieder mal nichts als hohle Versprechungen. Das schaffe ich auch alleine. Den Bruder finde ich auch ohne dich. Sie hinterließ keine Nachricht auf seiner Mailbox, wozu auch.

Sie brachte dem Kellner das Handy zurück. »Haben Sie zufällig ein Telefonbuch?«

»Zufällig ja.«

Der zweite Mann grinste. »Sie haben Glück. Das ist vermutlich das einzige Telefonbuch in ganz Neapel, in dem keine Seiten fehlen. Woher kommen Sie?«

»Aus Paris«, sagte Sonja.

»*Ah, révolution et amour* …«, begann der Mann. »*Gauloises et* …«

»*Gigino, smettila*«, sagte der Kellner. »*Siamo a Napoli, in una città per bene.*«

Er ließ es sich nicht nehmen, Sonja die beiden dicken Telefonbücher direkt an den Tisch zu bringen. Das Handy legte er oben drauf.

»*Voilà Madame*. Weiße Seiten, gelbe Seiten. Falls Sie das Telefonino noch brauchen, wirklich kein Problem. Solange Sie nicht stundenlang nach Frankreich telefonieren …« Sie musste ihn völlig perplex angesehen haben, denn er fügte hinzu: »Lange keinen so freundlichen Kellner mehr erlebt, oder? *Siamo a Napoli, signora. Eh.*« Und es folgte die typische Geste mit der Hand, die italienische Großzügigkeit und Gelassenheit auf den Punkt brachte.

Was hätte sie auch anderes erwarten sollen: Natürlich war der Name Vittorio di Napoli fast genauso häufig wie der seines Bruders. Sie überlegte. Vielleicht war Vittorio seinem Metier treu geblieben und betrieb irgendeine Art Sportgeschäft? Einen Fußballshop? Fanartikel vom SSC Neapel? Sie suchte unter den entsprechenden Stichworten, ohne Erfolg. Als nächstes schlug sie die Nummer vom *Mattino* nach. Sie landete in der Telefonzentrale und bat darum, in die Nachrichtenredaktion durchgestellt zu werden.

»Mit wem möchten Sie sprechen?«

Sonja nannte aufs Geratewohl den Namen des Journalisten, der den Artikel am Tag nach dem Mord geschrieben hatte, und hoffte, dass Gaspare del Santo nicht längst pensioniert war.

»Worum geht es?«

Die Frau am anderen Ende der Leitung schien nicht gewillt zu sein, alle x-beliebigen Anrufer nach Verlangen einzulassen ins geheimnisumwitterte Reich der größten neapolitanischen Tageszeitung.

Sonja war es von Berufs wegen gewohnt, abgewimmelt zu werden. Sie sei eine Kollegin aus Deutschland, sagte sie sachlich und mit einer wohldosierten Prise Arroganz. Wenn Gaspare nicht zu sprechen sei, wünsche sie, direkt mit dem Chef vom Dienst verbunden zu werden, es sei dringend.

Sie hatte Glück. Der Ton war der richtige gewesen, del Santo gehörte noch zur Redaktion, und sie wurde kommentarlos weiterverbunden.

»*Una collega dalla Germania …*«

Gaspare del Santo war umgänglicher als die Telefonhüterin am Empfang. Er fand die üblichen anerkennenden Worte für Sonjas gutes Italienisch. Kurzes Geplänkel. Was er für sie tun könne? Ja, natürlich erinnere er sich an den Mordfall di Napoli.

Sonja sagte, sie habe zufällig den Artikel in die Hand bekommen, den er damals kurz nach dem Mord verfasst habe. Sie sei beeindruckt, wie er die Sache auf den Punkt gebracht habe. Del Santo freute sich hörbar über ihr Lob. Die Sache sei ja mittlerweile über zwanzig Jahre her. Der Bruder? Ja, Vittorio di Napoli, richtig. Doch, wenn ihr das weiterhalf, könne er die Telefonnummer für sie herausfinden. Warum diese alte Geschichte sie überhaupt interessiere?

Ich war seine Geliebte, dachte Sonja und blieb zu ihrer eigenen Überraschung innerlich ganz ruhig.

»Wir hatten hier vor kurzem einen ganz ähnlichen Fall ...«, sagte sie laut. Sie schreibe an einer größeren Reportage über Journalisten, die auf mysteriöse Weise ums Leben gekommen waren wie Georgij Gongadse aus der Ukraine und zahlreiche Kollegen aus Indonesien, den Philippinen und Südamerika.

»*Ho capito. Certo.*« Del Santo zeigte volles Verständnis. »Wie kann ich Sie erreichen?«

Das war eine gute Frage und eindeutig der Schwachpunkt ihres Vorgehens.

»Per E-mail«, rief sie, »Moment, *mi scusi*, da kommt gerade ein anderes Gespräch in die Leitung, *scusitanto*, ich rufe Sie in zehn Minuten zurück, *va bene? millegrazie, ciao.*« Sie legte schnell auf, bevor Gaspare del Santo etwas einwenden konnte.

Zehn Minuten später notierte sie sich die Nummer von Vittorio di Napoli und bedankte sich überschwänglich bei ihrem neapolitanischen Kollegen – vielleicht könne sie sich einmal revanchieren.

Unter der gewählten Nummer meldete sich eine Frau. Sie sagte, ihr Mann sei um diese Zeit im Laden zu erreichen. Sonja notierte eine weitere Telefonnummer und wählte erneut.

»*Scusi*«, sagte sie, als ein Mann sich meldete, ohne seinen Namen zu nennen, »ich habe nur diese Telefonnummer, können Sie mir bitte die Adresse des Ladens geben, damit ich ...« Sie hatte keine Ahnung, um was für eine Sorte Laden es sich überhaupt handelte.

»Corso Vittorio Emanuele«, unterbrach sie der Mann, »direkt am Petraio.« Er hatte eine angenehm dunkle Stimme. »Aber heute Nachmittag haben wir geschlossen.«

»Oh«, machte Sonja, und ihre Enttäuschung war echt.

Ob Vittorio di Napoli zu sprechen sei?

»Am Apparat. *Lei, chi è?*«

Sie zögerte. Sie wollte nicht mit der Tür ins Haus fallen, aber auch nicht auf den nächsten Tag vertröstet werden. »Ich … bin eine Freundin ihres Bruders Antonio«, sagte sie schließlich. »Aus Deutschland.«

Der Mann am anderen Ende schwieg. »Was wollen Sie?«, fragte er nach kurzer Pause. Seine Frage klang weder feindselig noch misstrauisch, aber auch nicht gerade begeistert.

Sonja suchte nach Worten. »Ich … ich wusste bis heute früh nicht, dass er tot ist«, begann sie, »also, dass er schon seit zwanzig Jahren …« Sie brach ab. Ihre Stimme flatterte. Sie spürte ein Würgen in der Kehle, schluckte.

»*E allora*?« Der Mann kam ihr nicht gerade mit ausgebreiteten Armen entgegen. Er kam ihr überhaupt nicht entgegen.

Sie fasste sich wieder. »Kann ich mit Ihnen reden?«

Er schwieg.

»Ich muss mit Ihnen reden, bitte, es ist wichtig.«

»Dann reden Sie.«

»Nicht jetzt, nicht hier, am Telefon …«

»*Non ho capito*, wollen Sie etwa extra zweitausend Kilometer …?«

»Ich bin hier, in Neapel. Bitte, es ist wirklich wichtig für mich.«

Seine Stimme wurde um einen Halbton freundlicher. »Gut, dann kommen Sie meinetwegen hoch in den Laden. Kennen Sie sich in Neapel aus? Sie nehmen die Funicolare Centrale, die Talstation ist bei der Via Roma, schräg gegenüber von der Galleria. An der ersten Station steigen Sie aus. Dann rechts rausgehen, es sind nur etwa zweihundert Meter bis zum Laden. Nicht zu verfehlen. Klopfen Sie an die Tür. Ich bin da.«

»Wie heißt der Laden?«, fragte Sonja.

»Ach so, das wissen Sie gar nicht?« Er lachte leise, es hörte sich an wie ein Gurgeln. »*Cogli la mela.*«

»Ein Obstgeschäft?«

Das Lachen wurde lauter und glucksender. »Es ist ein Computerladen, *cara signora*. Ich verkaufe und repariere Apple-Computer.«

25

Eine halbe Stunde später stand Sonja dicht an dicht in einem Pulk von Leuten in einem uralten Waggon, der rumpelnd und klappernd in einem nach Staub, Feuchtigkeit, Erde und Gestein riechenden Tunnel bergan gezogen wurde. Die Fahrt dauerte nur wenige Minuten.

Als Sonja aus der rumpelnden Höhle oberhalb der Quartieri Spagnoli auf die Straße trat, war sie vom grellen Licht wie geblendet. Halb zwei – die Mittagssonne knallte gnadenlos auf den breiten Corso herab. Sonja war die einzige Fußgängerin weit und breit. Auf ihrer Straßenseite reihte sich ein mehrstöckiges Mietshaus an das nächste, im Erdgeschoss befanden sich Läden, Werkstätten, die meisten Rollläden aber waren heruntergelassen.

Sie hatte Herzklopfen. Sie versuchte sich Antonios Gesicht in Erinnerung zu rufen, ohne aufs Neue das passbildgroße Foto auf dem Computerausdruck zu Hilfe zu nehmen. Sie versuchte sich vorzustellen, wie Antonio zwanzig Jahre älter ausgesehen hätte. Manchmal sahen Brüder sich verdammt ähnlich.

Der Computerladen war tatsächlich leicht zu finden. Auf dem Schaufenster prangte ein riesiger regenbogenfarbener Apfel. In der Tür hing ein Schild mit der Aufschrift *chiuso*.

Sonja klopfte. Ihr Herz raste. Von innen näherte sich ein Schatten, dann schälte sich ein Gesicht heraus, ein Mann in Jeans und T-Shirt öffnete die Tür und – nein, keine Ähnlichkeit, die ihr schmerzlich ins Gesicht gesprungen wäre. Vittorio di Napoli war einen halben Kopf kleiner als Sonja – und als Antonio –, ein Enddreißiger mit erstem Bauchansatz. Er hatte dunkle, wache Augen hinter einer Nickelbrille, seine leicht wuscheligen Haare lichteten sich am Hinterkopf. Kein zweiter Antonio. Ihr Herz konnte sich zurücklehnen und vom Gas gehen.

Der Computerladen machte einen chaotischen Eindruck. An den Wänden stapelten sich Kartons, überall standen Computer, Bildschirme, Drucker herum, Zubehör, Kabel, Laufwerke, Stöße von Papier und Zeitschriften. Auf dem Schreibtisch ruhte neben einer zehn Zentimeter hohen Schicht Briefe ein Teller mit Resten von Tomatensauce und Brotkrümeln, darin ein leerer Espressoplastikbecher. Immerhin war es hier drinnen kühler. Zwei Ventilatoren surrten auf den Schreibtischen leise vor sich hin.

Vittorio di Napoli bot ihr einen Stuhl an und setzte sich mit dem Rücken zum Schreibtisch auf einen Drehstuhl. Er fischte nach einem Päckchen Zigaretten.

»Rauchen Sie?«

Sie verneinte. Er zündete sich eine Zigarette an. Er stieß den Rauch aus und sagte, regelmäßig zu den Jahrestagen riefen jede Menge Leute an, vor allem Journalisten. Dann wurde die ganze dreckige Sache von damals wieder ans Licht gezerrt. Zuletzt war das vor zwei Monaten der Fall gewesen.

»Mir reicht's für die nächsten fünfzig Jahre.« Er seufzte. »Zwanzigjähriges Jubiläum. Sie haben am Telefon gesagt, Sie wollen mit mir reden.«

Sonja begann zu erzählen, wie sie und Antonio sich im September 1984 auf dem Zeltplatz an der Lagune von Venedig kennen gelernt hatten – allerdings wählte sie die unverfängliche Version: Man habe Telefonnummern ausgetauscht, danach sei der Kontakt leider abgerissen, jetzt sei sie zum ersten Mal in ihrem Leben in Neapel.

»Vor der Reise dachte ich, es wäre nett, Antonio nach so langer Zeit wiederzusehen«, fuhr sie fort. »Also habe ich im Internet seinen Namen in die Suchmaschine eingegeben, weil ich dachte, vielleicht hat er eine Homepage oder ...« Sie stockte. Und bei dieser Suche sei sie dann auf die Berichte über seinen Tod gestoßen. Zufällig sei sie auch Journalistin und deshalb natürlich daran interessiert herauszufinden ...

»... wer hinter dem Mord an meinem Bruder steckt?« Vittorio machte eine abwehrende Handbewegung. »In Neapel gibt es dazu einen treffenden Spruch: *Ognuno si fa i cazzi suoi.* Soll heißen, man steckt die Nase nicht in fremde Angelegenheiten. Vergessen Sie's. Hier wartet keine Erfolgsstory.« Er lehnte sich zurück und musterte Sonja durch seine Brille. »Sie würden sich mehr als nur die Finger an dieser Geschichte verbrennen. Ähnlich wie mein Bruder ...« Er drückte die Zigarette in einem längst überquellenden Aschenbecher aus. »Wir haben ihn alle gewarnt, aber er wollte es nicht lassen. Er war wie besessen von diesem Thema. Wenn Sie die Artikel im Internet gelesen haben, dann wissen Sie ja in etwa, worum es ging.«

Sonja nickte, auch wenn sie nur eine vage Vorstellung

davon hatte. »Hat Antonio mit Ihnen darüber gesprochen, was er herausgefunden hatte?«

Vittorio lächelte dünn und schnalzte mit der Zunge. »Wie oft ich diese Frage schon gehört habe … Alle wollen sie wissen, ob er mir etwas Konkretes erzählt hat. Die Antwort lautet: *No. Niente. Nada.* Wie sagt man auf Deutsch?«

»Nichts.«

»*Esatto.*« Er zündete sich eine neue Zigarette an. »Und wenn er mir oder sonst jemandem etwas erzählt hätte, würden wir jetzt wahrscheinlich genau wie er die Radieschen von unten zählen. Tonino war unbekümmert, aber nicht naiv. Das Risiko, das er einging, wenn er im direkten Umfeld der Camorra recherchierte *und* sogar über die Ergebnisse seiner Recherchen schrieb, war ihm durchaus bewusst. Aber seine Besessenheit war größer. *Es kann einfach nicht sein, dass diese Leute unter unser aller Augen morden, rauben, schmuggeln, betrügen, erpressen, bestechen und all das wieder von vorn*, hat er immer wieder gesagt. *Dass niemand sie belangt und die Mistkerle immer wieder ungeschoren davonkommen. Und wenn jemand Anklage erhebt, dann wird die Anklage abgeschmettert, weil auch vor Gericht irgendwer eine schützende Hand über die Angeklagten hält.* So ähnlich hat er es ausgedrückt. Aber das sind natürlich Allgemeinplätze, solche Sprüche hört man mittlerweile überall. Solange es Verbalanklagen bleiben, schaden sie nicht. Wie sagt man auf Deutsch? *A nessuno*?«

»Niemandem.«

»Seine Besessenheit war groß und sein Ehrgeiz nicht weniger«, fuhr Vittorio fort. »*Wer Journalist werden will, muss in Italien einen Knüller hinlegen*, hat er immer gesagt, *es sei denn, er ist mit dem Chefredakteur oder mit dem Kardinal verwandt.* Beides ist bei uns in der Familie nicht der Fall. Also hat Antonio gegraben und gebohrt und recherchiert. Er wollte eine Sensationsstory, und er wollte die Wahrheit.« Vittorio verzog den Mund. »Die steht in Italien nicht besonders hoch im Kurs, heute nicht und damals schon dreimal nicht.«

Er inhalierte tief, schloss die Augen, hielt die Luft an. Dann ließ er den Rauch durch die Nasenlöcher entweichen, was Sonja an das Nilpferd aus einem Kinderbuch von Luzie erinnerte. Sie sagte nichts. Sie wartete ab, dass Antonios Bruder weitersprach. Der Bildschirmschoner im Hintergrund ließ unentwegt bunte geometrische Figuren über den dunklen Monitor laufen. Es war irritierend, wie ein ständig sich veränderndes Gemälde, und Sonja versuchte nicht hinzusehen.

»Was ihn drittens antrieb«, fuhr Vittorio fort, »war die persönliche Betroffenheit. Unsere Familie gehört zu den Erdbebenopfern. Fünf Jahre lang waren wir nach dem Unglück in einem Containerdorf untergebracht. Ich war damals vierzehn, Antonio zwanzig, Filomena, unsere Schwester, siebzehn. Dank des Medienrummels bekamen meine Eltern nach Toninos Tod eine Wohnung in Secondigliano. Eine einzige Betonwüste, mit der aber viel Geld verdient worden ist, fahren Sie bloß nicht hin. Meine Mutter wohnt jetzt wieder in der Stadt. Von den Geldern aus Rom – und davon gab es jede Menge – haben wir damals keine einzige Lira gesehen. Wie auch sonst kaum einer der Leute, denen das Haus überm Kopf zusammengebrochen war. Der Löwenanteil landete in den Taschen von Camorrabossen, korrupten Bauunternehmern und bestechlichen Politikern. In den Prozessen der Neunzigerjahre ist das ja zum Teil ans Licht gekommen. Aber auch nur zum Teil. Das war und ist ein Fass ohne

Boden. Tonino wollte auf Teufelkommraus wissen, wo das viele Geld gelandet war. Konkrete Details. Namen. Querverbindungen. Zusammenhänge. Und was viel schlimmer war: Er wollte es *beweisen.*« Vittorio legte den Kopf zur Seite. »Aber warum erzähle ich Ihnen das alles. Sie haben ihn ja kaum gekannt.«

»Und – hat er Beweise gefunden?«, fragte Sonja mit gespielt beherrschter Stimme, während ihr ganz schlecht wurde bei dem Gedanken an die Unterlagen, die jahrelang in dem braunen Umschlag bei ihr auf dem Dachboden geschmort hatten und sich jetzt in Luzies Händen befanden.

»Offensichtlich«, sagte Vittorio. »So offensichtlich, dass jemand ihm postwendend eine Kugel in den Kopf gejagt hat, bevor irgendetwas davon publik wurde. Antonio wollte natürlich veröffentlichen, was er herausgefunden hatte. Wahrscheinlich hat er das irgendwann den falschen Leuten gegenüber erwähnt.«

»In einem der Artikel stand, er hätte eine Warnung erhalten.«

Vittorio lachte bitter. »Ja, das hätten die gern so gehabt. Das macht Eindruck.« Er zeigte mit dem Finger auf Sonja. »Sie sind doch selbst Journalistin. Sie müssen doch wissen, wie wenig von dem Zeug, das in der Zeitung steht, den Tatsachen entspricht.«

»Aber ...«, Sonja zögerte, »diese Unterlagen, von denen die Rede ist ...«

»Was ist damit?«

»Gab es die wirklich oder ist das auch nur erfunden?«

»Sie wurden jedenfalls nie gefunden«, sagte Vittorio. »Aber nicht nur ich gehe davon aus, dass es diese hoch belastenden Unterlagen gab.«

»Ist es nicht möglich, dass Antonio von dem ganzen

Material, das er gesammelt und geschrieben hatte, eine Kopie gemacht und irgendwo deponiert hatte?«, fragte Sonja, die ihre Aufregung jetzt kaum noch verbergen konnte.

»Moment mal, Sie wollen doch wohl nicht etwa nach diesem unseligen Manuskript forschen? Davon kann ich Ihnen nur abraten, wenn Ihnen Ihr Leben lieb ist. Zwanzig Jahre sind zwar eine lange Zeit. Seither haben sicher einige der Schuldigen längst ins Gras gebissen, aber garantiert nicht alle ...« Er schüttelte den Kopf. Dann lächelte er nachsichtig und ein wenig traurig. »Außerdem – Sie kannten Tonino nicht.«

Ein Satz wie eine Ohrfeige – dabei war es mit Sicherheit die Wahrheit, sie kannte Antonio wirklich nicht, wie sollte sie auch, nach der kurzen Zeit?

»Was wollen Sie damit sagen?«, fragt sie mit einem unmerklichen Zittern in der Stimme.

»Er hat seine Sachen immer gern allein durchgezogen. Außerdem war er mein großer Bruder. Wahrscheinlich ziehen große Brüder ihre kleinen Brüder nie ins Vertrauen. Wahrscheinlich sollte ich froh darüber sein. Wahrscheinlich bin ich deshalb noch am Leben ... Nein, so eine Kopie ist nie aufgetaucht. Und, ehrlich gesagt, wenn ich in den Besitz dieser Kopie gekommen wäre, dann hätte ich sie augenblicklich vernichtet. *Ein* Mord reicht.« Er ließ den Zigarettenstummel auf den Boden fallen und zerquetschte ihn mit dem Schuh wie ein ekliges Insekt.

Sie musste ihm von Luzie erzählen, dachte Sonja. Sie musste ihm von dem Manuskript auf dem Dachboden erzählen.

»Damals in Venedig sind Antonio und ich ...«, begann Sonja, aber an der Stelle klingelte das Telefon.

Es war ein Kunde, der Probleme mit seinem Internetanschluss hatte. Drei Zigaretten lang gab Vittorio übers Telefon Anweisungen, was zu tun und was zu unterlassen war. Sonja beobachtete ihn. Zwischendurch durchfuhr es sie schmerzlich, wenn ihr seine Art, den Kopf zur Seite zu legen, eine Geste mit der Hand oder eine bestimmte Modulation in der Stimme bekannt vorkamen. Aber das war vielleicht nichts als Einbildung. Antonios kleiner Bruder. Nicht mehr, nicht weniger.

Offenbar war das Problem gelöst, Vittorio legte auf und sah Sonja einen Moment lang perplex an, als wisse er nicht mehr so genau, was sie in seinem Laden suchte.

»Spielen Sie noch Fußball?«, fragte Sonja.

Vittorio runzelte die Stirn, sichtlich von der Frage überrumpelt. Dann sog er erneut extra tief den Rauch ein und lächelte. »Stand das etwa auch in der Zeitung? Daran kann ich mich gar nicht mehr erinnern ...«

»Ersatztorhüter ...«

»Sie werden lachen: Ja, ich spiele noch. Aber nur zum Vergnügen, als Jugendtrainer, im Verein, in dem meine Jungs spielen. Damals war Fußball eine Zeit lang meine große Leidenschaft, so wie für Tonino der Journalismus. Dann kamen die Computer auf den Markt und in mein Leben – und hier bin ich, *ecco tutto*.«

»Wann haben Sie aufgehört zu spielen?«

Er versuchte einen ironischen Blick, der jedoch misslang. »Vor zwanzig Jahren.« Nach einer Pause fügte er hinzu: »Mir war die Lust am Fußball vergangen. Das ist nicht zum Lachen, wenn der Bruder ermordet wird.«

»Nein«, sagte Sonja.

Sie sahen sich an. Ihre Blicke trafen sich, erkannten sich. Erkannten den Schmerz, der einem die Lust an allem nimmt, am Weinen, am Lachen, am Erinnern, am Fußballspielen. Nicht kurzfristig, aus Gründen der Kränkung, sondern weil die Lebenslust unter dem Schatten des Todes erkaltet, und es dauert, manchmal kürzer, manchmal länger, bis sie wieder erwärmt wird. Wenn überhaupt.

Als der Moment vorbei war, holte Sonja tief Luft. »Antonio ist der Vater meiner Tochter.« Sie betonte jedes einzelne Wort.

Vittorio starrte sie an. Seine Augen weiteten sich.

»Sie heißt Luzia.«

»*Non è vero*«, murmelte Vittorio di Napoli, fummelte nervös eine neue Zigarette heraus, zündete sie hastig an, schleuderte die Packung in die Ecke. »Sie müssen sich irren ...«

»Luzie wird in zwei Wochen zwanzig. Ich bin in Venedig schwanger geworden. Antonio wusste es. Er hat mich danach einmal in Hamburg besucht, im Februar 1985. Hat er ... hat er keinem aus der Familie etwas davon erzählt?«

Antonios Bruder sah sie mit großen Augen an und schüttelte dann wie in Zeitlupe den Kopf.

Bevor er Zeit hatte, die Frage zu formulieren, die aus seiner Sicht als nächste kommen musste – nämlich *Sind Sie ganz sicher, dass Tonino der Vater ist ...?* –, reichte Sonja ihm das Foto von Luzie.

»Das ist sie.«

Vittorio di Napoli betrachtete es lange, seine Augen glänzten. »*Managgia*«, murmelte er vor sich hin und ballte die Faust, »*managgialamadonna!*«

Der große Bruder erzählt dem kleinen Bruder auch nichts von seinen Liebschaften, dachte Sonja. Klar. Gar nichts. Niemand in dieser Familie wusste Bescheid.

»Wieso kommst du erst jetzt?«, fragte Vittorio heiser. »Nach zwanzig Jahren?«

»Ich ... ich wusste nicht, wie er heißt«, sagte Sonja leise. »Vor allem aber wollte ich ihn vergessen.«

Dann erzählte sie, was seit ihrer Ankunft in Neapel passiert war. Sie erzählte von Luzies Verschwinden, vom Inhalt des kleinen Koffers und vom Mord an Libero Zazzera. Von ihrer wachsenden Sorge. Alles. Fast alles. Den Abend mit Gentilini ließ sie aus.

»Er hat dir eine Kopie nach Deutschland geschickt?«, wiederholte Vittorio, wie um sich zu vergewissern, dass er nicht träumte. »Der Brief war monatelang unterwegs ... Und als er endlich ankam, hast du ihn nicht geöffnet ...? Und jetzt reist Toninos Tochter mit dem Teufelszeug durch die Gegend ...?«

Er sprang auf. »Wir müssen sie finden! Sofort! Was sitzen wir hier noch ...«

»Ich dachte, sie wäre vielleicht bei ihren neuen Großeltern«, sagte Sonja.

»Bei meiner Mutter?« Vittorio winkte ab. »Die hätte mich sofort angerufen. So etwas könnte sie nie und nimmer für sich behalten ... Ich habe zwei Söhne, Zwillinge, richtige Rotzlöffel, die den ganzen Tag Fußball spielen, und meine Schwester hat ebenfalls einen Sohn, sie lebt in Florenz. Aber eine Enkelin ... *Madonna* ... Davon hat Mamma schon immer geträumt ...« Er brach ab. »Kann es nicht sein, dass deine Tochter – eure Tochter schon längst wieder in Hamburg ist?«

»Ich habe allen Freunden dort Bescheid gesagt, sie rufen sofort an, falls Luzie sich meldet.«

»Was sagt die Polizei?«

Sonja schlug sich vor den Kopf. Gentilini hatte sie völlig vergessen. Wenn er in der Zwischenzeit etwas Wichtiges herausgefunden hatte, hätte er sie nirgendwo erreichen können. Sie deutete auf das Telefon. »Darf ich vielleicht ...«

»Natürlich, *prego*, *vai*.«

Sie kramte den Zettel mit Gentilinis Nummern aus der Hosentasche und begann zu wählen.

In dem Moment wurde hinter ihr heftig die Tür aufgestoßen. Sie schrak zusammen, fuhr herum, erwartete das Schlimmste – aber nicht zwei hereinstürmende, etwa zehnjährige Jungen, die einander auf ersten Blick zum Verwechseln ähnlich sahen.

»Papa, du wolltest doch mit uns …«

»Pino, Lucio, *zitti*!«

»Du hast aber versprochen …«

Er legte den Zeigefinger auf die Lippen und sagte halblaut: »Das da ist Sonja, eure Tante. Sie gehört ab heute zur Familie.« Dann hob er die Hände. »Aber ja nicht der *nonna* sagen. Versprochen? Es ist vorläufig unser Geheimnis. Unter Männern. *Capito*?«

Die Jungs nickten höflich, aber uninteressiert. Ihnen war anzusehen, dass sie in diesem Moment jede Tante der Welt gegen einen Fußball gleich welcher Marke eingetauscht hätten.

Währenddessen drang Gentilinis Stimme an Sonjas Ohr. Er klang gehetzt. »Sonja! Ich versuche dich seit Stunden zu erreichen!«

»Ich habe dich angerufen, aber du warst nicht da«, erwiderte Sonja knapp.

»Wo bist du?«

Sie erklärte es ihm kurz.

»Hat Luzie sich bei Antonios Familie gemeldet?«

»Nein. Hast du Neuigkeiten? Hat jemand aus Hamburg angerufen?«

Er verneinte ebenfalls. Im Hintergrund wurden Stimmen laut. »Entschuldige, Sonja, ein schlechter Moment. Hier ist gerade die Hölle los. Kannst du in einer Stunde unten an der Talstation sein? In der Via Roma? *Va bene*?«

Als sie auflegte, hörte sie Vittorio mit Nachdruck sagen: »Ihr lauft jetzt sofort zurück in die Wohnung und bringt mir das Fotoalbum von Antonio. Mamma weiß schon, welches. Aber sonst kein Wort! Alles bleibt unter uns Männern, *capito*?«

Die Jungs stöhnten auf, einer schlug sich genervt vor den Kopf, der andere protestierte: »Aber das Training ...«

»Fängt heute später an. Los jetzt, und zwar flott.« Er sah auf die Uhr. »In fünf Minuten seid ihr wieder da.«

26

Vittorio stand neben ihr, kommentierte und ließ sich alle Zeit der Welt, während seine Söhne ungeduldig von einem Bein aufs andere hampelten, bis er ihnen endlich erlaubte, am Computer zu spielen. Sonja dachte beim Umblättern der Seiten kurz, ob das wohl eher ein guter oder ein schlechter Einstand für die neue Tante war. Sie hatte sich das Fotoalbum, das Antonios Mutter zur Erinnerung an ihren Erstgeborenen zusammengestellt hatte, eigentlich gar nicht ansehen wollen, aber sie musste. Sie musste, weil es dazugehörte und weil die Höflichkeit es verlangte. Schließlich gehörte sie jetzt zur Familie. *Ecco*. Also Umblättern, Seite für Seite, Kindheitsbilder, Jugendbilder.

Antonio als Baby. *I primi passi*: Antonios erste Schritte. Der Tag der Einschulung: *Endlich bin ich groß*. Viele Fotos von Namenstagen, Weihnachten, Ostern im Kreis der Familie. *Meine erste Angel*, direkt daneben ein zweites Foto, auf dem Antonio um einen Kopf gewachsen schien: *Mein erster Fisch*. Als Teenager am Strand in Acciaroli. Die erste Party, die erste Freundin, die erste Vespa, achtzehnter Geburtstag. Ein Junge in Schwarzweiß, später auch in Farbe. Die Eltern und Verwandten des Jungen. Das war ab jetzt auch Sonjas Familie. Luzies Familie. Antonio bestand nicht mehr aus einer Nacht und vier Tagen, jetzt erhielt er eine Vorgeschichte, die in diesem Fotoalbum erzählt wurde.

In der Nachgeschichte steckte sie selbst mittendrin. Sonja hatte alles erwartet, aber nicht, dass auch sie in diesem Album vertreten war. Das Foto kam ziemlich weit hinten. Sie erinnerte sich: Sie hatten einen Mann am Strand gefragt, ob er sie fotografieren würde, mit Gianlucas Fotoapparat. Ganz links stand Sergio, daneben Franco, dann kam Maris, sie selbst, dann Antonio und Gianluca. Danach folgten im Album nur noch zwei Seiten. Die Beerdigung, der Sarg, ein Foto vom Grab, eins vom Grabstein. Sonja blätterte schnell wieder zurück.

»Wer ist die zweite Frau auf dem Foto?«, fragte Vittorio.

»Meine Freundin Maris.«

»Kanntest du seine Freunde gut?«

»Flüchtig. Ich bin sechs Jahre jünger als Antonio. Zu der Zeit, als das Foto entstand, ging ich noch zur Schule – und auf den Fußballplatz, mehr hat mich nicht interessiert.«

»Und Mädchen?«, fragte einer der Zwillinge, ohne den Blick vom Bildschirm abzuwenden.

Vittorio lachte. »Ja, Mädchen auch.«

Pino und Lucio stießen sich in die Seite und kicherten.

»Aber ich habe seine Freunde immer bewundert«,

fuhr Vittorio fort. »In meinen Augen waren sie alle so – cool, würde man heute sagen. Auf dem Foto fehlt nur Pepe, er war offenbar in Venedig nicht mit dabei. Mit Franco und Sergio ist Antonio schon zusammen aufs Liceo gegangen, sie waren zu dritt eine Zeit lang in Indien unterwegs. Gianluca und Pepe sind erst an der Uni dazugestoßen, glaube ich. So genau weiß ich das nicht mehr. Sie haben zusammen in diversen WGs gewohnt.«

»Hatte er ... eine Freundin?«, fragte Sonja und spürte, wie ihr Gesicht rot anlief. Die Frage war ihr peinlich, aber um manche Fragen kam man einfach nicht herum, Peinlichkeit hin, Eitelkeit her. Jetzt, da sie in Antonios Vorleben eingetaucht war, wollte sie auch weitertauchen, notfalls bis hinunter zum Grund. Sie dachte an die Frau damals am Telefon. »Ich meine, war er zu dem Zeitpunkt fest liiert?«

Vittorio zündete sich eine weitere Zigarette an.

»Rauchen ist ungesund«, nölte einer der Söhne aus dem Hintergrund.

Er ignorierte es. »Soll ich die Wahrheit sagen?«

Sonja biss sich auf die Lippen und nickte.

»Die Wahrheit ist«, Vittorio blies den Rauch aus: »Ich hab keine Ahnung. Sicher hatte Antonio Frauen und Affären, aber er hat nie eine feste Freundin zu uns mitgebracht, wenn du das meinst. Da war auch gar kein Platz. Das waren andere Zeiten. Wir haben jeder unser eigenes Leben gelebt. Ich so wenig wie möglich im Container und so oft wie möglich auf dem grünen Rasen im Stadion, er in seinen WGs und in den gefahrvollen Abgründen der Großstadt und der Camorra. Aber wie ich meinen Bruder kannte, hätte er seine Tochter, glaube ich, nie im Stich gelassen.« Sein Blick war offen und mitfühlend. »Da bin ich mir hundertprozentig sicher.«

Er klappte das Fotoalbum zu. »Du kannst es dir gern ansehen, so oft du willst. Aber jetzt sag mir lieber, was du wegen Luzie unternehmen willst. Wo willst du nach ihr suchen?«

»Nach wem?«, krähten die Jungs, die ein Geheimnis witterten, beinahe unisono.

»Nach einem Mädchen namens Luzia«, erklärte Vittorio geduldig. »Sie ist ungefähr zwanzig und steckt irgendwo in Neapel. Zeig ihnen das Foto, Sonja. Kinder in dem Alter haben ihre Augen überall.«

Pino und Lucio rissen sich das Foto beinahe aus der Hand. »Die sieht ja aus wie Onkel Antonio«, sagte einer der beiden. »Nein«, widersprach der andere, »die sieht aus wie du.« Er sah Sonja herausfordernd an.

Vittorio verdrehte die Augen. »Zwillinge. Bei zwei Geschwistern sind Mehrheitsentscheidungen ausgeschlossen ... Egal, wem sie ähnlich sieht. Luzia ist ab heute eure Cousine, also, Jungs, haltet die Augen offen.« Dann wandte er sich wieder Sonja zu. »Wo könnte man in Neapel nach ihr suchen ... Jugendherberge, kleine Pensionen, Capri, Procida ... Irgendwo muss sie ja schließlich sein! Ich häng mich ans Telefon und ruf überall an ...«

»Aber Papa, das Fußballtraining ...«, quengelten die Zwillinge nun unisono.

»Also gut, *nach* dem Training ruf ich überall an. Und wie ist es mit Freunden von diesem Zanzara ... »

»Zazzera«, sagte Sonja.

»... vielleicht ist Luzie dort irgendwo untergekrochen? Egal, wir kriegen das raus. Ein Freund von mir ist Fotograf, den ruf ich an ...«

Er sprang auf und nahm ihre Hände. »Mach dir keine Sorgen, Sonja. Du hast jetzt hier eine Familie, du bist nicht mehr allein, wir sind alle für dich da. *Va bene*? Unter welcher Nummer kann ich dich erreichen, wenn ich was rausfinde? Hast du ein Handy? Nein???«

Er sah sie entgeistert an, ging zum Schreibtisch, riss eine der Schubladen auf und begann darin zu kramen. »*Ecco.* Ich hab mehrere davon. *Prendi uno paghi niente* … Geschenk des Hauses. Die Nummer ist … Moment …«

Er scheuchte die Zwillinge vom Computer weg, tippte etwas in die Tastatur, kritzelte dann ein paar Zahlen auf einen Notizzettel, gab ihn Sonja und strahlte sie an. »Deine neue Nummer. *Benvenuta a Napoli*!«

27

Als Sonja den Computerladen verließ und ganz automatisch die Sonnenbrille aufsetzte, bemerkte sie eine Veränderung der Lichtverhältnisse. Alles kam ihr ein paar Schattierungen dunkler vor. Sie nahm die Brille wieder ab. Zum ersten Mal, seit sie in Neapel war, strahlte der Himmel nicht mehr azurblau, sondern war von einer hellen, dünnen Wolkenschicht umwickelt wie mit Mull, und am Horizont schoben sich bereits dunklere Wolkentürme heran. Jeder Schritt war eine Anstrengung.

Schweißgebadet zwängte Sonja sich zwanzig Minuten später durch die Ausgangssperre der Funicolare. Sie konnte der stickigen Luft, den unangehmen Gerüchen, der unvermeidlichen Berührung mit anderen, ebenfalls schwitzenden Körpern gar nicht schnell genug entkommen. Sie hatte nie in ihrem Leben Platzangst gehabt, aber jetzt hatte sie eine vage Ahnung davon, was Leute durchmachten, die an Klaustrophobie litten. In der Ferne grollte ein erstes Donnern.

Draußen stand mit suchendem Blick Gentilini. Er entdeckte sie, griff nach ihrem Arm und zog sie an den Rand der Menschenmenge. Sonja verspürte den Impuls, sich fallen zu lassen und sich an ihn zu lehnen, aber undenkbar, das hätte nur erneuten Körperkontakt bedeutet. Er sah angespannt aus, abgekämpft. Immerhin versuchte er hinter der Schicht Alltagsstress ein Lächeln zustande zu bringen.

»*Ciao, Gennaro*«, sagte sie.

»*Ciao, Sonia. Come stai?*«

»*Così. E tu?*«

»*Cosìcosì.*«

»Was für ein herzerfrischender Dialog«, sagte Sonja, aber Gentilini nickte nur müde.

»Was herausgefunden?«

»Gehen wir lieber irgendwohin, wo es ruhiger ist.«

Es war inzwischen kurz vor fünf, die Via Roma hatte sich wieder mit Jugendlichen, Müttern mit Kinderkarren, Schaufensterflaneuren aller Art gefüllt, Gentilini ging vorweg und bahnte sich einen Weg durch die Menge, Sonja folgte ihm, gewissermaßen in seiner Spur, seinem Windschatten, aber – bildete sie sich das ein, oder hatte in seiner Stimme etwas zutiefst Beunruhigendes mitgeschwungen? Als müsse er sie auf eine schlimme Nachricht vorbereiten und vorher noch ein paar Wattebäusche verabreichen: *Bitte, setzen Sie sich doch erst einmal ...* Wenn sie es sich überlegte, hatte Gentilini bisher eigentlich nichts als schlimme Nachrichten für sie bereitgehalten – die zwei Toten vor der Metzgerei, der ermordete Fotograf, Luzies Foto bei der Leiche, Antonio von der Camorra erschossen – was sollte da noch kommen?

Im Bruchteil einer Sekunde zogen schreckliche Bilder von ihrer Tochter vor ihren Augen auf: Luzie mit verdrehten Gliedern, durchschnittener Kehle, weit aufgerissenen starren Augen, Luzies Leiche am Strand von Santa Lucia, in einem anonymen fensterlosen Raum irgendwo in diesem riesigen, alles verschlingenden Moloch von Stadt, auf einer Müllhalde, in einer Damentoilette, blutige, gruselige Bilder, die aus unablässig produzierten und reproduzierten Fernseh- und Kinofilmen stammten und die kein Mensch in sich tragen sollte, niemals, nirgends.

»Gennaro …!« Sie bekam ihn am Hemd zu fassen. »Bleib doch mal stehn! Ist etwas mit Luzie?«

Er drehte sich irritiert um, dann sah er ihre Panik. »Was ist? Oh, *scusami*, Sonja. Nein, nichts Neues von Luzie. Mach dir keine Sorgen. Wie dumm von mir. Ich hätte daran denken müssen.«

Er streichelte ihr über die Wange, und sie schloss die Augen. Ein Schaudern lief durch ihren Körper, eine Riesenwoge der Erleichterung, die alle hässlichen Bilder aufsaugte und wegspülte. Als sie die Augen wieder öffnete, stand Gentilini noch immer da, zehn Zentimeter vor ihr, mitten auf der Via Roma. Um sie herum Menschen über Menschen, doch erstaunlicherweise rempelte niemand sie an. Es donnerte erneut, diesmal um ein paar Dezibel lauter.

Sie gingen in eine Bar zwei Querstraßen weiter. Außer einer Minipizza im Stehen beim Warten auf die Funicolare hatte Sonja den ganzen Tag noch nichts gegessen. Sonja bestellte einen überbackenen Toast und ein Glas Wasser, Gentilini trank eine Cola. Im Fernsehen lief stumm die Übertragung eines Autorennens. Ein Mann hing am Tresen und sah gebannt zu.

Sie redeten erst, als sie wieder draußen waren und langsam auf die kleine Grünanlage auf der Piazza Municipio zusteuerten.

»Du wirkst so angespannt.«

»Tue ich das?« Er verzog kurz den Mund. »Wir haben bei einer Razzia einen der beiden Killer geschnappt, die für den Doppelmord in den Quartieri verantwortlich sind, einen Mann namens Benito Abruzzese. Er steht schon eine ganze Weile auf unserer Fahndungsliste. Insofern ein doppelt gelungener Coup. Die Schusswaffe, die er bei sich hatte, ist identisch mit der Waffe, mit der Libero Zazzera erschossen wurde. Im Moment spielt Abruzzese noch stummer Fisch, aber wir haben ihn wegen einer anderen Sache in der Hand und kriegen über kurz oder lang garantiert heraus, wer den Mord an Zazzera in Auftrag gegeben hat. Dann wissen wir vielleicht auch, weshalb Zazzera überhaupt dran glauben musste. Mit dem Krieg der Clans scheint er jedenfalls nichts zu tun zu haben.« Er schob das Kinn vor und nickte wie zur Bestätigung.

Der Himmel war mittlerweile dunkelgrau verfärbt, die Straßen hatten sich geleert. Nur ein paar unermüdliche Skateboardfahrer nutzten die Gunst der Stunde, sprich die freien Flächen, um auf ihren Brettern halsbrecherische Sprünge zu üben.

»Außerdem haben wir mit einigen Leuten gesprochen, die Zazzera kannten«, fuhr Gentilini fort. »Er hatte offenbar nichts mit der Camorra zu tun. Er war ein Kleinkrimineller, der ab und zu ein bisschen gedealt hat, aber nie im großen Stil. Ich war bei ihm zu Hause, bei seinen Eltern. Er hat offenbar schon als Kind viel fotografiert und immer davon geträumt, für große Zeitungen oder Zeitschriften zu arbeiten. Vor fünf Jahren hat er von seinem Vater eine kleine Summe als Startkapital für ein Fotostudio bekommen, du weißt schon, Porträts, Aufträge für Hochzeiten und so weiter. Von dem Geld ist er ein halbes Jahr in die Sahara gefahren, um Fotos für ein Buch über die Wüste zu machen, für das er dann keinen Verleger fand. Leute wie Zazzera gibt es in Neapel viele. Mit ein bisschen Glück fallen sie immer wieder auf die eigenen Füße.« Er zuckte die Schultern. »Zazzera hatte offenbar keins. Ich habe die Mutter auch nach Luzie gefragt. Mit dem Namen konnte sie nichts anfangen, aber ihr Sohn hat erwähnt, dass er mit einer Deutschen zusammenwohnte. Und sie hat gesagt, dass er in den letzten Wochen ganz euphorisch war und sie immer dachte, jetzt wird alles gut, jetzt ist er auf der richtigen Bahn.«

Es donnerte, diesmal um ein paar Dezibel lauter.

»Ich habe die Artikel über Antonio gelesen, die du für mich ausgedruckt hast. Ich glaube, ich weiß, warum er erschossen wurde«, sagte Sonja übergangslos. »Ich hatte ja keine Ahnung von diesen Unterlagen, Gennaro! Wie wichtig sie waren!«

Der Commissario starrte sie irritiert an. »Wovon redest du? Was meinst du überhaupt? Und wen meinst du?«

»Zazzera natürlich.«

»Wieso Zazzera? Was hat der mit di Napoli zu tun?«

»Ich rede von dem belastenden Material, das Antonio vor seinem Tod gesammelt hat. Seine Recherchen zum Verbleib der Erdbebengelder. In einem der Artikel ist die Rede von einem Manuskript, das Antonio veröffentlichen wollte, mitsamt der Namen von Drahtziehern, Verbindungsleuten, korrupten Politikern, Scheinfirmen und so weiter. Das Manuskript ist nach dem Mord verschwunden.«

»Ich weiß. Ich hab heute die Akte gelesen.«

Sonja schluckte. »Antonio hat damals eine Kopie der Unterlagen nach Hamburg geschickt.«

Gentilini hob die Hand und starrte sie an. »Moment mal. Was hast du da gesagt?«

»Damals habe ich den Umschlag nur kurz geöffnet, um nachzusehen, ob eine persönliche Mitteilung drin steckt, eine Postkarte oder so. Es war ja kurz nach Luzies Geburt, ich hatte wirklich andere Sachen im Kopf ... Und als ich nichts fand, nicht einmal einen angehefteten Zettel oder ein paar persönlichen Zeilen an mich, geschweige denn einen Brief, der erklärt hätte, weshalb er sich monatelang nicht gemeldet hatte, gar nichts! – habe ich den Umschlag wütend hinter den Schrank gepfeffert und beim Umzug in den kleinen Koffer gepackt und alles auf den Dachboden verbannt. Und dort hat Luzie das Zeug wieder ausgekramt und mir vor die Füße geworfen und dann mitgenommen. Das war der kleine Koffer, den ich in der Wohnung gefunden habe. *Sie* hat die Kopie, Gennaro, da bin ich mir ganz sicher! Die Kopie von Antonios Manuskript, das seit zwanzig Jahren verschwunden ist!«

Erst jetzt begriff Sonja die Tragweite des soeben Gesagten. Angst schoss in ihr hoch. Sie sah weder die Wolken noch den Blitz. Sie spürte nicht die Windböe, die heftig über den Platz fegte, und auch nicht die ersten vereinzelten Regentropfen.

Gentilini starrte sie ungläubig an. »Sag das noch mal!« Doch das war nur eine Floskel. »Das ändert einiges«, murmelte er sogleich, und seine Augen verengten sich. Er dachte nach. »Deine Tochter spricht noch nicht besonders gut Italienisch, oder?«

»Vor Neapel kaum. Jetzt kann sie vermutlich so viel, wie man in einem Monat lernt. Allerdings hat sie ein Talent für Sprachen.«

»Sie sucht ihren Vater. Sie ist neugierig. Die Unterlagen sind das Einzige, was sie von ihm besitzt und was sie zu ihm hinführen kann. Sehe ich das richtig?«

Sonja nickte.

»Sie hat die Unterlagen nicht ohne fremde Hilfe lesen können«, folgerte er. »Außerdem fehlen ihr die Hintergrundinformationen, um etwas so Kompliziertes und Verschachteltes zu verstehen. An wen hat sie sich also gewandt? Wem hat sie das alles gezeigt? Einem Lehrer in der Sprachenschule? Denkbar. Libero Zazzera, mit dem sie offenbar liiert war? Schon wahrscheinlicher. Hat Libero Zazzera die Unterlagen lesen und verstehen können? Natürlich. Er ist kein Analphabet und in Neapel aufgewachsen. Er kapiert schnell, worum es in den Papieren geht. Er informiert sich, zieht seine Schlüsse. Und er sieht seine Chance. Seine ganz persönliche Chance, endlich aus der Schmuddelecke als Kleindealer und Gelegenheitsfotograf rauszukommen. Typen wie ihn gibt es hier zu Hunderten: Abitur, maximal ein, zwei Studienjahre, also einiges an Ausbildung, aber nichts, das Geld einbringt. Leute wie Zazzera haben weder die richtigen Verbindungen, um im Verbrechermilieu groß zu werden, noch die nötigen Verbindungen, um auf legalem Weg die Karriereleiter hochzuklettern. Sie sind intelligent, sie wollen auch einen Teil vom Kuchen abhaben, aber sie haben trotzdem keine Chance. Und wenn sich ihnen eine Chance bietet, greifen sie zu. Nur unterschätzen sie leider oft, wie heiß das Feuer ist, mit dem sie spielen ...«

Es fing heftiger an zu regnen, aber weder Sonja noch Gentilini machten Anstalten, sich irgendwo unterzustellen.

»Niemand weiß genau, was di Napoli damals konkret herausgefunden hat«, fuhr Gentilini fort, »aber offenbar nennt er in den Unterlagen Namen. Namen von Leuten, die um ihren Ruf fürchten, sei er nun gut oder schlecht. Und die dafür über Leichen gehen, denn offenbar hatte di Napoli auch Beweise zur Hand. Zazzera benutzt das Material und versucht, die genannten Personen zu erpressen. Und das ist ihm schlecht bekommen ... Wir müssen unbedingt so schnell wie möglich diesen Abruzzese zum Reden bringen. Wenn wir wissen, wer sein Auftraggeber ist, dann ...«

Ein ohrenbetäubender Donnerschlag ließ sie beide erschreckt zusammenfahren. Das Gewitter war fast über ihnen. Gentilini hatte seinen Dienstwagen vor dem Polizeipräsidium abgestellt, es war nur ein Katzensprung zur Via Medina, aber als sie am Auto ankamen, waren sie bis auf die Haut durchnässt. Sie ließen sich auf die Sitze fallen. Die Tropfen pladderten wie ein Wasserfall auf die Windschutzscheibe und das Autodach. Im Nu waren die Scheiben von innen beschlagen. Was man noch von der Straße erkennen konnte, war ein einziger verschwommener grauer See.

»Wir müssen Luzie finden. Wir müssen sie endlich finden.« Sie fühlte sich so hilflos. »Wenn sie das Manuskript bei sich hat, ist sie in größter Gefahr.«

»Ich habe heute früh eine landesweite Suchmeldung für sie rausgeschickt«, erwiderte Gentilini und versuchte, möglichst viel Zuversicht, Optimismus und Alles-wird-gut-Gelassenheit in seiner Stimme unterzubringen. »Wir finden sie.« Dann begann er leise zu singen.

Era de maggio e te cadeano 'nzino
a schiocche a schiocche li ccerase rosse ...
Fresca era ll'aria e tutto lu ciardino
addurava de rose a ciente passe ...

Sonja lehnte sich im Autositz zurück. Es gab im Moment nichts, was sie tun konnte. Mairegen. Sie dachte, dass das Fußballtraining nun wohl doch ins Wasser gefallen war. Und dass sie jetzt in Neapel eine Art Familie hatte. Dann wanderten ihre Gedanken zu dem Urlaub mit Luzie auf dem Campingplatz in Bibione, als es drei Tage nonstop wie aus Kübeln geregnet hatte und das Wasser nicht mehr abgeflossen war und eine Handbreit hoch in ihrem Zelt gestanden hatte ... Irgendwann dachte sie gar nichts mehr und ließ sich von der Melodie forttragen –

turnarraggio quanno tornano li rrose, si stu sciore torna a maggio pure a maggio io stonco ccà ...

28

Der Regen wurde allmählich schwächer. Sonja hatte kein Gefühl dafür, wie viel Zeit vergangen war. Es hätten Minuten sein können oder auch Stunden.

Gentilini sah auf die Uhr. »Schon halb sechs. Ich muss los. Um sechs habe ich eine Verabredung mit dem Besitzer der Dachwohnung in der Via Palepoli. Ich möchte von ihm wissen, wem er die Wohnung eigentlich vermietet hatte, Zazzera oder vielleicht sogar deiner Tochter. Denn falls er sie an Luzie vermietet haben sollte, weiß er vielleicht auch, wie man sie erreichen kann. Einen Versuch ist es jedenfalls wert.«

»Ich komme mit«, sagte Sonja augenblicklich.

»Das hast du am Montag schon mal gesagt, dagegen ist man einfach machtlos«, grinste Gentilini. Er ließ den Motor an.

Unterwegs berichtete Sonja von ihrer Begegnung mit

Vittorio di Napoli. Der Himmel war jetzt wieder viel heller, aber das Wasser in Neapels Straßen floss nur sehr zögerlich ab. Gentilini und Sonja glitten langsam dahin wie über die Oberfläche eines Sees. In der Riviera di Chiaia stand das Wasser so hoch, dass sie einen Umweg über die Via Filangieri, die Via dei Mille und diverse kleinere Straßen fahren mussten. Hinter Mergellina ging es bergan, sie ließen die Überschwemmungen hinter sich. Die Häuser wurden nach und nach zu Villen, die Gärten um die Häuser zu kleinen Parks, die Aussicht auf den Golf von Neapel immer phantastischer. Postkartenblick.

Rechtzeitig um kurz vor sechs hielten sie vor einer Appartementanlage in der Via Manzoni. Das Gebäude war zwar eher unspektakulär, aber die Tatsache, dass der Rasen um die Anlage eine sattgrüne Farbe aufwies, sprach Bände und war unter Garantie nicht auf das soeben heruntergegangene Gewitter zurückzuführen.

»Da war ein Gärtner am Werk«, brummte Gentilini. »Hier oben hockt das Geld in jeder Mauerritze. Fusco scheint ein Händchen für schöne Wohn- und Lebenslagen zu haben.«

Die Zufahrt zu der Wohnanlage wurde von einem schweren, automatisch betriebenen Tor versperrt. Seitlich befand sich eine kleinere Tür, daneben eine Klingelanlage. Gentilini suchte nach dem Namen, drückte auf den Knopf. Niemand rührte sich, auch nach mehreren Versuchen nicht.

»Vielleicht ist er unterwegs in den Fluten stecken geblieben«, sagte Sonja.

Gentilini nickte frustriert. Er versuchte mehrfach Fusco über Handy zu erreichen, nur um wiederholt gesagt zu bekommen, dass der gewünschte Teilnehmer zur Zeit nicht zu erreichen sei. Sie warteten eine halbe Stunde, ohne dass Fusco aufgetaucht wäre. Auch im Kommissariat hatte er den Termin nicht abgesagt.

»Der hat uns versetzt.« Der Commissario war stocksauer. »Immer diese Leute mit Geld, die denken, sie können unsereinem auf der Nase herumtanzen. Was glauben die eigentlich, wer sie sind!«

»Vielleicht konnte er aus irgendeinem Grund nicht anrufen«, sagte Sonja.

»Du kennst diese Typen nicht. Ihre bodenlose Arroganz! Nachher stellt sich dann immer raus, sie waren bei einem Empfang bei Direktor XY, oder sie tischen einem die Nummer mit dem Auto auf, das nicht anspringen wollte, dabei fahren sie nur fabrikneue Luxusschlitten. Früher konnte man sich immer noch mit dem Verkehrschaos rausreden, das ist zum Glück vorbei! Nicht das Chaos, aber inzwischen gibt es Handys, alle Welt ist jederzeit kommunikationsbereit, jeder arme Schlucker hat mittlerweile eins, nur der Herr Großmogul von und zu lässt per Mailbox abwimmeln und auf sich warten ...«

Der Wutausbruch des Commissario zauberte den Wohnungsbesitzer zwar auch nicht herbei, aber wenigstens machte Gentilini sich etwas Luft. Schließlich hatte er sich so weit beruhigt, dass er ins Auto stieg, wobei er sich allerdings schwor, Fusco bis ans Ende der Welt zu verfolgen, sollte er dieses Spielchen am nächsten Tag noch einmal wiederholen.

»Wer weiß, vielleicht ist er ja tot«, sagte Sonja ungerührt. »Ist doch möglich.«

Gentilini lachte kurz und bitter. »Deinen Humor möchte ich haben.«

»Das war ernst gemeint. Schließlich gehört ihm die Wohnung, in der Zazzera erschossen wurde.«

»Nur weil bei uns im Schnitt jeden Tag ein Mord geschieht, heißt das noch lange nicht, dass jeder, der zu einer Verabredung nicht auftaucht, erschossen wurde«, sagte er. »Und jetzt Schluss damit. Soll ihn der Teufel holen! Basta!« Dann lud er Sonja zu sich nach Hause zum Abendessen ein.

Die Wohnung kam ihr riesig vor. In Deutschland hausten Singles oft in der Sorte kleiner Appartements, für die *Sweet Home* Monat für Monat praktische Ideen publizierte. Auch Lion lebte in einer Miniwohnung, Gaby war erst kürzlich in eine winzige Dachgeschosswohnung gezogen und hatte sich bei Sonja mit Tipps eingedeckt. Insbesondere die Dachterrasse mit Blick auf den Vomero war grandios. Vom Vorbesitzer hatte Gentilini die auf meterlange Holzkästen verteilten Gemüsebeete übernommen, die er ihr stolz präsentierte: Tomaten, Zucchini, Paprika, Salat, Rucola, Basilikum. Eine Schildkröte namens Arturo, die er für die Kinder gekauft hatte, kroch über die Terrasse.

Während der Commissario in der Küche hantierte, das Wasser für die Pasta aufsetzte und einen Tomatensugo zubereitete, ging Sonja im Flur auf und ab und telefonierte. Mit Lion, mit Maris, mit ihrer Mutter, die auf den zweiten Anruf innerhalb so kurzer Zeit berechtigt misstrauisch reagierte und fragte, ob etwas nicht stimme.

»Neinnein«, wehrte Sonja mit aufgesetzt fröhlicher Stimme ab. »Ich wollte dir nur meine neue Handynummer durchgeben. Für den Fall, dass etwas ist.«

»Was soll denn schon sein? Ich bin kerngesund, wenn du das meinst. Mich bringt ihr noch lange nicht unter die Erde ...«

Sonja beendete das Gespräch entsprechend rasch.

Ihre Gedanken kreisten unentwegt um ihre Tochter. Gentilini hatte schon zweimal im Kommissariat angerufen, um zu fragen, ob Abruzzese sich endlich entschlossen hatte auszupacken, aber die Vernehmungen schienen auf der Stelle zu treten. Anrufe aus Hamburg waren keine eingegangen, die Resonanz auf die landesweite Suchmeldung nach Luzie war bisher gleich Null. Gentilini hatte schließlich angeordnet, dass alle Anrufe zu ihm nach Hause umgeleitet würden und dass er augenblicklich informiert wurde, sobald sich auch nur eine noch so klitzekleine Neuigkeit in Sachen Luzia Zorn ergab oder Abruzzese zu reden beschloss.

Es gab nichts, was sie im Moment tun konnten, außer sich auf die Dachterrasse zu setzen und zuzusehen, wie die Nacht sich Stück für Stück den Tag einverleibte. Als es dunkel genug war, wurden die Scheinwerfer eingeschaltet, die das Castel San Elmo in ein warmes und das Museo di San Martino in ein kaltes Licht tauchten.

Gentilini hatte eine einfache Tomatensauce gekocht, von einem üppigen Strauch Basilikum ein paar Blätter abgezupft und eine gute Flasche Rotwein geöffnet. Erst eine, dann eine zweite.

Um Sonja abzulenken, fing er an, von seiner weit verzweigten Familie zu erzählen. Er hatte eine ältere Schwester und zwei jüngere Brüder. Einer war mit einer Französin verheiratet, hatte drei Kinder und lebte in der Nähe von Tours, der andere war Single und wohnte in New York. Der Bruder in New York, Michele, war Musiker, der Bruder in der Touraine, Lorenzo, verdiente sein Geld als Reiseführer für italienische Gruppen, die von einem der Loire-Schlösser zum nächsten fuhren. Die Schwester hieß Valentina, hatte drei schon erwachsene Töchter und arbeitete als Lehrerin in einer Schule in Portici. Mehr Details konnte Sonja sich beim besten Willen nicht merken. Gentilini hatte außerdem dreizehn Tanten und Onkels, aus deren Ehen ungefähr dreißig Cousins und Cousinen hervorgegangen waren, so genau habe er nie nachgezählt, sagte er. Bei runden Geburtstagen würden Familientreffen veranstaltet, zu denen nie alle Angehörigen kommen konnten, was in dem Restaurant, das zu diesem Zweck angemietet wurde, nicht groß auffiel.

Sonja hatte überhaupt keine Geschwister und konnte nur einen einzigen Cousin vorweisen. Sie sagte, sie habe sich oft eine größere Familie gewünscht. Gentilini erwiderte, bei ihm sei es umgekehrt gewesen. Er habe sich von den vielen Verwandten manchmal regelrecht umzingelt und in die Enge gedrängt gefühlt.

»Kannst du dir vorstellen, wie das ist, wenn acht neapolitanische Tanten auf dich einreden? Oder fünf Onkel dich zur Seite nehmen, um mit dir über deine berufliche Zukunft zu sprechen?«

»Was solltest du denn alles werden?«

»Bäcker, Automechaniker, Telekomangestellter, Bankdirektor, Notar, Polizist.«

»Und was wolltest du werden?«

Gentilini grinste. »Dreimal darfst du raten.«

»Kapitän auf einem Ozeandampfer?«

»Falsch.«

»Schildkrötenforscher?«

»Nicht schlecht, die Idee. Könnte mir direkt Spaß machen.«

»Opernsänger?«

In dem Moment klingelte das Telefon. Sonja sprang wie von der Tarantel gestochen hoch. Dabei fiel die Weinflasche um, was jammerschade war. Außerdem gab es keinen Grund zur Panik, denn die Anruferin war eine

Freundin von Gentilini, die ihn in einer juristischen Angelegenheit um Rat fragen wollte, das Gespräch aber schnell beendete, als sie mitbekam, dass er Besuch hatte.

Er öffnete eine dritte Flasche Wein und stellte einen Teller mit einem frischen Stück Parmesan auf den Tisch, von dem er mit dem Messer kleinere Stücke herunterbrach. Beim zweiten Telefonklingeln sprang Sonja schon nicht mehr auf. Allerdings war der Anruf offenbar weniger erfreulich als der erste. Sie hörte, wie Gentilini aufbrauste. Dann langes Schweigen, schließlich ein resigniertes *»va bene, ciao.«*

»Meine Exfrau«, sagte er nur, als er zurückkam. Er leerte sein Weinglas in einem Zug. Dann zuckte er die Schultern.

Es fing erneut zu regnen an, erst zaghaft, dann heftiger. Sie nahmen ihre Gläser und zogen in eine orange-braun gestreifte Hollywoodschaukel aus den fünfziger Jahren um, die Gentilini wie die Gemüsebeete von seinen Vorbesitzern übernommen hatte. Unter einem Vordach aus Plexiglas, zum Getrommel der Wassertropfen, saßen sie nebeneinander, schauten in die Nacht und redeten. Nicht von den großen Strömen, den Hauptverkehrsachsen des Lebens, eher von Randgebieten, Seitenpfaden im jeweiligen Dickicht, ein paar Farbtupfern auf Lichtungen hier und da. Nichts, was schwer wog. Sie vermieden es, Luzie zu erwähnen, überhaupt die ganze Geschichte, alles, was damit zusammenhing, vor allem Antonios gefährliche Hinterlassenschaft.

Das Telefon klingelte an diesem Abend nicht mehr.

Zwischendurch berührten sich zufällig ihre Arme, ihre Schenkel, weil das Polster der Hollywoodschaukel in der Mitte durchgesessen war, aber wenn einer von ihnen sich dann vorbeugte und nach dem Weinglas griff und danach wieder zurücklehnte, gab es erneut Luft zwischen ihnen, und das war gut so. Luft zum Atmen. Luft zum Alleinsein zu zweit. Sonja entspannte sich nach und nach. Irgendwann sackte ihr Kopf auf Gentilinis Schulter, und sie schlief ein.

29

Als sie aufwachte, lag sie unter einer wärmenden Decke, immer noch auf der Hollywoodschaukel. Es wurde langsam hell. Die Vögel zwitscherten um die Wette, die Geräusche der Stadt waren hier oben kaum zu hören. Kurz darauf tauchte Gentilini, in Joggingoutfit, mit einem Espresso und ein paar Keksen auf der Terrasse auf, um sie zu wecken. Alles ganz selbstverständlich. Als Gentilini lächelnd sagte, er würde jetzt zu seiner morgendlichen Fitnessrunde ausschwärmen, und sie solle sich wie zu Hause fühlen, fühlte sie sich tatsächlich so – geborgen, erholt, vertraut. Sie sah ihm nach, wie er auf die Wendeltreppe zuging, und dachte, dass er selbst in Jogginghose verdammt gut aussah.

Aber keine fünf Minuten später stand sie sofort wieder unter Strom. Immer noch keine Nachricht von Luzie. Sonja wusste nicht, wie es weitergehen sollte. Sie war am Rand der Welt angelangt, am Rand ihrer Welt, ihrem ganz persönlichen Tellerrand, der eine Sackgasse zu sein schien, eine Endlosschleife, man lief immer im Kreis und kam keinen Schritt voran. Die Nacht, der Regen und der Wein hatten dieses Gefühl verwischt, aber die Sonne zerrte alles wieder ans Licht: Luzie war in Gefahr, und Sonja konnte ihr nicht helfen, wusste nicht einmal, wo ihre Tochter war. Es machte sie wahnsinnig. Niemand weckte sie auf, niemand sagte: *Guten Morgen, schlecht geschlafen? Alles nur ein Traum ...* Nein, kein Traum war herabgefallen. Sie befand sich in Neapel, und alles war real und schrecklich.

Der Commissario hatte den Computer eingeschaltet, damit sie ihre E-Mails checken konnte. Neunzig Prozent Junk von billigem Viagra bis zu Zahlungsmahnungen nicht existenter Bankinstitute, der Rest private Mitteilungen, die hier und jetzt nicht von Belang waren. Bis Gentilini zurückkam, strich sie unruhig durch die Wohnung. Es gab nichts, was sie tun konnte. Das schmutzige Geschirr vom Abend zuvor stand noch in der Küche. Nein, als emsige Hausfrau wollte sie sich auf keinen Fall profilieren.

Nachdem Gentilini geduscht und sich angezogen hatte, begleitete er Sonja noch ein Stück auf ihrem Weg zum Hotel. Es musste die halbe Nacht geregnet haben – jetzt waren nur noch vereinzelt Pfützen auf den Straßen zu sehen, an einigen Stellen dampfte der Asphalt, der Himmel über den Quartieri Spagnoli war wieder wolkenlos. Es war noch kühl, aber die Hitze, die der Tag bringen würde, wartete schon als unsichtbares Glimmen und Flirren in der Luft. Als Sonja den Namen der Gasse entdeckte, in der sie neben dem Commissario bergab lief, musste sie wider Willen lachen: Gradoni di Chiaia. In der Via Chiaia angekommen, zeigte sie ihm den Namenszug über dem Schaufenster des Hutgeschäfts schräg gegenüber: *Di Napoli ...*

Er versprach, sie anzurufen, sobald es Neuigkeiten gab.

»Versprochen?«

»Versprochen.«

Kurz vor acht verlangte sie an der Rezeption ihren Zimmerschlüssel. Sie fuhr mit dem Lift hoch in den fünften Stock, warf ihre benutzten Kleider auf das unbenutzte blau-gelb gestreifte Bett, ging unter die Dusche, zog sich an, trat auf den Balkon, um wenigstens einen kurzen Blick auf das Meer mit den Silhouetten der Inseln im Hintergrund zu werfen. Eine Minute lang könnte sie die wunderschöne Aussicht genießen.

Sie hielt es nicht einmal eine Minute lang aus. Der Zauber, der große Zauber aller Herrlichkeiten der Natur wirkte nur, wenn das Herz lächelte. Fast sehnte Sonja sich nach dem trostlosen Ausblick aus ihrer schlauchartigen Kammer in der Pension *O sole mio*. Die hätte wenigstens ihrer Stimmung entsprochen.

Im Speisesaal war ein dionysisches Frühstücksbuffet aufgebaut. Es gab alles, was das Herz begehrte. Sonja aber wünschte sich nichts als eine einfache Bar. Sie wünschte sich ein einfaches Cornetto und einen einfachen schwarzen Espresso. Mehr nicht. Sie bat einen jungen Kellner um tatkräftige Unterstützung. Er brachte ihr auch eine Zeitung. Auf der Titelseite des *Mattino* wurde die Verhaftung von Benito Abruzzese als bedeutender Schlag gegen das organisierte Verbrechen gefeiert. Auf Seite zwei gab es diesmal ein Kurzinterview mit einem pensionierten Oberstaatsanwalt, der die ihm gestellten Fragen zum italienischen Rechtssystem (ob die Vielzahl der derzeit anhängigen Verfahren überhaupt zu bewältigen sei; ob die Fristen der Untersuchungshaft nicht gesetzlich verlängert werden müssten, um den personellen Notstand in der Justiz auszugleichen) rhetorisch glänzend umschiffte. Gentilini hatte wesentlich originellere Sachen gesagt. Auf Seite vier las Sonja, dass Neapel im Müll zu ersticken drohe, weil sämtliche Mülldeponien Kampaniens restlos überfüllt waren. Auf Seite neun erfuhr sie, dass Überschwemmungen in Norditalien einen Erdrutsch verursacht hatten. Der Wetterbericht kündigte eine neue Hitzewelle an. Der Sportteil interessierte Sonja nicht.

Sie ließ die Zeitung sinken. Und nun? Wie ging es weiter, was sollte sie tun? Warten? Warten war das Schlimmmste überhaupt. Darauf zu warten, dass jemand anrief. Darauf zu warten, dass etwas passierte. Manche Leute konnten das. Sie warteten, dass Dinge und Menschen auf sie zukamen, blieben dabei gelassen und starben vielleicht statistisch gesehen nicht so häufig an Herzinfarkt. Egal, was andere Leute konnten oder nicht – Sonja wusste, dass es ihr jedenfalls unerträglich wäre, untätig im Hotel zu hocken und darauf zu warten, dass Gentilini endlich anrief, um ihr zu sagen, er habe immer noch keine Spur von Luzie. Darauf zu warten, Tage, Wochen, Monate, dass Luzie sich bei irgendwem meldete.

Undenkbar! Sie musste etwas unternehmen. Sich wieder auf das Wesentliche konzentrieren. Wer Antonio damals umgebracht hatte und warum, wer Libero Zazzera umgebracht hatte und warum – das war beides nicht ihr Thema. Ihre Aufgabe war lediglich herauszufinden, wo Luzie steckte. Notfalls fing sie eben wieder von vorn an: bei den Sprachenschulen, den Cafés, den billigen Pensionen, auch im Konsulat.

Ihr Handy klingelte.

Zuerst merkte sie gar nicht, dass es ihr eigenes beziehungsweise Vittorios Handy war, weil sie den Klingelton nicht erkannte. Sie wunderte sich nur, woher auf einmal *time after time* in der Version von Miles Davis erklang, noch dazu so beharrlich lange …

Es war Gentilini. Sie merkte, wie sie sich freute, seine Stimme zu hören.

»Gerade eben hat die Schreckschraube aus deiner Pension angerufen.«

»Signora Russo?«

»Genau die. Aber mit mir wollte sie nicht reden. Sie hat offenbar eine Nachricht für dich. *Was sie zu sagen habe, werde sie ausschließlich der deutschen Signora höchstpersönlich mitteilen«,* imitierte er ihre affektierte Stimme. »Ich habe meinen ganzen Charme eingesetzt, aber sie hat mir nicht verraten wollen, worum es geht. Hast du sie mit irgendetwas bestochen? Bist du so viel liebreizender als ich?«

Sonja musste lachen. »Ich bin eine Frau.«

»Was willst du damit sagen? Dass die Schreckschraube auf Frauen steht?«

»Unsinn. Dass Frauen manchmal zusammenhalten.«

»Pass bloß auf, die will nur Geld«, sagte Gentilini. »Wenn das dahinterstecken sollte, dann kannst du ihr ausrichten, dass ihre Pension ab nächsten Montag geschlossen wird. Ich werde *eigenhändig und höchstpersönlich* dafür sorgen, dass ihr ein richterlicher Beschluss ...«

Aber Sonja hörte kaum noch zu. Was konnte das für eine Nachricht sein? Hatte jemand angerufen? Lion und Maris wussten, dass sie nicht mehr dort wohnte. Also vielleicht jemand von der Sprachenschule? Eine der beiden Finninnen? Oder womöglich eine der beiden jungen Frauen aus der Touristeninformation? Wo hatte sie ihre Telefonnummer sonst noch hinterlassen?

Gentilini hatte inzwischen das Thema gewechselt – »*Scusa*«, unterbrach sie seinen Wortfluss, »ich war in Gedanken woanders, was hast du gerade gesagt?«

»Ich sagte, dass ich den Wohnungsbesitzer erreicht habe«, wiederholte er geduldig. »Der klang zwar nicht mausetot, aber ziemlich durch den Wind.«

»Und was hat er zu seiner Entschuldigung vorgebracht?«

»Die Krankenhausnummer. Dass seine Mutter mit einem Oberschenkelhalsbruch im Poliklinikum liegt und er die ganze Nacht dort verbracht hat …«

»Glaubst du das etwa nicht?«

»Keine Ahnung«, brummte Gentilini. »Kann stimmen oder auch nicht. Wenn du mich erreichen willst, jetzt gleich muss ich in eine Besprechung, danach fahre ich ins Untersuchungsgefängnis, vielleicht will Abruzzese heute nicht schweigen, sondern zur Abwechslung ein bisschen singen. Du weißt ja, dass ich das mag. Und um zwölf ist die neue Verabredung mit dem Wohnungsbesitzer. Im Gambrinus. Kommst du auch? Du weißt, wo das ist? Und vorher stattest du sicherlich der Schreckschraube einen Besuch ab, oder?«

In Gedanken war Sonja schon längst auf dem Weg.

30

Natürlich wollte Signora Russo Geld, und zwar nicht zu knapp. Schuld daran war auch der Commissario, weil er ihr so leichtfertig wie schadenfroh Sonjas Umzug in eines der teuersten Hotels der Stadt angekündigt hatte. Sonja wiederum trug durch ihr unverhohlenes Interesse und ihre deutlich spürbare Ungeduld dazu bei, die von der Signora verlangte Summe nach oben zu treiben. Sonja hätte Gentilini zu Hilfe rufen können, aber das wäre ihr peinlich gewesen und ihr denunziatorisch erschienen, einfach unter ihrer Würde. Sie konnte ihre Angelegenheiten allein regeln.

Klar, Signora Russo war ebenso geldgierig wie ausgefuchst. Nicht umsonst lebte sie seit über sechzig Jahren in dieser Stadt und hatte vom ersten Atemzug an gelernt, den eigenen Vorteil aufzuspüren und beim Schopfe zu packen – ein Talent, das hier seit Jahrhunderten von einer Generation an die nächste vererbt wurde.

Die deutsche Signora hingegen gehörte zu der Sorte Mensch, die das nicht konnte oder nicht wollte und daher immer im Nachteil sein würde. Sonja hatte sich dadurch verraten, dass sie die zehn Euro, die der Commissario zuvor heruntergehandelt hatte, hinterher wieder auf den Tisch legte. Und wie widerspruchslos sie sich mit dem schäbigsten aller Zimmer abgefunden hatte ... Signora Russo war sich sicher, dass Sonja auch den verlangten Preis für die Information zahlen würde – und zwar, ohne dass der Commissario davon erfuhr.

Sie stand Sonja im Telefonzimmer gegenüber, heute wieder in Tigerpantoffeln und einem knallroten Trägerkleid mit Spitzenbesatz rund um den tiefen Ausschnitt. Sonja durchschaute sofort, was die Signora über sie dachte – aber sie konnte nichts dagegen tun. Sie wollte nichts weiter als diese ominöse Nachricht, die Luzie betreffen musste, und sie hätte jeden Preis dafür gezahlt.

Die Scheine wechselten die Besitzerin – etwas mehr als die Summe, die Sonja hätte zahlen müssen, wenn sie, wie ursprünglich geplant, eine ganze Woche in der Pension geblieben wäre. Feierlich reichte Signora Russo ihr einen zerknitterten Zettel, als handle es sich um die Wegbeschreibung zum Schrein der Weisen. Darauf stand in krickligen Lettern: *Claudia* und *Scuola di Lingua* und eine Telefonnummer. Mit großzügiger Geste wies die Pensionswirtin auf ihr altmodisches schwarzes Telefon. »Bitte, rufen Sie gern von hier aus an.«

Sonja lehnte dankend ab. »Das wäre das teuerste Telefongespräch meines Lebens.«

»Alles hat seinen Preis.«, entgegnete die Signora mit diebischem Lächeln.

»Nein. Manche Dinge sind unbezahlbar. Und andere nicht käuflich. Außerdem«, fügte Sonja unwirsch hinzu, »habe ich jetzt ein Handy.«

Sie hatte draußen telefonieren wollen, auf dem Platz vor der Kirche, aber da veranstalteten Jugendliche gerade ein Wettrennen mit ferngesteuerten Spielzeugautos. Lärmend und im Slalom sausten sie um entsprechend platzierte Coladosen, die alle naslang scheppernd umfielen. Sonja hastete weiter, bis sie eine vergleichsweise ruhige Ecke zum Telefonieren erwischte. Sie hoffte inständig, dass am anderen Ende jemand abnahm, egal wer, Hauptsache, sie musste nicht den ganzen Tag immer wieder vergeblich diese Nummer wählen.

Nach dem ungefähr zwanzigsten Klingeln meldete sich eine Frauenstimme. Sonja sagte, eine gewisse Claudia habe die Nummer für sie hinterlassen. Ob sie mit ihr sprechen könne.

»*Chi parla?*«

»*Sono Sonja, una tedesca …*«

»*Un attimo …*«

Sonjas Hand krampfte sich um das Handy, während sie darauf wartete, dass diese unbekannte Claudia ans Telefon geholt wurde.

»*Signora?*«

»*Sì?*«

»Claudia sitzt gerade im Kurs, der findet im Haus nebenan statt. Wenn Sie mit ihr sprechen wollen, kommen Sie am besten persönlich vorbei. Sprachenschule

Italia uno. Zweiter Stock.« Dann nannte sie eine Adresse in der Nähe der Piazza Garibaldi.

Sonja sah auf ihrem Stadtplan nach. Es war nicht weit, höchstens eine Viertelstunde – aber dann bog sie mehrmals falsch ab und kam plötzlich an einer ganz anderen Querachse heraus, als sie gedacht hatte. Wieder musste sie den Stadtplan zu Hilfe nehmen und sich den Weg durch die mit Waren, Leuten und Fahrzeugen jeglicher Art voll gestopften Gassen bahnen. Heute ließen die tausenderlei Sinneseindrücke Neapels, die sie noch vor zwei Tagen in ihren Bann gezogen hatten, sie kalt. Sie hatte es eilig. Sie wollte diese Claudia auf keinen Fall verpassen.

Als sie die Adresse endlich gefunden hatte, war es kurz nach elf. Sie stieg ein dunkles, muffig riechendes Treppenhaus hoch. Die Unterrichtsräume der Sprachenschule befanden sich im zweiten Stock eines altehrwürdigen, aber von Smog und Zeit angenagten Palazzos. An einer Wand des Vorraums waren Stühle gestapelt, in der Ecke standen zwei Flipcharts ohne Papier. Sonja öffnete aufs Geratewohl die erste von vier Türen, hinter denen sich die Kursräume befinden mussten, und fragte nach einer Deutschen namens Claudia. Bei der dritten Tür wurde sie fündig. Der Unterricht würde noch eine halbe Stunde dauern, aber die junge Frau, die bei Signora Russo für Sonja angerufen hatte, packte gleich ihre Sachen zusammen.

Claudia war ungefähr in Luzies Alter und kam aus Berlin. Sie redete genauso unbekümmert drauflos, wie sie die Straßen überquerte: ohne nach rechts oder links zu schauen, ganz auf sich konzentriert – wie Luzie, dachte Sonja und spürte eine Welle von Zuneigung, doch in deren Gefolge schwappten zugleich Wehmut und Sorge mit. Claudia war seit zwei Monaten in Neapel und hatte eine Zeit lang mit Luzie in einem Zimmer gewohnt. Bei einem Tagesausflug nach Capri hatte sie auf der Fähre zufällig Tuula und Anna kennen gelernt. Als die beiden Finninnen hörten, dass sie Deutsche war, hatten sie gefragt, ob sie zufällig eine andere Deutsche namens Luzie kenne. Dann hatten sie ihr die von Sonja notierte Nummer gegeben.

Sie gingen in eine Bar zwei Straßen weiter.

»Luzie ist auch immer hier gewesen«, sagte Claudia und bestellte einen Eistee.

Sonja trank nur ein Glas Wasser. Sie hatte das Gefühl, ihr Herz poche nicht mehr in ihrer Brust, sondern unmittelbar hinter den Schläfen.

»Nach dem Unterricht treffen wir uns immer hier, wir sind ja alle in verschiedenen Kursen. Aber was ist los? Wo ist Luzie überhaupt? Seit mindestens einer Woche habe ich sie nirgends gesehen. Ist sie krank?«

»Ich weiß es nicht«, sagte Sonja, von dieser Antwort ernüchtert und entmutigt. »Ich dachte, Sie könnten mir das vielleicht sagen.«

Claudia wandte sich an den schlaksigen jungen Mann hinter der Theke. »*Gigino, hai visto Lucia*?«

»*Io?*« Der Mann namens Gigino zwinkerte ihr zu. »Ist sie deine Freundin oder meine?«

Sonja erzählte zum wiederholten Male die abgespeckte Version der Geschichte. Allerdings ohne einen einzigen Toten.

Claudia war ehrlich überrascht. Luzie hatte mit keinem Wort erwähnt, dass sie in Neapel nach ihrem Vater suchte.

»Ich hätte ihr sofort dabei geholfen. Das ist doch spannend! Ich liebe Detektivgeschichten!«, rief sie aufgeregt.

»*Wow*, dann ist Luzie ja halbe Neapolitanerin! Na klar, die dunklen Augen …«

»Kann sie denn inzwischen ein bisschen Italienisch?«, fragte Sonja.

»Sogar ziemlich gut. Das hat sie irgendwie im Blut, haben wir immer gesagt, und jetzt ist mir auch klar, weshalb sie dann immer so viel sagend gegrinst hat …«

Ziemlich gut, dachte Sonja stolz und verzweifelt zugleich. Also hat Luzie das Manuskript gelesen. Sie weiß alles.

Sonja schloss kurz die Augen und atmete tief durch. Von fern tauchte ein Nein auf. Sie griff danach. Ein Rettungsring. Etwas lesen zu können hieß noch lange nicht, es auch zu verstehen. Wie lange hatte sie damals selbst gebraucht, bis sie sich einigermaßen in italienischen Tageszeitungen zurechtfand, bis sie die vielen unbekannten Abkürzungen kannte, die ständig wechselnden Namen zuordnen konnte, die Anspielungen verstand. Luzie weiß nichts, dachte sie, und öffnete die Augen wieder.

»Ist Ihnen nicht gut?«

»Doch, doch, danke, geht schon wieder.«

»Gigino, bitte einen Espresso für die Signora!«, sagte Claudia, obwohl Sonja protestierte. »Und ein Glas Wasser.«

»Fühlt Luzie sich in Neapel wohl?«, tastete Sonja sich vorsichtig weiter.

»Wohl fühlen ist gar kein Ausdruck! Sie ist hin und weg, genau wie ich. Neapel ist doch toll! Chaotisch, bunt, laut, lebendig, die Männer sind süß … Nicht wahr, Gigino?«

»*Che hai detto*?«

»Dass die Neapolitaner süß sind.«

»*Millegrazie* …«

Unterbrochen von allerlei Gefrotzel mit Gigino erfuhr Sonja nach und nach, dass Claudia und Luzie sich in der Pension *Napule* bei der Piazza Mercato kennen gelernt hatten, in der sie am Anfang mit zwei Amerikanerinnen ein Zimmer teilten. In der ersten Zeit hatten sie viel gemeinsam unternommen, hatten die Museen abgeklappert, waren in Pompeji und in Cuma gewesen und mit der Circumvesuviana um die halbe Bucht von Neapel gefahren. Der Vesuv hatte es Luzie offenbar besonders angetan. Und natürlich die Inseln, Capri, Procida. Nachts hatten sie alle möglichen Discos unsicher gemacht, vormittags liefen die Sprachkurse, zweimal in der Woche auch nachmittags. Irgendwann hatte Luzie diesen Typen kennen gelernt.

»Libero«, sagte Claudia lachend, »süßer Name, aber so frei kam der mir gar nicht vor. Er hat noch bei seinen Eltern gewohnt, mit achtundzwanzig, also echt …« Sie strich sich die Haare aus der Stirn. Offenbar las sie keine Zeitung und wusste daher nicht, dass Libero Zazzera tot war. »Aber na ja, auch in Neapel sind Männer Geschmackssache, stimmt doch, oder, Gigino?«

»*Che cosa*?«, fragte Gigino mit liebenswürdigem Lächeln.

»Ich habe gerade gesagt, dass junge Leute in Neapel viel länger zu Hause bei den Eltern wohnen«, sagte Claudia.

»*Certo*«, Gigino machte eine entsprechende Handbewegung. »Wovon sollen sie denn auch die Miete zahlen, he? Und wo gibt es hier billige Wohnungen?«

Von hinten drängte jetzt ein ganzer Pulk in allen möglichen Sprachen schwatzender junger Leute in die Bar. Die Vormittagskurse waren vorbei. Sonja und Claudia räumten den Platz an der Theke und quetschten sich neben den Kühlschrank, in dem Cola, Sprite und sonstige Einwegflaschen standen.

»Und was für ein Typ ist dieser Libero?«, fragte Sonja weiter.

Claudia zuckte die Achseln. »Ganz okay. Sieht gut aus. Nicht mein Fall, aber egal, ich kenn ihn ja kaum. Seit er aufgetaucht ist, haben Luzie und ich uns eigentlich nur noch im Unterricht gesehen. Wie so was eben läuft. Luzie war ständig mit ihm zusammen und hat ziemlich bald diese Wohnung aufgetan.« Sie schnippte mit den Fingern. »Na klar! *Da* finden Sie sie bestimmt! Vielleicht hat sie eine Erkältung, und Libero pflegt sie. Aber ich habe die Adresse nicht. Fragen Sie mal bei Renata nach, das ist die Sekretärin.«

»Schon abgehakt«, sagte Sonja. »Luzie wohnt nicht mehr dort.«

»Nicht? Sind Sie sicher? Das war ja ein kurzes Vergnügen.« Claudia runzelte die Stirn. »Dann war dieser Typ wahrscheinlich doch nicht in Ordnung. Habe ich ihr gleich gesagt …«

»Welcher Typ?«, drängte Sonja. »Libero? Du hast doch gerade …«

»Nein, nicht Libero. Ich meine diesen anderen Kerl, der ihr die Wohnung vermietet hat. Der war mindestens doppelt so alt wie wir. Hätte locker Luzies Vater sein können.« Sie verzog den Mund. »Pardon, war ein schlechter Witz.«

»Erinnerst du dich an seinen Namen?«, fragte Sonja aufgeregt.

»Ich glaube, er hieß« – sie legte die Stirn in Falten, kniff die Augen zusammen – »wie der spanische Dik … Genau: Franco. Franco Fusco.«

»Franco Fusco?«

»Ja, genau.«

»Woher kannte sie ihn?«

»Weiß ich auch nicht. Sie hat sich, glaube ich, ein paarmal mit ihm getroffen. Einmal hat er sie vom Unterricht abgeholt.« Claudia hielt inne, hob entschuldigend die Hände. »Nicht, was Sie jetzt denken. Er wollte nichts von ihr – hat Luzie jedenfalls gesagt. Das hätte sie nie mitgemacht.« Sie lachte. »Luzie doch nicht!«

Obwohl Sonja nicht danach zumute war, musste sie lächeln. *Nein, Luzie doch nicht ...* Wenigstens das hatte sie ihr mitgegeben: das Neinsagen ... In dem Moment fiel ihr siedend heiß ein, dass sie Gentilini und Fusco um zwölf im Gambrinus hätte treffen sollen. Sie sah auf ihre Uhr. Zwanzig vor eins. Mist!

Sie entschuldigte sich bei Claudia und wählte Gentilinis Handynummer. Er meldete sich sofort. Seine Stimme klang bitterböse.

»Ich stehe seit über einer halben Stunde hier und warte. Auf dich und auf Fusco«

Sonja entschuldigte sich. »Es gibt eine Spur zu Luzie.«

»Und?«

»Ich bin noch dran.«

»Was heißt das?«, schnaubte Gentilini unfreundlich.

»Ich bin in einer Bar in der Nähe vom Bahnhof und rede gerade mit einer jungen Deutschen, mit der Luzie sich hier angefreundet hat. Claudia hat Luzie seit einiger Zeit nicht mehr gesehen, aber sie weiß, dass Fusco die Wohnung an Luzie vermietet hat. Im Gegensatz zu uns ist es ihr offenbar gelungen, sich mit Fusco zu treffen.«

»Damit wäre das wenigstens geklärt.«

»Tut mir wirklich Leid, dass ich dich versetzt habe, Gennaro. Ich habe einfach die Zeit vergessen.«

Einen Augenblick lang schwiegen sie beide.

»Das klingt eigentlich nicht schlecht«, sagte er schließlich. »Klingt irgendwie neapolitanisch.« Seine Stimme war wieder sanfter geworden. »Okay. Jedenfalls hat Fusco jetzt definitiv bei mir verschissen. Ich ruf dich an, sobald ich was weiß. *Va bene*?«

Als Sonja sich wieder umdrehte, war Claudia schon in ein anderes Gespräch verwickelt. Sonja kritzelte ihre Handynummer auf einen kleinen Zettel. Dann tippte sie ihr auf die Schulter. »Danke, Claudia. Du hast mir sehr geholfen. Wenn dir doch noch etwas einfällt oder Luzie sich meldet …«

»Ich glaube, mir ist da eine Idee gekommen, wo sie sein könnte. Gerade eben hat mich einer gefragt, ob ich Lust habe, nach Ende der Kurse mit ihm und ein paar anderen auf die Liparischen Inseln zu fahren, nach Stromboli und Panarea und Filicudi und wie die alle heißen. Luzie fand den Vesuv schon so abgefahren, und sie hat ein paarmal gesagt, dass sie unbedingt auch noch auf den Stromboli rauf will und später mal auf den Ätna. Stromboli muss voll die supergeile Insel sein! Schwarze Sandstrände und oben der Vulkan, der ständig Feuer spuckt. Vielleicht ist Luzie dort. Und in ein paar Tagen taucht sie wieder auf!«

Ihre Begeisterung war so ansteckend, dass Sonjas Herz einen Sprung machte.

»Ist es weit nach Stromboli?«

»Ich glaube, es gibt ein Schiff, das über Nacht fährt, das nehmen eigentlich alle. Am nächsten Morgen ist man da.«

Ich auch, dachte Sonja.

31

Nachdem Fusco ihn zum zweiten Mal versetzt hatte, kehrte Gentilini äußerst schlecht gelaunt zurück ins Büro. Misserfolge waren eine Sache, sich von arroganten Protzern an der Nase herumführen zu lassen eine ganz andere.

Im Aufzug traf er ausgerechnet auf Cava, der sich seit ein paar Tagen auffällig freundlich benahm, und Gentilini fragte sich, was da wohl im Busch war. Suchte Cava vielleicht neue Allianzen, weil er merkte, dass ihm langsam, aber sicher die Felle wegschwammen? Wenn es tatsächlich so war, dann fing Cava es zumindest nicht ungeschickt an, denn er verwickelte Gentilini in ein Gespräch über eine neue Reihe von Sommerkonzerten in Pompeji.

»Gennaro, ich sag dir, *bellissimo*! Absolut erste Sahne. Vorgestern Abend war Premiere: Pino Daniele im Amphitheater, eine Kulisse vom Feinsten, überall hörst du einfach göttlich, total ausverkauft natürlich.« Seine Augen glänzten. Offenbar hatte es ihm wirklich gefallen.

»Ich weiß«, knurrte Gentilini. »Hab selbst schon vor Monaten versucht an Karten ranzukommen. Du scheinst eindeutig die besseren Beziehungen zu haben.«

Cava konnte sich ein Grinsen nicht verkneifen, hob aber abwehrend die Hände. »Alles absolut legal, Gennà. Absolut legal.« Etwas leiser sagte er: »Wenn du willst, kann ich dir Karten besorgen. Wie viele brauchst du?«

»Danke«, wehrte Gentilini ab. »Du weißt doch, ich bin auf diesem Ohr taub.«

»Du denkst zu schlecht von mir, Gennà, viel zu schlecht. Keine Gegenleistung, Ehrenwort. Ich sag nur, es gibt noch drei absolute Top-Konzerte, in zwei Wochen Zucchero im Großen Theater, eine Woche später Massimo Ranieri im Kleinen Theater und Ende Juni ein ganz besonderer Leckerbissen, ein Soloabend mit Renato Carosone in der Casa dei Misteri.«

»Hmm.« Die Fahrstuhltüren gingen auf. Zweiter Stock. Niemand stieg zu. »Also, was sagst du, Gennà? Wie viele Karten brauchst du?«

»Zwei«, knurrte Gentilini. »Für Zucchero. Kriegst du das hin?« Er griff in die Hosentasche, zog ein Bündel aus mehreren ineinander gefalteten Euroscheinen hervor, klappte es auf und nahm einen Fünfziger weg. »Ich zahle bar.«

Cava grinste und hob Daumen und Zeigefinger. »Davon brauchst du mindestens anderthalb.« Er hielt die Hand auf, und Gentilini legte einen zweiten Fünfzigeuroschein auf den ersten. Dann griff er blitzschnell zu und drückte Cavas Hand. Dabei sah er ihm direkt in die Augen.

»Keine Gegenleistung, Cava. Trotzdem, danke.«

»*Di niente*, Gennaro. Ich meine, von allen Seiten angefeindet zu werden ist nicht witzig. Ich meine, das mit Vitale ist wirklich saudumm gelaufen, aber ich habe nichts damit zu tun. Großes Ehrenwort.«

»Ehrenwort reicht auch.«

»Wie läuft übrigens das Nichtrauchen, Gennà?«

»Bestens«, grinste Gentilini. »Eigentlich sollte ich jeden Tag zu Fuß gehen und auf den Aufzug verzichten.«

»Man kann es auch übertreiben«, sagte Cava.

Gentilini stimmte ihm zu. Bei diesen Temperaturen sowieso. Sie waren im vierten Stock angekommen.

»Habt ihr inzwischen dieses Mädchen gefunden, diese Deutsche?«, erkundigte sich Cava, während sie nebeneinander den Flur hinuntergingen.

Gentilini schnalzte mit der Zunge. »Und wie steht's umgekehrt mit den Morden in Scampia?«

»Schwarz. Keine gute Farbe.«

»Schwarz ist doch keine Farbe«, sagte Gentilini, dann biss er sich auf die Zunge. Er konnte es Cava gegenüber auch mal weniger überheblich versuchen. Ihr Gespräch endete, weil Stefano di Maio aus dem Zimmer trat.

»Da bist du ja wieder. Fusco hat gerade angerufen. Er sagt, er ist auf der Tangenziale im Stau stecken geblieben ...«

Cava verschwand zwei Türen weiter.

»Meinetwegen kann er da verrecken«, knurrte Gentilini und folgte seinem Kollegen ins Zimmer. Er wählte Fuscos Handynummer. Sofort meldete sich wieder die Automatenstimme der Telecom Italia mit der Mitteilung, der gewünschte Teilnehmer sei zurzeit leider nicht zu erreichen ...

»Wann hat er angerufen?«

»Vor drei Minuten.«

»Dann ist er inzwischen verreckt. Und was macht Abruzzese?«

»Spielt den stummen Fisch, der an der Angel zappelt. Aber es gibt erste Anzeichen von Erschöpfung. Offenbar wittert sein Anwalt die Chance für einen Deal.« Di Maio reckte sich. »Also, ich geh jetzt was essen. Kommst du mit?«

Gentilini winkte ab. »Mir ist beim Warten der Appetit vergangen.«

Er setzte sich an seinen Schreibtisch und begann, in Gedanken die Puzzleteile dieses Falls hin und her zu schieben. Luzia Zorn kommt nach Neapel. Sie lernt Zazzera kennen. Sie lernt Fusco kennen. Fusco vermietet ihr die Wohnung. Zazzera hält sich oft dort auf. War die

Frage, ob Fusco und Zazzera sich gekannt hatten. Weiter. Luzie hat dieses ominöse Manuskript bei sich. Das Manuskript enthält Enthüllungen über verbrecherische Machenschaften diverser Camorristen und anderer wichtiger Leute in Neapel. Die Sachen sind zwanzig Jahre alt. Luzie weiß nicht, was in den Unterlagen steht. Sie gibt die Sachen Zazzera zu lesen. Kurz darauf wird Zazzera erschossen. Annahme: Zazzera hat versucht, aus den Unterlagen Profit zu schlagen, sprich: jemanden zu erpressen. War die Frage, wen? Weiter. Abruzzese wird verhaftet. Die Kugel, mit der Zazzera erschossen wird, stammt aus der Waffe, die Abruzzese bei der Verhaftung bei sich trägt. Wer hat Abruzzese den Mordauftrag gegeben? Luzie verschwindet. Und Fusco geht jeder Begegnung aus dem Weg.

Den nehme ich noch in die Mangel, dachte er zähneknirschend. Im Stau auf der Tangenziale ... Bei der Mutter im Krankenhaus ... Was für billige Ausreden. Er hatte weiß Gott andere Sachen zu tun, als zu überprüfen, ob ausgerechnet eine Signora Fusco im Poliklinikum lag – nach Esposito einer der häufigsten Namen in Neapel. Der Commissario dachte an seinen verrückten Ausflug in die Welt der vergleichsweise seltenen Gentilinis und fühlte sich wenigstens ein bisschen besänftigt.

Weiter. Die Puzzleteile. Noch mal von vorn.

Fusco ist finanziell weich gebettet. Außer dem Sechszimmerappartement in der Via Manzoni und der Wohnung in Santa Lucia besitzt er drei weitere Wohnungen in der Stadt und zwei Appartements auf Capri. Er hat es nicht nötig, die Wohnung in der Via Palepoli zu vermieten. Aber er tut es. An Luzia Zorn, Antonio di Napolis Tochter. Aus welchem Grund? Und wie und wo sind Luzie und Fusco sich überhaupt begegnet? Diese Frage würde nur einer der beiden beantworten können, und beide waren sie wie vom Erdboden verschluckt.

Gentilini schlug mit der Faust auf die vor ihm liegende Akte, beschloss dann, sie noch einmal zu durchforsten. Manchmal versteckten Puzzleteile sich zwischen den Seiten, in den Dokumenthüllen oder zwischen den Zeilen. Manchmal war man auch einfach nur betriebsblind. Er ging erneut die Protokolle der Vernehmungen durch. Einige davon hatte Commissario Angelo Striano durchgeführt, sein mittlerweile pensionierter Kollege, ein sehr erfolgreicher, gefürchteter Ermittler, der damals mit dem Fall di Napoli befasst war und sich daran die Zähne ausgebissen hatte. Gentilini las die Aussagen einiger Redaktionskollegen. Ein Nachbar war befragt worden, ebenso die Leute aus di Napolis damaliger Wohngemeinschaft, einige Freunde, der Besitzer des Ladens, in dem di Napoli sein Angelzubehör zu kaufen pflegte. Bei den Befragungen waren die unterschiedlichsten Mordthesen geäußert worden: dass Antonio von einem Edelbordell erfahren hatte, in dem diverse Politiker verkehrten, was er angeblich an die große Glocke hängen wollte; dass er sich in die Frau eines Camorrabosses verguckt hatte; dass es nichts weiter als eine tragische Verwechslung war; dass der Mord an Antonio als Warnung für andere gedacht war; dass Antonio brisantes Material im Zusammenhang mit dem Erdbeben gesammelt hatte. Undsoweiter.

Gentilini blätterte weiter zum Prozessverlauf. Er stutzte nur kurz, als er den Namen las. Leitender Staatsanwalt war damals Gaetano Fusco gewesen, ein in Neapel hoch angesehener, mächtiger Mann, der die Camorra bekämpfte, seit Gentilini zurückdenken konnte, also seit er 1991 bei der Kriminalpolizei angefangen hatte. Jahrelang war Fusco der Hauptverantwortliche gewesen für die Prozesse gegen verhaftete Camorristen sowie für alle Kapitaldelikte, die im Umfeld der organisierten Kriminalität begangen wurden. Sein Name stand für Recht und Gerechtigkeit und den Glauben an die Demokratie.

Schon wieder ein Fusco. Du wirst langsam zwanghaft, dachte Gentilini. Blöde Namensfixierung. Später recherchierte er ein wenig bei Interpol und versuchte mehrmals, Striano zu erreichen. Vielleicht hatte der ja eine Idee. Oder ein fehlendes Puzzleteil im Ärmel wie eine gezinkte Karte.

»Gennaro, *che piacere*, schön, von dir zu hören.«

»Ganz meinerseits, Angelo. *Come va?*«

Sie tauschten sich kurz über den Gesundheitszustand von Strianos einundneunzigjähriger Mutter und das Wohlergehen beider Familien aus, Gentilini erzählte, dass er das Rauchen aufgegeben hatte. Dann kam er auf den Grund seines Anrufs zu sprechen, berichtete vom Stand der Dinge im Fall Zazzera und von der Suche nach Luzie Zorn.

Striano hatte schon immer ein gutes Gedächtnis gehabt und liebte es, im Rückblick noch einmal in die alten Fälle einzutauchen. »Hast du schon mit dem Sohn vom alten Fusco gesprochen?«

»Wieso Sohn?«, fragte Gentilini, aber er ahnte die Antwort bereits.

»Franco Fusco. Das ist doch der Sohn von unserem Dottore Gaetano, der heute Morgen in der Zeitung das übliche nichtssagende Gewäsch zur katastrophalen Lage der Justiz abgesondert hat …«

Kaum hatte er die Antwort gehört, überfiel Gentilini eine schier unbezwingbare Lust auf eine Zigarette. Seit er mit dem Rauchen aufgehört hatte, war er einem Rückfall noch nie so nah gewesen. Er ertappte sich bei der Überlegung, welchen seiner Kollegen er anschnorren könnte … So tief wollen wir nicht sinken, Gennaro, sagte er sich erschrocken. Du hast eine Abmachung mit deinem Sohn, also reiß dich gefälligst zusammen.

Der Wohnungsvermieter Franco Fusco war also der Sohn von Dottore Gaetano Fusco. War das eins der fehlenden Puzzleteile? Doch diese überraschende Wendung sollte nicht das einzige bleiben, was Striano aus alten Tagen für ihn bereithielt.

»Was bin ich für ein Idiot«, brüllte Gentilini, als er aufgelegt hatte. »*Porcamiseria*! Darauf hätte ich auch früher kommen können!«

Dann machte er sich auf den Weg ins Nebenzimmer zu seinem Kollegen, dem Kettenraucher Domenico Basile.

32

Das Schiff nach Stromboli war ein richtiges Schiff, keines dieser Schnellboote, die eher an ein Flugzeug im Wasser erinnerten und in einer halben Stunde nach Capri oder Ischia übersetzten. Einige Passagiere gingen mit großem Gepäck über die heruntergelassene Rampe an Bord. Sonja hatte nur einen Rucksack dabei. Es war Gentilinis Idee gewesen, ihren unhandlichen Rollkoffer bei ihm in der Wohnung zu deponieren und nur ein paar praktische Kleidungsstücke mitzunehmen. Er hatte ihr auch einen Schlafsack und eine aufblasbare Isomatte geliehen.

Aber sie hatte es nicht zugelassen, dass er verwandtschaftsbedingt die sowieso schon minimierte Hotelrechnung übernahm. Allerdings war ihr ein wenig flau geworden angesichts der stolzen Summe für zwei nicht in

Anspruch genommene Übernachtungen, und sie hatte sich zwingen müssen, hinterher nicht darüber nachzudenken, wie sie das Geld lustbringender hätte verwenden können. Klar, der Kater kam immer erst nach dem Genuss, doch der Genuss war in diesem Fall wirklich eher marginal gewesen.

Gentilini war nach dem Anruf eines Kollegen zurück in die Questura gefahren, Sonja hatte sich ein Taxi kommen lassen. Jetzt zeigte sie einem der Matrosen, die die Tickets kontrollierten, ihren Fahrschein. Über eine steile, schmale Treppe gelangte sie aufs Innendeck. Eine Tür führte nach draußen, eine weitere Treppe aufs nächsthöhere Außendeck. Es waren nicht übermäßig viele Passagiere auf dem Schiff. Ein paar Rucksacktouristen hatten sich schon ihren Schlafplatz gesichert und ihre Schlafsäcke auf den langen Sitzbänken ausgebreitet. Sonja wunderte sich über diesen Zwang, leere Orte augenblicklich zu besiedeln, sich überall sofort ein Stück Land zu sichern, und sei es nur eine winzige Parzelle, von der man sagen konnte: Das ist mein, das verteidige ich, dies ist mein Stück vom Kuchen. Lieber schlief sie im Sitzen.

Ihr Mutterinstinkt sagte ihr, dass Stromboli die richtige Entscheidung war. Heute Nacht gibt es Meerblick pur, dachte sie, während sie zur Reling ging. Und morgen – morgen finde ich Luzie. Hoffnung, man braucht Hoffnung, eine rettende Planke, auf der es sich ein Stück weit treiben lässt. Wie oft hatte sie das zu ihrer Tochter gesagt: Kopf hoch. Alles wird gut.

Vom Hafen aus betrachtet wirkte Neapel friedlich, beinahe malerisch mit dem dunklen Castel Nuovo, dem rot getünchten Königspalast und dem weißen Museo di San Martino oben auf dem Hügel. Dazwischen unzählige Häuserdächer, Kuppeln, Terrassen, die Glaskuppel der

Galleria Umberto I. Man sah die Gassen nicht. Man sah die Menschen nicht. Nur einen grauen Smogschleier, der alles umhüllte wie eine Haube aus lang nicht mehr geputztem Zellophan. Hatte Sonja die Stadt bei ihrer Ankunft bedrohlich gefunden? Abstoßend? Nicht einmal eine Woche war seither vergangen, aber es kam ihr vor wie eine halbe Ewigkeit. Jetzt, mit Abstand zum Gedrängel, auf einem Schiff, das sie in Kürze von Neapel fortbringen würde, fühlte Sonja ein wenig Wehmut. Neapel kam ihr vor wie eine alte, ehrwürdige, charmante Dame mit vielen Gesichtern. Manchmal verwandelte sie sich in ein blutrünstiges Monster, dann wieder in ein verspieltes Kind oder in einen singenden Commissario …

Sie schrak zusammen. Direkt über ihr knackte etwas. Sie stand unter dem Lautsprecher, aus dem jetzt unter viel Geknister und Geknacke eine unverständliche Durchsage erscholl: »*attenzionepregosipregalasignoradsornedirivolgersiallufficioinformazioni missisdsornepleasecometotheinformationdesk mississoniadsorneplease …*«

Das war ja *sie*. Wieso wurde ihr Name ausgerufen? Mit fliegenden Fingern öffnete Sonja ihren Rucksack und suchte nach dem Handy – um festzustellen, dass es ausgeschaltet war. Offenbar war der Akku leer. Vittorio hatte ihr das Handy geschenkt, aber an ein Aufladegerät hatten sie in dem emotionsgeladenen Moment beide nicht gedacht. Sie fragte sich zum Informationsschalter durch.

Der Steward, der auch die Durchsage gemacht hatte, reichte ihr einen Zettel mit einer Nachricht von Commissario Gentilini: Sie solle sofort das Schiff verlassen und ihn kontaktieren.

Panisch sah sie auf die Uhr.

»Wie lange ist es noch bis zur Abfahrt?«

»Drei Minuten, Signora«, sagte der Steward.

»Kann ich bitte kurz telefonieren? Der Akku in meinem Handy ist leer.«

»*Prego.*« Er reichte ihr ein Handy.

Fluchend, weil sie sie nicht längst auswendig wusste, kramte sie den Zettel mit Gentilinis Mobilnummer hervor. Beim ersten Mal verwählte sie sich prompt. Dann hatte sie ihn am Apparat.

»Wo bist du?«

»Auf dem Schiff.«

»Habt ihr schon abgelegt?«

»Nein, aber gleich.«

»Geh sofort von Bord! Deine Tochter hat sich gemeldet! Du hattest Recht. Sie ist tatsächlich auf Stromboli und kommt mit der Nachtfähre zurück. Warte am Kai. Ich schicke einen Wagen.«

Ungläubig starrte Sonja auf das Handy in ihrer Hand. Luzie hatte sich gemeldet. Das Tuten der Schiffssirene brachte sie zur Besinnung.

»Ich muss an Land«, schrie sie und warf das Handy auf den Tresen. »Nicht abfahren! Wartet doch!«

Sie rannte durch die Gänge zu den Treppen, hastete die engen, steilen Stufen nach unten. Die Schiffssirene tutete erneut, Sonja zwängte sich zwischen den Passagieren hindurch, lief über die Rampe, die sich schon einen halben Meter vom Boden gelöst hatte, und sprang an Land. Keinen Moment zu früh, denn als sie sich umsah, lagen schon mehr als zwei Meter zwischen dem Kai und dem Schiff, das langsam Fahrt aufnahm. Ein Streifenwagen fuhr mit Blaulicht über den Kai und hielt direkt neben Sonja. »*È Lei la Signora Dsorne*?«

Der Polizeibeamte brachte sie zur Questura, wo Gentilini am Eingang auf sie wartete. Sie fuhren kurz hoch in sein

Büro, dann zu ihm nach Hause. Eine Stunde später saß Sonja auf der Hollywoodschaukel und konnte es immer noch nicht fassen. Ihre Vermutung mit Stromboli war richtig gewesen, ein Volltreffer – und zugleich eine Niete, denn beinahe wären sie und ihre Tochter mitten in der Nacht auf dem Mittelmeer aneinander vorbeigefahren.

Luzie hatte offenbar nach der Besteigung des Vulkans in einer mehrere Tage alten Zeitung vom Tod von Libero Zazzera gelesen und war daraufhin zur kleinen Polizeistation auf Stromboli gegangen. Die Beamten hatten in Neapel angerufen und waren nach mehreren Fehlverbindungen schließlich bei Gentilini gelandet. Gentilini wiederum hatte den Ernst der Lage erklärt und dafür gesorgt, dass einer der Beamten Luzie auf der Nachtfähre zurück nach Neapel begleitete. Morgen früh würden sie ankommen. Die Geschichte hatte in kurzer Zeit eine neue Wendung bekommen. Die Suche nach Luzie wenigstens war vorbei.

Gentilini hatte Sonja unter diesen Bedingungen nicht in irgendeinem Hotel unterbringen wollen und sie kurz entschlossen bei sich zu Hause einquartiert. Das Wochenende mit den Kindern hatte er kurzfristig und mit der üblichen Begründung abgesagt. Seine Exfrau war im Fünfeck gesprungen, seine Tochter hatte sich gefreut, sein Sohn hingegen hatte wortlos den Hörer aufgeknallt. Gentilini kannte diese Reaktionen, die Situation war für alle Beteiligten nichts Neues. Er konnte es nicht ändern. Es war nun mal sein verdammter Beruf. Unter anderen Umständen hätte er sich vielleicht nicht ganz so bereitwillig ins Zeug gelegt, sprich, wenn es nicht auch um Sonja gegangen wäre.

Neben dem kleinen Tisch auf der Terrasse standen in einem mit Eiswürfeln gefüllten Eimer mehrere Flaschen Peroni-Bier. Sonja hatte ihr Glas in einem Zug geleert. Gentilini schenkte nach. Auch ihm war die Anspannung der letzten Tage anzusehen. Er hatte per Telefon Pizza bestellt.

Sicherlich, die Suche nach Luzie war zu Ende, aber die zentrale Frage lautete nach wie vor, ob Luzie den braunen Umschlag mit dem Manuskript bei sich hatte oder nicht. Wenn ja, dann war höchste Vorsicht geboten. Dann mussten die Informationen ausgewertet werden, und bei all dem konnte der Commissario die Anwesenheit seiner halbwüchsigen Kinder wahrlich nicht gebrauchen. Wenn nein, dann hieß das vorläufig Entwarnung. Dann waren die so begehrten, geheimnisvollen, offenbar belastenden Unterlagen, für die mindestens zwei Leute ihr Leben gelassen hatten und von denen noch immer keiner wusste, was eigentlich genau drinstand, vermutlich auf Nimmerwiedersehen verschwunden – und vielleicht bei denjenigen gelandet, die sie belasteten, vielleicht aber auch in den Händen Dritter, die wer weiß was damit anstellen würden. Reine Spekulation. Aber immerhin wären Luzie und Sonja dann aus dem Spiel.

Der Commissario berichtete Sonja, was er von Striano in Erfahrung gebracht hatte. Da war zum einen die Verbindung zwischen Franco Fusco und Gaetano Fusco, die an sich noch nichts weiter bedeutete. Wäre da nicht diese zweite Verbindung zwischen dem Mordfall von damals und dem von heute aufgetaucht: Franco Fusco war ein enger Freund von Antonio di Napoli gewesen …

»Franco?«, rief Sonja und sprang auf. »*Dieser* Franco? Der mit in Venedig war? Er heißt auch *Fusco*? Ich meine, er ist identisch mit dem Vermieter?« Sie packte Gentilinis Arm. »Aber … wieso hat Luzie mit ihm Verbindung aufgenommen? Woher wusste Luzie die Namen von Antonios damaligen Freunden?«

Gentilini zuckte die Achseln. Diese Frage konnten sie vorläufig noch nicht beantworten.

»Fusco ist zusammen mit Antonio di Napoli zur Schule gegangen. Sie waren offenbar sehr eng befreundet. Sie haben auch gemeinsam Politologie studiert. Als ich das von Striano hörte«, fuhr Gentilini fort, »habe ich mir nochmal die Akte von damals vorgenommen, aber kein einziges Vernehmungsprotokoll mit Antonios bestem Freund und Studienkollegen Fusco finden können. Das ist seltsam, denn alle anderen engen Freunde von Antonio wurden befragt: Sergio Galeazzo und Gianluca Morra …«

»… die waren beide in Venedig mit dabei«, sagte Sonja.

»Der Angelladenbesitzer, Antonios WG-Kumpane, seine Kollegen, alle haben ihre Mutmaßungen zu den Hintergründen des Mordes geäußert. Nur einer nicht: Franco Fusco. Wenn ich nicht schon stutzig gewesen wäre, hätte mich das stutzig gemacht. Daraufhin habe ich Striano ein zweites Mal angerufen. Er war damals mit dem Fall di Napoli betraut und konnte sich daran erinnern, dass es definitiv eine Vernehmung von Franco Fusco gegeben hatte. Er wusste auch noch den Namen des Kollegen, der damals mit Fusco gesprochen hatte. Wie der Zufall es wollte, war er ein paar Wochen nach der Vernehmung auf dem Weg nach Hause eine Böschung hinuntergefahren. Die Bremsen hatten versagt. Der Mann ist tot. Von all dem stand nichts in den Akten. Kein Sterbenswörtchen. Striano hat sich außerdem …«

Es klingelte an der Tür. Zwei Minuten später war Gentilini wieder da: mit zwei Pizzaschachteln und einer Plastiktüte, in der vier weitere Halbliterflaschen Peroni steckten. Sie aßen die Pizza aus der Hand und tranken das Bier aus der Flasche. Die Schildkröte Arturo machte sich über ein Stückchen Teig her, das zu Boden gefallen war.

»Striano hatte schon immer ein exzellentes Gedächtnis«, nahm Gentilini den Gesprächsfaden wieder auf. »Er hat sich daran erinnert, dass in den späten achtziger Jahren in der Nähe von Bari ein Mann namens Tullio Barbasciuta verhaftet wurde, ein Auftragskiller, der im Verlauf der Vernehmungen mehrere Morde gestand, darunter auch den an di Napoli. Ihm wurde noch in der Untersuchungshaft die Kehle durchgeschnitten. Natürlich bevor er sich über die Auftraggeber verbreiten konnte. Und was meinst du – gab es in der Akte irgendeinen Hinweis auf diese Geschichte?«

Sonja schüttelte den Kopf.

»Nichts«, sagte Gentilini grimmig. »Kein einziges Protokoll, keinen Hinweis darauf, nichts! Da hat jemand sehr weiträumig manipuliert und Dokumente verschwinden lassen. Striano ist derselben Ansicht. Mit dem Unterschied, dass er sich schon von all dem verabschiedet hat. Vor vier Jahren hatte er einen Herzinfarkt, danach musste er lernen, sich nicht mehr über jeden Dreck aufzuregen!

Ich habe die ganze Akte di Napoli noch einmal durchforstet. Die Aussagen der Putzfrau, die Aussagen des Fischers, die des später ermordeten Taxifahrers, die der anderen Passanten. Immer ist die Rede von diesem zweiten Mann am Tatort, der sich in Luft aufgelöst hat und nie gefunden wurde.« Der Commissario setzte die Bierflasche an und nahm einen langen Zug.

»Franco Fusco«, sagte Sonja.

»Woher weißt du das?«, grinste Gentilini.

»Weibliche Intuition.« Verschmitzt ergänzte Sonja: »Aber auch die hat Lücken. Ich verstehe immer noch nicht, wie das alles zusammenhängt.«

»Ich auch nicht. Aber wenn es da *keinen* Zusammenhang gibt, hänge ich meinen Beruf an den Nagel«, sagte Gentilini. Dann fügte er eine Spur kleinlauter hinzu: »Und wenn es einen gibt, vermutlich auch.«

»Wieso? Was willst du damit sagen?«

»Möglicherweise ist der Fall auch für mich eine Nummer zu groß. Hängt ganz davon ab, wer noch alles darin verwickelt ist. Ob es nur die Sippschaft Fusco ist, was ich bezweifle. Antonio di Napoli jedenfalls hat die Sache schon vor zwanzig Jahren nicht überlebt. Libero Zazzera hat es auch heute noch erwischt.« Er sah sie zerknirscht an. »Ich bekämpfe das organisierte Verbrechen in dieser Stadt, seit ich bei der Kriminalpolizei bin. Ich bin ein relativ kleiner Fisch, und ich bin relativ erfolglos. Aber ich kann nicht alles aufs Spiel setzen. Ich hänge an meinem Leben. Ich hänge schon lange nicht mehr an meinem Beruf, aber ich hänge definitiv an meinem Leben.«

»Soll das heißen, du lässt die Sache fallen?« Sonja starrte ihn entgeistert an. Einen Moment lang dachte sie, wenn er jetzt »ja« sagte, würde sie ihn ohrfeigen. Stattdessen ging sie auf ihn zu, stellte sich ganz nah vor ihn hin, hob die Hand und streichelte ihm zärtlich über die Wange. »Nein«, sagte sie und schüttelte langsam den Kopf. »Das wirst du nicht. Du kannst es gar nicht.«

Als ihre Blicke sich begegneten, spürte sie etwas, was sie seit langer Zeit nicht mehr empfunden hatte. Den kurzen Moment der Verunsicherung, wenn man ein Floß betrat, das wie ein Floß schwankte. Das Glücksgefühl, wenn man an einer taufrischen Rose roch, die wie eine Rose duftete und wie eine Rose stechen und verletzen konnte. Die Angst vor dem Sprung, der nicht im kalten Wasser endete und nicht auf weichen Federn.

Beide traten sie einen Schritt zurück, sahen sich erschrocken an.

34

Das Schiff sollte am Samstag früh um kurz nach sechs an der Stazione Marittima eintreffen. Als Sonja und Gentilini zum Hafen fuhren, war es schon hell, aber die Stadt schien noch zu schlafen. Auch auf dem Kai waren nur wenige Leute unterwegs, hauptsächlich Hafenarbeiter, keine Passagiere, denn das Schiff würde erst am Abend wieder zurückfahren. Zwei Fischer tauchten unverdrossen ihre Angeln in die dunkelbraune, ölschlierige Hafenbrühe. Sonja musste bei ihrem Anblick unweigerlich an Antonio denken.

Sie war schrecklich aufgeregt. Nachts hatte sie kaum ein Auge zugetan, und in den wenigen Augenblicken, in denen der Schlaf sie dann doch übermannte, hatte sie von Riesenwellen und zwei Riesenschiffen geträumt, die aneinander vorbeifuhren, an der Reling des einen Schiffes stand verschwindend klein Sonja, auf dem anderen ebenso klein Luzie, zwei Punkte in den Weiten des Ozeans, und riefen einander etwas zu, was bei dem Getöse der hochgischtenden Wogen und dem Gewummer der Schiffsdiesel nicht zu verstehen war …

Ein ähnliches Schiff wie das ihrer Träume näherte sich jetzt und wurde dabei langsam größer, aber die Ausmaße hielten sich im Rahmen, und der winzig kleine dunkle Punkt an der Reling, der seit kurzem zurückwinkte, blieb nicht klein, sondern wuchs mit und wurde nach und nach tatsächlich zu Luzies Schopf. Neben ihr tauchte der Kopf eines Mannes in Uniform auf, offenbar der von Gentilini angeordnete Begleitschutz. Luzie winkte und rief etwas, was im Tuten des Schiffes unterging. Sonja winkte zurück. Sie hatte Freudentränen in den Augen.

Am liebsten wäre sie auf und ab gehüpft wie ein Kind. Der Streit vor Luzies überstürzter Abfahrt, die langen Wochen ohne jede Nachricht, die Angst der letzten Tage – all das gehörte in diesem Moment der Vergangenheit an. Gleich würde sie ihre Tochter in die Arme schließen, und alles, wirklich alles war endlich gut.

Gentilini hielt sich diskret ein paar Meter abseits. Er beobachtete das Geschehen am Kai. Alles war friedlich. Einer der Fischer zog die Angel aus dem Wasser. Er hatte einen Fisch gefangen, den er in einem Plastikeimer verschwinden ließ. Nicht ums Verrecken hätte Gentilini diesen Fisch essen mögen. Irgendwo ließ jemand ein Motorboot an. Möwen kreischten. Gerade ging Luzie als einer der letzten Passagiere von Bord. Der Polizist aus Stromboli trug ihr Gepäck, eine kleine Reisetasche. Gentilini sah, wie Luzie auf Sonja zulief, sie sich in die Arme fielen. Wie der Polizist das Gepäck neben den Frauen abstellte und sich suchend umsah. Jetzt hatte er Gentilini entdeckt, hob zum Gruß den Arm und kam auf ihn zu: »*Commissario Gentilini, se non sba …*« – weiter kam er nicht.

Aus dem Augenwinkel sah Gentilini, dass plötzlich wie aus dem Nichts ein großes Motorrad neben Sonja und Luzie auftauchte – eine Hand griff nach der Reisetasche, der Fahrer gab Gas und brauste über den Kai davon.

Gentilini zögerte nicht den Bruchteil einer Sekunde, zog seine Pistole und schoss – offenbar daneben, denn das Motorrad fuhr weiter, aber der Beifahrer schoss zurück. Jemand schrie: »In Deckung!«. Auch der Polizist aus Stromboli hatte seine Waffe gezückt, einige Leute warfen sich auf den Boden oder klammerten sich hilflos aneinander, Gentilini schoss mehrfach, traf aber den Reifen nicht, das Motorrad entfernte sich und wurde immer kleiner, aber etwas Schwarzes blieb etwa zweihundert Meter entfernt auf dem Pflaster liegen. Gentilini gab noch einen letzten Schuss ab und rannte hinterher, doch das Motorrad hatte den Ausgang des Hafengebiets schon erreicht, war Richtung Osten in die Via Colombo eingebogen und aus der Sicht verschwunden. Gentilini sprintete zu der schwarzen Reisetasche und ebenso schnell wieder zurück zur Anlegestelle. Er warf die Tasche auf den Beifahrersitz des Alfa, rannte dann zu Sonja und Luzie, die wie angewurzelt dastanden, und schubste sie ohne Erklärung unsanft in Richtung Auto. Vermutlich hatte er den Sozius des Motorradfahrers erwischt, sonst hätte dieser seine Beute nicht fallen gelassen.

Während Gentilini in ziemlichem Tempo in Richtung Hafenausgang fuhr, rief er für den Fall, dass bei dem Schusswechsel Unbeteiligte verletzt worden waren, über Handy einen Krankenwagen und gab die Angaben bezüglich des Motorrads durch – zwei Leute, wahrscheinlich männlich, bewaffnet, Helm, schwarze Lederkleidung, schweres Motorrad, dem Klang nach eine Ducati, sogar das Nummernschild hatte er bei aller Hektik mit Profiblick gespeichert. Alle hundert Meter warf Gentilini wachsame Blicke in den Rückspiegel, um zu kontrollieren, ob ihnen jemand folgte.

Erst als sie das Hafengelände hinter sich gelassen hatten, begriff Sonja, was passiert war. Jemand hatte auf sie geschossen. Jemand hatte es auf Luzies Reisetasche abgesehen. Luzie war wohlbehalten gelandet, aber nichts war ausgestanden, gar nichts. Im Gegenteil, es sah ganz so aus, als würde die Jagd auf diese verfluchten Unterlagen jetzt erst richtig beginnen. Als hätte irgendwer die ganze Zeit nur darauf gewartet, dass Luzie wieder auftauchte.

»Was ist denn nur los?« Luzie saß neben ihr auf dem Rücksitz. Der Schreck war ihr sichtlich in die Glieder gefahren, trotz ihrer Sonnenbräune sah sie sehr blass aus. »Wer ist dieser Mann?«, stammelte sie aufgeregt. »Und warum bist du in Neapel? Was wollt ihr alle von mir? Wieso ist Libero tot? Ich verstehe das alles nicht, Mama, bitte, sag mir, was los ist!«

Sonja legte den Arm um sie und zog sie an sich. So viele Fragen auf einmal. Wo sollte sie überhaupt beginnen?

»Frag sie, ob das Manuskript in ihrem Gepäck ist«, sagte Gentilini vom Fahrersitz. Seine Stimme klang hart und wütend.

»Wer war das, Gennaro? Wer hat auf uns geschossen?«

»Frag sie!«, bellte er.

»Luzie, ist das Manuskript in deiner Reisetasche?«, fragte Sonja auf Deutsch.

»Welches Manuskript?«, fragte Luzie.

»Der braune Umschlag, den du auf dem Dachboden gefunden hast.«

Luzie schüttelte ihren Arm ab und starrte sie mit weit aufgerissenen Augen an. Dabei nickte sie wortlos. Dann schrie sie plötzlich: »Was haben nur alle mit diesem Scheißmanuskript? Libero ist auch völlig ausgeflippt, als er es gelesen hatte! Was ist damit los? Was steht da drin?« Ihre Stimme überschlug sich, das Schreien wurde zu einem lauten Schluchzen, das sich anhörte wie das Heulen eines Tieres, das den Fuß im Fangeisen hat.

Sonja schluchzte. »Was drinsteht, wissen wir auch nicht«, sagte sie, als Luzie sich ein bisschen beruhigt hatte. »Vermutlich die Namen von Leuten, die im Zusammenhang mit diversen Verbrechen stehen, die vor vielen, vielen Jahren begangen wurden. Und diesen Leuten gefällt es gar nicht, dass das alles plötzlich wieder aufgetaucht ist, einschlägige Beweise inklusive. Es ist so, dass … Antonio … Also, dein Vater hat das alles damals offenbar recherchiert und aufgeschrieben und zu uns nach Hamburg geschickt … Er war Journalist und …« Sie unterbrach sich. »Wer hat auf uns geschossen, Gennaro?«

»Profis«, sagte Gentilini grimmig. »Die den Auftrag hatten, die Tasche in ihre Gewalt zu bringen. Offensichtlich hatten sie es nicht auf Luzie abgesehen, sonst würden wir jetzt nicht hier sitzen. Ein Toter mehr spielt bei solchen Leuten keine Rolle. Wir haben Glück gehabt. Pures Glück.«

Alle schwiegen einen Moment lang. Gentilini hatte ausgesprochen, was jeder von ihnen gespürt, aber nicht zu denken gewagt hatte. Glück. So konnte man es auch nennen.

»Jetzt verstehe ich alles«, sagte Luzie nach einer Weile mit tonloser Stimme. »Libero hat es also gewusst. Libero hat das Zeug gelesen. Aber er hat immer so getan, als ob das überhaupt nicht wichtig wäre, nur etwas für echte Neapolitaner, hat er gesagt, und jetzt ist er tot! Wieso ist er tot? Wieso?« Sie fing wieder heftig an zu weinen.

Gentilini kramte in der Ablage und fand ein Päckchen Papiertaschentücher.

»*Grazie.*«

»*Niente.*«

Luzie lächelte unter den Tränen.

»War Libero dein Freund?«, fragte Sonja sanft.

Luzie nickte. »Ja, das heißt …« Sie zuckte die Schultern. »Ich weiß nicht genau, ob ich mehr in ihn verliebt war oder in Neapel oder beides.« Ihre Stimme festigte sich. »Ich war doch so neugierig. Auf Neapel, auf alles, du weißt, wie neugierig ich bin. Ich hab den Sprachkurs angefangen und konnte mich relativ schnell auf Italienisch verständigen, aber Zeitunglesen klappte noch nicht so richtig. Natürlich wollte ich wissen, was in diesen Unterlagen steht, es war ja schließlich irgendwie *mein* Umschlag. Ich hatte ihn gefunden, und ich dachte auch, die Post wäre in Wirklichkeit an mich adressiert, *ich* sollte das alles lesen, wenn ich groß bin, damit ich meinen Vater finden kann. Zwischendurch habe ich Libero getroffen, er kennt … er kannte sich in Neapel gut aus und hat mir alles Mögliche gezeigt, die Katakomben von San Gennaro und die Kapelle des Principe di San Severo und … Egal. Irgendwann habe ich ihm erzählt, dass ich meinen Vater suche. Und dann habe ich Libero dieses Manuskript gezeigt, damit er es liest und mir sagt, was drinsteht. Und er hat dann gesagt, nichts Besonderes, Aufzeichnungen aus der Studienzeit meines Vaters mit vielen Namen von Professoren und Autoren und Verweisen auf Quellen und Zeitungsartikel, das würde mir alles sowieso nichts sagen. Das war's.« Sie stieß die Luft aus.

»Ich verstehe kein Wort«, brummte Gentilini genervt, »Sonja, kannst du bitte übersetzen, was sie gesagt hat?«

»Aber was hat Liberos Tod mit diesen Unterlagen meines Vaters zu tun?«, fragte Luzie in gebrochenem Italienisch, als Sonja das Wesentliche zusammengefasst hatte.

»Zazzera hat jemanden zu erpressen versucht«, sagte Gentilini langsam und deutlich.

»Und er ist erschossen worden«, murmelte Luzie, jetzt wieder auf Deutsch. »Das ist ja schrecklich! Hätte ich ihm das Zeug nur nicht gegeben …« Sie fing erneut an zu weinen. Als sie sich beruhigt hatte, fragte sie, wo und wann die Sache passiert war.

»In der Via Palepoli, am helllichten Tag, draußen auf der Straße.«

»Ich muss unbedingt in die Wohnung«, sagte Luzie, »ich habe ein paar Klamotten dagelassen, weil ich nicht alles nach Stromboli mitnehmen wollte, und den kleinen Koffer ...«

»Sonja, frag sie bitte, wie sie an die Wohnung rangekommen ist!«, unterbrach Gentilini ungeduldig.

»*Ho capito benissimo*«, sagte Luzie schnippisch, »ich habe die Wohnung gemietet.«

»Wie hast du Fusco kennen gelernt?«, bellte Gentilini von vorn.

»Das geht ihn gar nichts an«, fauchte Luzie auf Deutsch zurück. »Wer ist das überhaupt und was ...«

»Luzie, bitte, das ist Commissario Gentilini, er ist ein Freund von Lion und auch von mir und hilft uns ...«

»Aber er braucht nicht so zu bellen! Wie heißt das auf Italienisch? *Non gridare*!«

Der Wagen bremste scharf und hielt am Straßenrand. Gentilini drehte sich zu ihnen um und brachte ein grimmiges Lächeln zustande.

»*Scusa.*«

Luzie funkelte ihn wütend an. »Okay«, sagte sie dann.

»Also? *Come l'hai conosciuto*?«

Gentilini fuhr wieder weiter, und Luzie erzählte – erst auf Italienisch, dann wechselte sie doch in ihre Muttersprache, und Sonja übersetzte. In dem Umschlag, sagte Luzie, habe auch eine Postkarte gesteckt.

»Die muss ich damals übersehen haben«, murmelte Sonja.

»Sie steckte irgendwo zwischen den Seiten«, fuhr Luzie fort, »und als ich die Unterlagen zum ersten Mal genauer durchgeblättert habe, ist sie herausgefallen.«

Auf der Karte stand in Druckbuchstaben, also gut leserlich, ein Gruß an Sonja – sie sah ihre Mutter kurz an,

»das kannst du dann ja selber lesen« – und drei Namen, an die Sonja sich im Falle des Falles wenden könne, samt Telefonnummern: Sergio Galeazzo, Gianluca Morra und Franco Fusco.

»Ich habe es natürlich sofort bei allen drei Nummern probiert«, sagte Luzie, »ich wollte meinen Vater ja so schnell wie möglich finden. Bei Sergio hat sich jemand ganz anderer gemeldet, der nichts von irgendeinem Sergio Galeazzo wusste. Bei Gianluca hieß es ›Kein Anschluss unter dieser Nummer‹, auf Italienisch natürlich. Und bei Franco hatte ich einfach Glück.«

»Glück?«, fragte Sonja irritiert.

»Die Nummer war noch gültig, es war die von seinen Eltern. Ein Hausmädchen hat mir dann Francos Nummer gegeben, ich habe ihn angerufen und mich mit ihm getroffen. Er ist wirklich total nett. Als er hörte, dass ich mir mit vier Mädchen ein Zimmer teile, hat er mir gleich seine Wohnung angeboten, voll eingerichtet, die er ab und zu an Touristen vermietet. Und er hat nicht mal so viel dafür verlangt, wie ich in der Pension für ein Bett zahlen musste. Hast du die Wahnsinnsaussicht gesehen?«

»Irgendwelche Gegenleistungen?«, schnaubte Sonja.

»Natürlich nicht!«, fauchte Luzie.

Gentilini bremste erneut. Sonja hatte nicht darauf geachtet, wohin sie gefahren waren, aber jetzt hielten sie in einer Straße mit ziemlich unansehnlichen, würfelförmigen Mietshäusern, wie sie in den Randgebieten jeder beliebigen europäischen Stadt zu finden waren.

»Wartet kurz. Bleibt im Auto, steigt auf gar keinen Fall aus!«

Er sah sich um, entsicherte seine Pistole, verließ den Alfa und ging auf einen der vielen identischen Hauseingänge zu. Die Uhr im Armaturenbrett zeigte kurz nach sieben. Noch immer waren die Straßen wenig belebt, es war Samstag, die meisten Leute schliefen noch. Sonja beobachtete, wie Gentilini auf einen Knopf drückte und etwas in die Gegensprechanlage sagte. Dann kam er rasch zum Auto zurück. Kurz darauf tauchte ein älterer Mann mit Halbglatze in der Haustür auf, ging auf einen Fiat zu, der zwei Autos vor ihnen geparkt war, stieg ein, fuhr aus der Parklücke heraus und hielt direkt neben ihnen.

»Einmal umsteigen, bitte«, sagte Gentilini.

Als sie in dem Fiat saßen, stellte er ihnen seinen ehemaligen Vorgesetzten Angelo Striano vor – den Mann, der vor zwanzig Jahren mit dem Fall di Napoli betraut war.

Striano fügte hinzu, sie würden aus der Stadt rausfahren, in ein Appartement, das sicher sei, um in aller Ruhe diese Unterlagen durchzugehen. Niemand würde sie dort suchen.

»Was ist der *Fall di Napoli*?«, fragte Luzie.

Gentilini, der die Reisetasche auf den Knien hielt und bereits darin nach den Unterlagen wühlte, warf Sonja vom Beifahrersitz aus einen fragenden Blick zu.

Sie verstand, was er meinte. Ob nicht schon genug passiert war, ob Luzie die Nachricht vom Tod ihres Vaters verkraften würde? Aber Sonja hatte die Nase voll von Notlügen und Heimlichtuerei. Jahrelang hatte sie ihrer Tochter alles, was ihren Vater betraf, vorenthalten. Damit war jetzt Schluss.

»Dein Vater hieß Antonio di Napoli«, sagte sie so sachlich wie möglich. »Er war Journalist und hat diese Unterlagen gesammelt und uns geschickt. Kurz darauf wurde er in Neapel erschossen. Als du geboren wurdest, war er schon nicht mehr am Leben.«

»Er ist ... tot?«, wiederholte Luzie mit aufgerissenen Augen. »Ich habe ... nach einem Toten gesucht? Ich ...« Sie starrte Sonja an und flüsterte: »Hast du das gewusst?«

Sonja schüttelte den Kopf. Sie konnte nichts sagen. Hinter einem Tränenschleier sah sie, wie Luzie stumm die Arme ausbreitete. Sie hielten sich lange Zeit eng umschlungen. Bis Luzie sich ruckartig aus der Umarmung löste, sich kerzengerade aufsetzte und mit beängstigender Klarheit in stockendem Italienisch sagte:

»Wenn das so ist, dann hat Franco Fusco meinen Vater umgebracht. Er wusste, dass ich seine Tochter bin. Er hat gesagt, mein Vater sei Wissenschaftler. Er hat gesagt, er sei für ein paar Monate auf Reisen ...« Ihre Stimme wurde schriller, auf Deutsch fuhr sie fort: »Er hat mir gegenüber so getan, als wäre mein Vater noch am Leben! Warum? Warum hat er mir nicht gesagt, dass mein Vater tot ist? Kapiert ihr das? Ich nicht. Er ist der Mörder, es kann gar nicht anders sein ...«

Sonja übersetzte, dann warfen sie und Gentilini sich einen weiteren kurzen Blick zu, der besagte: Sie hat Recht. *Ha ragione.* Aber warum sollte Franco Fusco seinen guten Freund erschossen haben? *Perchè*?

35

Das Appartement, von dem Striano gesprochen hatte, war eine von drei kleinen Wohnungen in einem Appartementhaus in Capo Miseno. Direkt vor der Tür lag ein mindestens drei Kilometer langer Sandstrand, der an beiden Enden von hohen Felsen begrenzt wurde. Das Haus war direkt an den Fels gebaut. Man konnte es nur vom Strand aus oder über eine gut einsehbare Straße erreichen.

»Die Wohnung gehört meinem Sohn«, sagte Striano, als sie vor dem Haus hielten. »Er lebt in Brüssel und kommt nur in den Ferien. Hier wird uns garantiert niemand suchen.«

Als die Tür zu der Wohnung hinter ihnen ins Schloss gefallen war, schob Gentilini von innen einen schweren Eisenriegel vor.

»Sperrst du uns ein?«, fragte Sonja.

»Er sperrt andere aus«, erwiderte Striano lakonisch. Dann verzogen er und Gentilini sich ins Wohnzimmer, um die Aufzeichnungen gründlich durchzugehen, etwa achtzig Seiten, mit denen sie eine Weile beschäftigt sein würden.

In einem der Küchenschränke fand Sonja Kaffeepulver und setzte als Erstes eine Espressokanne auf. Luzie entdeckte eine ungeöffnete Packung Pan di Stelle von Mulino Bianco.

»Abgelaufen im Dezember 2004«, bemerkte sie und riss die Kekstüte auf. »Der Hunger treibt's rein.«

Sie versorgten auch die beiden Ermittler mit Espresso und Keksen, setzten sich dann auf den erkerähnlichen Balkon, von wo aus sie die Straße im Blick hatten.

Es würde Monate dauern, bis das Erlebte von den vielen Schichten des Bewusstseins und der Seele durchgesiebt und einigermaßen geklärt war und langsam bis auf den Boden der Erinnerung sacken konnte, aber Reden half. Nicht immer, aber jetzt. Sonja erzählte von ihrer Ankunft in Neapel, wie Gentilini sie überraschend am Flughafen abgeholt hatte, von den beiden Toten in den Quartieri Spagnoli und wie sie zunächst ziemlich hilflos begonnen hatte, Luzies unsichtbare Spuren aufzunehmen und an jeder zweiten Straßenecke gedacht hatte, jetzt böge sie gleich um die Ecke. Luzie berichtete von ihrer Ankunft, von den ersten Tagen, wie sie Claudia und Libero kennen gelernt und versucht hatte, ihren Vater ausfindig zu machen. Vor allem über Antonio wollte Luzie alles wissen, und Sonja erzählte von Venedig und von Antonios Besuch in Hamburg und von ihrer Begegnung mit Vittorio, seinem Bruder. Es gab so vieles, was sie nicht voneinander wussten. Und auch manches, was sie sich nicht erzählten.

»Ich bin in Neapel durch die Straßen gelaufen und habe mir die Männer in seinem Alter angesehen und gedacht: der da sieht okay aus, der könnte es sein, oder: der da nicht, bloß nicht, bitte nicht!«, sagte Luzie. »Als ich klein war, habe ich mir eine Zeit lang meine Traumväter zusammengemixt, eine Prise von dem und eine Prise von dem …«

»Das hast du mir nie erzählt …«, sagte Sonja.

»Warum auch?«

»Weil … Ja, warum auch«, wiederholte Sonja hilflos. Hätte sie früher nach Antonio gesucht, wenn sie die Sehnsucht ihrer Tochter nach einem greifbaren Vater ernst genommen hätte? Die Antwort lautet eindeutig: nein.

»Mein Traumvater war anders als die Väter meiner Freundinnen, nicht streng und nicht cholerisch. Er saß nicht am Wochenende vor der Sportschau und hat mich nie gefragt, ob ich die Hausaufgaben gemacht habe. Er war Filmschauspieler oder Tennistrainer, Arzt in Indien, Huskyzüchter, Hoteldetektiv, Antarktisforscher, Barkeeper, je nachdem. Vom Meerkönig bis zum Popstar war alles vertreten. Meine absolute Lieblingsfigur war der Kapitän auf einem großen Schiff namens Neapel, das mit Träumen handelte«, sagte Luzie lächelnd.

»Ein aussichtsreiches Geschäft«, grinste Sonja.

»Er musste nur die Träume im richtigen Moment an den richtigen Ort transportieren, und das geschah auf diesem riesigen Schiff. Man konnte einen Traum gegen einen anderen eintauschen: Träume von Eisbergen gegen Träume von Kokospalmen, Träume von Heringsschwärmen gegen Träume von Bananenstauden ... Mein Vater war der Kapitän, ohne ihn ging gar nichts, und als Lohn durfte er den schönsten Traum für sich behalten, und welcher das war, wusste immer nur ich allein.« Luzies Blick wurde traurig. »Schade, dass ich ihn nicht mehr kennen lernen kann, nicht den Traumvater, sondern meinen wirklichen Vater.«

»Du kannst die Artikel lesen, die er geschrieben hat. Vittorio, dein Onkel, hat sie alle gesammelt. Außerdem gibt es ein dickes Fotoalbum. Du hast jetzt auch eine Tante in Florenz und zwei, nein drei Cousins und eine echt neapolitanische Großmutter ...«

In dem Moment tauchten die beiden Männer auf dem Balkon auf.

36

»Und, wie viel Dynamit habe ich hoch auf den Stromboli geschleppt?«, fragte Luzie. Auch wenn es mit der Grammatik noch haperte, konnte sie inzwischen trotzdem eine Menge auf Italienisch ausdrücken.

Gentilini lächelte. »Eine ganze Menge, aber die Ladung war schon entschärft.«

Luzie kniff die Augen zusammen. »Was soll das heißen?«

»Die Unterlagen sind zwanzig Jahre alt. Damals waren sie hochbrisant.«

»Inzwischen hat aber der Zahn der Zeit daran genagt wie an den Keksen«, ergänzte Striano und verzog das Gesicht.

»Jetzt mal im Ernst«, drängelte Sonja. »Was steht in dem Manuskript? Was habt ihr rausgefunden?«

»Viele der Personen, die in den Unterlagen belastet werden, sind längst tot«, sagte Striano. »Einige wurden erschossen, einer stürzte mit dem Auto ins Meer, einige starben im Bett, andere im Krankenhaus.«

»Und der Rest sitzt seit Jahren im Gefängnis«, ergänzte Gentilini. »Bis auf ganz wenige Ausnahmen.«

»Lasst mich raten – einer davon ist der alte Fusco?«, fragte Sonja.

Beide Männer nickten.

Antonio di Napoli hatte die von ihm recherchierten Informationen über einen Zeitraum von fünf Jahren akribisch zusammengetragen und dokumentiert. Die große Klammer waren die Abermilliarden Lire, die nach dem Erdbeben von 1980 nach Neapel und in die Region Kampanien geflossen waren. Di Napoli hatte alles herausgefunden: An wen die Gelder jeweils adressiert waren, wo sie angekommen waren, wofür sie angeblich und wofür sie tatsächlich eingesetzt wurden. Er hatte Namen von Firmen und Firmenbesitzern notiert, Scheinfirmen mit Sitz in Norditalien aufgedeckt. Er hatte penibel aufgelistet, was die Gerüste kosteten, mit denen die erdbebengeschädigten Häuser in den Gassen vieler Viertel abgestützt wurden, er wusste, wem die Container gehörten, in denen die Erdbebenopfer über Jahre wohnten, ohne dass ihre

Häuser jemals instand gesetzt wurden und ohne dass man ihnen neue Unterkünfte angeboten hatte; er kannte die Namen der Hausbesitzer, die Geld für Reparaturen eingestrichen hatten, die faktisch nie ausgeführt wurden, die Namen der Firmen, die Geld für umfangreiche Bauarbeiten kassierten, die nur auf dem Papier stattgefunden hatten, die Namen diverser drahtziehender Camorrabosse, bestochener Politiker, korrupter Verwaltungsleute. Es war ein Sumpf ohne Ende.

Das Ganze las sich wie eine Generalprobe der Tangentopoli-Prozesse in den frühen Neunzigerjahren. Und di Napolis Unterlagen verwiesen immer wieder auf den Namen eines unbescholtenen Mannes, dessen weiße Weste im nicht gerade blütenweißen Rechtssystem Neapels beinahe schon als legendär galt: der bekannte und einflussreiche Oberstaatsanwalt Gaetano Fusco. Er hatte offenbar jahrzehntelang eine Art Doppelleben geführt – als wortgewaltiger Verfechter von Demokratie, Recht und Gerechtigkeit einerseits und als klammheimlicher Anwalt und Unrechtsberater zweier Camorraclans. Vor allem in den frühen Achtzigerjahren hatte er wieder und wieder das Recht gebeugt und auch routinemäßig inopportune Beweismittel – wie im Fall Antonio di Napoli – verschwinden lassen. Im Gegenzug war er offenbar mehr als reich entlohnt worden. Auch das hatte di Napoli aufgelistet: Nachweise über Geldtransfers zugunsten von Gaetano Fusco beziehungsweise seiner Ehefrau, die Existenz eines Schweizer Bankkontos, den Erwerb von erstklassigen Grundstücken und Wohnungen, für die Fusco einen Spottpreis zahlte. Di Napoli hatte das alles herausgefunden und fein säuberlich dokumentiert. Auf der letzten Seite sprach er von dem Plan, seine Unterlagen in mehreren überregionalen Zeitungen zu veröffentlichen und dass er bereits erste entsprechende Kontakte geknüpft habe.

»Offenbar«, so schloss nun Striano, »hat di Napoli mit dieser groß angelegten Recherche Fuß in der italienischen Medienwelt fassen wollen. Für seine Cronaca-Berichte bekam er ja nicht mehr als ein lausiges Zeilenhonorar. *Aufstieg* hieß sein Antrieb. Nur hat er dabei leider den Preis aus den Augen verloren, den er dafür bezahlen musste.«

»Den Preis und die Gefahr«, ergänzte Gentilini.

»Antonio war kein sensationsgeiler Reporter, der notfalls auch über Leichen geht«, protestierte Sonja. »Ich habe mit seinem Bruder gesprochen. Die Wohnung seiner Familie wurde beim Erdbeben zerstört, sie haben jahrelang in einem Containerdorf gewohnt. Antonio hat genau gewusst, wovon er schreibt und wofür er schreibt! Er wollte die Schweinereien aufklären, das war alles!«

Sie spürte, dass sie einen hochroten Kopf bekommen hatte. Hört, hört, dachte sie, ich verteidige Antonio, über den ich im Grunde gar nichts weiß, nur damit er vor meiner Tochter gut dasteht.

»Mag schon sein«, brummte Striano eher unwirsch. »Ist ja auch egal.«

»Nein, das ist ganz und gar nicht egal«, sprang Luzie ihrer Mutter bei.

»Die Frage wird sich vermutlich sowieso nie klären lassen«, sagte Gentilini beschwichtigend. »Aber zur Sache. Es geht um Gaetano Fusco. Nehmen wir einmal an, dass er sich vor zwanzig Jahren so vor diesen Unterlagen gefürchtet hat, dass er di Napoli ermorden ließ. Wovor fürchtet er sich *heute* noch so sehr, dass er ein zweites Mal einen Killer losschickt?«

»Er hat in seinem Leben alles erreicht, was ein Mann

erreichen kann – vorbildliche Karriere, Einheirat in eine alteingesessene Familie, Villa in Posillipo, Haus auf Capri, Wohnung in Sankt Moritz, und seit zwei Jahren ist er pensioniert. Aber wovor fürchtet er sich dann? Sein scheinbar perfektes Leben hat *einen* Haken: So ein Mann kann nicht aufhören. Ich weiß, wovon die Rede ist. Ich bin selbst pensioniert. Also hat Fusco nach wie vor Ambitionen«, sagte Striano. »Große Ambitionen. Aus verlässlicher Quelle weiß ich, dass er für die Cristiani Democratici Uniti kandidieren will. Die haben ihn mit offenen Armen empfangen, schließlich gilt er politisch als *der* Saubermann schlechthin. Selbst wenn di Napolis Funde Schnee von gestern sind, wäre es sein Ende, wenn diese Unterlagen an die Öffentlichkeit gelangten. Die Enthüllungen würden alles zunichte machen, was Fusco sich aufgebaut hat. Ich kenne Fusco aus jahrelanger Polizeiarbeit und habe ihn oft vor Gericht erlebt – er ist eiskalt und berechnend. Ein Machtmensch. So einer geht ohne mit der Wimper zu zucken über Leichen.«

»Aber warum hat Antonio diese Unterlagen ausgerechnet an mich geschickt?«, fragte Sonja.

»Bei dir wären die Enthüllungen in Sicherheit gewesen«, sagte Gentilini. »Niemand hätte ausgerechnet im fernen Hamburg danach gesucht.«

Striano nickte. »Vielleicht war es für di Napoli eine Art Rückversicherung, ein Zukunftsplan. Vielleicht hatte er, nachdem er erfuhr, dass er Vater wird, seine Pläne geändert. Vielleicht wollte er seine Informationen auf ganz andere Weise nutzen als durch eine publizistische Veröffentlichung, ähnlich wie Zazzera ...«

Als er sah, dass Sonja schon wieder protestieren wollte, öffnete er ratlos die Arme. »Alles reine Spekulation.

Wir wissen es nicht und werden es auch nie wissen. Was wir in der Hand haben, sind nur Kopien. Wir wissen nicht einmal, ob die Verbrecher das Original gefunden haben, als sie damals die Wohnung der Wohngemeinschaft, in der di Napoli lebte, auseinander genommen haben. Zwanzig Jahre lang war jedenfalls Ruhe. Plötzlich meldet sich Libero Zazzera bei Fusco und versucht ihn zu erpressen. Sofort weiß Fusco, dass eine Kopie dieser Unterlagen in Umlauf ist – und er wird unter Garantie nicht eher ruhen, bis er sie in die Finger bekommt. Was die beiden Motorradfahrer von heute früh deutlich genug unter Beweis stellen.«

»Wer hat Libero auf dem Gewissen?«, fragte Luzie.

»Wir haben einen Mann verhaftet, bei dem wir die Tatwaffe gefunden haben«, erklärte Gentilini. »Benito Abruzzese, ein lange schon polizeilich gesuchter Auftragskiller. Allerdings schweigt er sich noch immer eisern über seinen Auftraggeber aus.«

»Ebenfalls Fusco?«

»Sicherlich nicht so direkt. Fusco ist nicht dumm. Aus jahrzehntelanger Ermittlungsarbeit weiß er genau, wie so etwas erledigt wird. Es braucht nicht viel, um sich von der Camorra einen Killer auszuleihen. Wenn wir ein bisschen tiefer schürfen, wird es uns wie Schuppen von den Augen fallen, in wie vielen Prozessen der alte Fusco seine Finger im Spiel hatte und wem das massiv oder auch nur indirekt genützt hat. In der neapolitanischen Unterwelt ebenso wie in der Halbwelt und der so genannten feinen Gesellschaft gibt es garantiert diverse Leute, bei denen Gaetano Fusco noch immer ein Riesenguthaben an offenen Gefallen hat. Mit anderen Worten kann er jederzeit auf Schützenhilfe rechnen.«

»Und ihr glaubt, er hat auch die Motorradfahrer geordert, die Luzie und das Manuskript am Kai abfangen sollten?«, fragte Sonja.

Gentilini nickte. »Er hat viel zu verlieren. Seinen ungestörten Lebensabend.«

»Seine weiße Weste.«

»Aber woher wussten seine Handlanger, dass Luzie heute früh mit dem Schiff ankommen würde?« Sonja sah Gentilini an. »Das war doch nur uns beiden bekannt.«

Gentilini schob den Unterkiefer vor. »Tja, eben nicht nur. Da ist auch noch die Polizeidienststelle auf Stromboli. Und da sind auch noch meine Kollegen in Neapel, bei denen die Nachricht Zwischenstation gemacht hat, bevor sie mich erreichte. Wir vermuten schon lange, dass es bei uns mindestens eine undichte Stelle gibt.« Er warf Striano einen viel sagenden Blick zu.

»Piselli?«, fragte Striano. »Oder Cava?«

Gentilini wiegte den Kopf. »Weiß nicht. Massone vermutet etwas in der Richtung, aber ich bin mir nicht sicher.«

»Ich habe gehört, dass Pisellis Mutter letztes Jahr schwer krank war, sie musste in Frankreich operiert werden. So was kostet ein Vermögen«, sagte Striano.

In der Ferne näherte sich ein Auto. Gentilini gab den Frauen ein Zeichen, sich in die Wohnung zurückzuziehen – sie konnten nicht vorsichtig genug sein. Durch ein Fernglas beobachtete er das Geschehen. Der Fiat parkte auf halber Strecke am Straßenrand. Aus den Türen quoll eine sechsköpfige Familie samt Strandutensilien, Kühltasche, Klappstühlen. Es war kurz nach neun, es war Wochenende. Der Strand würde sich ziemlich schnell mit Badegästen füllen, das machte die Kontrolle über die Straße schwieriger. Sie mussten wachsam sein. Sie mussten eine Entscheidung treffen, was nun geschehen sollte.

Zu einem ähnlichen Ergebnis waren auch Luzie und Sonja gekommen.

»Und was jetzt?«, fragte Luzie, als die beiden Frauen wieder auf den Balkon hinaustraten.

Sonja stemmte die Hände in die Hüfte. »Ich meine, sollen wir die nächsten Monate hier auf der Lauer liegen und uns an der schönen Aussicht ergötzen, bis keine Motorradfahrer mehr hinter uns her sind? Wieso könnt ihr Fusco nicht einfach verhaften?«

Gentilini und Striano sahen sich an. Ihr Blick drückte Resignation und Bedauern aus.

»Was soll das heißen?«, fragte Sonja deutlich irritiert.

Gentilini schwieg betreten und sah erneut seinen Kollegen an. Striano war der ältere, erfahrenere von beiden. Er hatte über vierzig Jahre lang gegen das organisierte Verbrechen gekämpft. Er hatte diesen Kampf überlebt, das war vielleicht schon einer der größten Erfolge, die hier zu verzeichnen waren. Er hatte mitgeholfen, einige wichtige Leute hinter Gitter zu bringen. Seinen kleinen Machtbereich kannte er wie seine Westentasche, vor allem aber dessen Grenzen. Der pensionierte Kommissar strich sich über den nicht vorhandenen Bart.

»Sagen wir mal so: Wir fürchten, dass die Unterlagen für eine Anklage nie und nimmer ausreichen.«

»Wieso?«, riefen beide Frauen wie aus einem Munde.

»Soll mein Vater das alles völlig umsonst herausgefunden haben?«

Striano zögerte, wählte seine Worte dann sorgfältig. »Das Material ist gut, di Napoli hat bemerkenswert lückenlos recherchiert und wichtige Informationen zusammengetragen, und eine Veröffentlichung wäre auch heute noch fatal. Für seinen gesellschaftlichen Ruf. Aber vor Gericht kämen wir damit nicht durch.

Gentilini übernahm jetzt das Wort. »Es stellt sich noch eine ganz andere Frage.« Er sah niemanden direkt an, blickte vage in Richtung Meer, Strand, Horizont. »Woher wusste Fusco überhaupt, dass er in den Unterlagen belastet wird?«

»Durch Libero natürlich«, sagte Sonja, »das habt ihr doch vorhin selbst gesagt.«

»Richtig, aber damals? Woher wusste er *damals*, als Antonio di Napoli noch lebte, was in den Unterlagen stand, bevor sie überhaupt irgendwer zu Gesicht bekommen hatte? Also *vor* dem Mord an di Napoli? Woher zum Teufel wusste er, dass die Dokumente *ihn* belasten?« Gentilini sah in die Runde. Ihm war anzusehen, dass er noch nicht fertig war.

»Machen wir uns die Reihenfolge noch einmal klar: di Napoli recherchiert und stößt auf diverse kleine Pulverfässer. Er will die Sachen veröffentlichen, tut es dann aber doch nicht, sondern vertraut eine Kopie von dem Zeug der italienischen Post an, ein zweifelsohne mutiger Akt. Nach mehreren Monaten Irrfahrt landet der Umschlag wohlbehalten in Hamburg und wird dort postwendend auf einen Dachboden verfrachtet. Hat zu Lebzeiten Antonios irgendwer die Unterlagen zu Gesicht bekommen? Es hätte alles ebenso gut eine große Luftblase sein können. Vermutlich wusste niemand Genaues. Niemand konnte wissen, was di Napoli rausgefunden hatte, wen er belastet hat und mit welchen Beweisen. Dass di Napoli Material für einen Enthüllungsknüller gesammelt hatte, ist erst *nach* dem Mord herausgekommen, als ein Kollege von der Zeitung in einem Artikel das geheimnisvolle Manuskript erwähnt hat. Klar, in einer Redaktion wird den lieben langen Tag geredet. Wahrscheinlich hat di Napoli Andeutungen gemacht, mehr nicht. Erstens kannte er die

Gefahr, zweitens hätte er einen Teufel getan, das wertvolle Material der Konkurrenz zu überlassen. Aber schon *vor* dieser Zeitungsnotiz hatte jemand seine Wohnung auf den Kopf gestellt. Also wusste definitiv irgendwer Bescheid. Aber wer?«, fuhr Gentilini fort. »Wer wusste, was in den Unterlagen stand? Mit wem hat Antonio di Napoli darüber gesprochen? Es muss ein Vertrauter von ihm gewesen sein.«

»Jemand aus der Familie«, schlug Luzie vor.

»Vittorio jedenfalls nicht«, sagte Sonja. »Ich tippe eher auf einen Freund. Einen guten Freund. Wie zum Beispiel ...«

»... Franco Fusco. Der Sohn des Mannes, der in Antonios Unterlagen stark belastet wird.«

»Du meinst, Franco hat davon erfahren und seinen Vater gewarnt? Und sein Vater hat Antonio dann umbringen lassen ...?«

»Ich habe doch vorhin schon gesagt, dass mit dem irgendwas nicht stimmt«, sagte Luzie. »Ich frage mich immer wieder, wieso er so getan hat, als wäre mein Vater noch am Leben. Er hätte doch einfach sagen können, dass er seit zwanzig Jahren tot ist, oder? Warum hat er das nicht getan? Was sollte das?«

Die beiden Männer zuckten ratlos die Schultern.

»Aus Angst«, murmelte Sonja.

»Wovor? Dass ich losheule und er mich trösten muss?« Luzie warf den Kopf zurück. »Ich will euch was sagen: Ich werde mich mit ihm treffen. Ich werde ihn einfach fragen. Irgendeine Antwort muss er mir ja geben.«

»Das wirst du nicht«, sagte Sonja empört.

»Doch, das werde ich.«

Mutter und Tochter sahen sich an, beide bemerkten die Veränderung. Luzie war gewachsen. Nicht äußerlich, denn was die Körpergröße anging, hatte sie Sonja schon vor drei Jahren überholt – nein, anders, Luzie war innerlich gewachsen und hatte dabei ihre alte Haut abgestreift, ihre Teenagerhülle, ihre Tochterhaut. Auch jetzt war sie noch Tochter, Sonjas Tochter, aber sie war auch Luzia Zorn, die ihren Weg ging. Die ihren Weg auch dann gehen würde, wenn ihre Mutter einen anderen vorschlug oder sich mit Tränen und Besserwissereien quer stellte. Sonja wiederum war nach wie vor Luzies Mutter, aber sie wusste, sie würde nicht mehr versuchen, hinter ihrer Tochter herzulaufen und sie zu überholen und sich ihr in den Weg zu stellen, um sie aufzuhalten. Sie würde, manchmal schweren, manchmal leichteren Herzens, ihr eigenes Leben leben und wachen und zum Abschied winken und ebenso da sein, wenn Luzie wiederkam.

»Und das Manuskript?«, fragte Sonja.

»Ich nehme es mit und gebe es ihm«, sagte Luzie. »Dann ist es wieder in der Familie. Dann kann er es seinem Vater geben. Soll der doch damit machen, was er will. Gute Idee, oder? Mein Vater wird so oder so nicht wieder lebendig.«

37

Es war ein strahlender Sonntagvormittag Ende Mai. Der Gottesdienst war längst vorbei, zahlreiche Touristen und Neapolitaner waren unterwegs zur alten Festung und zum Borgo Marinaro. Vielköpfige Gruppen und Familien flanierten auf dem Gehweg des Lungomare, Kinder in sommerlicher Sonntagskleidung spielten Fangen, balancierten auf der Ufermauer oder kletterten über die Felsbrocken am Strand, und die ambulanten Kioske machten ein gutes Geschäft mit Getränken, Eis, Taralli und anderen Leckereien.

Es war Viertel nach elf. Luzie wartete in der Mitte der dammähnlichen Brücke, die vom Festland zum Hafen von Santa Lucia auf der ehemaligen Lieblingsinsel Lukulls führte.

Lässig schlenderte Franco Fusco auf sie zu, die Hände in den Hosentaschen, auf die Minute pünktlich, allerdings aus der Richtung des Castel dell'Ovo kommend. Sie registrierte Fuscos leichtes dunkelblaues Leinensakko, darunter ein weißes T-Shirt, Edeljeans, saloppe Slipper aus weichem Leder. Er sah aus wie einer der Bootsbesitzer aus dem Yachthafen von Mergellina oder an der Alster, ein Lächeln auf den Lippen, das sich im Besitz der ganzen Welt wähnte.

Man könnte ihn glatt mit einem Gentleman verwechseln, dachte Luzie.

Aber die Augen, als er die Sonnenbrille abnahm – die Augen waren glasig, der Blick starr. Die Augen lächelten nicht. Es lag etwas Unheimliches darin, etwas Unentschiedenes, Zwiefaches. Es konnten die Augen eines Mörders sein. Oder die eines Verrückten. Auf jeden Fall nicht die eines Freundes. Luzie fröstelte trotz der Wärme, die in der Luft zerfloss.

Franco Fusco neigte zur Begrüßung leicht den Kopf. *»Buon giorno, Lucia.«*

»Buon giorno, Franco.«

»Come stai?«

»Bene, e tu?«

»Gehen wir ein Stück?« Er zeigte auf die Insel und die bunten Fischerboote und machte Anstalten, sich bei ihr einzuhaken, aber sie trat rasch einen Meter zur Seite und verschränkte die Arme vor der Brust.

Auf einmal schlug ihr das Herz bis zum Hals. Die ganze Zeit vorher, Samstagnachmittag, in der Nacht, auch am frühen Morgen, war sie sich ihrer Sache so sicher gewesen. »Ich bin eben ein Prüfungstyp«, hatte sie noch beim Frühstück vor sich selbst aufgetrumpft – doch jetzt zerbröckelte ihre aufgesetzte Fassung mit einem Schlag. Sie hoffte nur, dass Franco ihr die Aufregung nicht ansah. Dass er ihr Herz nicht rasen hörte.

Wie gut, dass sie sich wenigstens über Mikro mit Gentilini und Sonja verbunden wusste, die sich ganz in der Nähe postiert hatten und sie im Auge behielten. Gentilini und Striano waren am Anfang skeptisch gewesen, dann hatten sie sich nach und nach für Luzies Plan erwärmt. Allerdings hatten sie darauf bestanden, zu ihrem Schutz ein Dutzend Polizisten in Zivil auf der Brücke, am Hafen und auf dem Borgo Marinaro zu postieren, getarnt als Angler, Sonntagsspaziergänger, Segler, Familienväter ohne Kinder. Sie hatte gelacht – jetzt war sie plötzlich froh darüber.

Sie hatte keine Angst, dass Franco sich von einem Moment auf den anderen auf sie stürzen würde. Nicht in aller Öffentlichkeit. Und warum auch? Sie hatte am Telefon gesagt, sie wolle seiner Familie etwas zurückgeben, was ihnen allen sehr viel wert sei. Keine Bedingungen, aber Franco müsse allein kommen. Unbedingt. Sonst würde nichts daraus. Das größte Risiko bestand darin, dass Franco womöglich trotzdem seinen Vater über das bevorstehende Treffen mit Luzie informiert hatte.

»Schöner Tag heute. Du warst verreist?«, sagte Franco. Es klang weniger nach einer Frage als nach einer Feststellung.

»Auf Stromboli«, erwiderte Luzie. Sie versuchte einen lockeren Ton anzuschlagen, ihre Aufregung in den Griff zu bekommen, aber es misslang.

»Ich weiß.« Er sah sie nicht an, sondern blickte durch seine Sonnenbrille an ihr vorbei. Das eigentümlich starre Lächeln wich nicht von seinem Mund.

»Woher ...?«

»Mein Vater hat mich informiert«, sagte Franco.

Ihr Herz zog sich zusammen. Sie hatten die Brücke hinter sich und steuerten nun an dem ersten Restaurant vorbei auf die Stege mit den Fischerbooten zu. Überall waren Menschen, echte und falsche Passanten. Sie waren nicht allein. Zu wissen, dass Gentilinis Leute sie im Auge behielten, gab Luzie ein wenig Sicherheit.

»Wieso dein Vater?«, fragte sie tapfer. »Der kennt mich doch gar nicht.«

»Mein Vater kennt jeden«, sagte Franco, und es hörte sich großspurig und kleinlaut zugleich an. »Er sieht alles, er weiß alles, er findet alles heraus. Man kann ihm nicht entkommen.«

Der spinnt doch, dachte Luzie. Der hat eindeutig ein Kindheitstrauma, der Alte hat ihn bestimmt bei irgendwas Blödem erwischt, beim Onanieren oder beim Bettnässen oder Geldklauen. Mit irgendetwas musste sie sich Mut machen.

»Er hat mich gefragt, wem ich die Wohnung in der Via Palepoli vermietet habe – einer Deutschen, habe ich gesagt – heißt sie Luzia Zorn, hat er gefragt – warum fragst du, wenn du es schon weißt, habe ich gesagt – ist sie Antonios Tochter, hat er gefragt – ja, habe ich gesagt ...«

Es war entsetzlich, wie er redete. Es hörte sich an wie eine Litanei.

Franco Fusco blieb stehen, packte Luzie an den Oberarmen. »Aber keine Angst, er wird dir nichts tun, Luzia Zorn, dir nicht, ich beschütze dich!«

Luzie machte sich frei.

»Du hast mich belogen«, sagte sie leise, aber bestimmt. Sie blieben nebeneinander stehen und blickten auf das Wasser und die bunten Fischerboote, und wer den Satz nicht gehört hatte, wie Sonja und Gentilini, hätte denken können, dass die attraktive junge Frau soeben einen banalen Sonntagvormittagssatz der Sorte »Wo gehen wir heute essen, Schatz« von sich gegeben hatte.

»Du hast mich belogen«, wiederholte Luzie. »Antonio ist seit zwanzig Jahren tot!«

Er sah sie nicht an. Er starrte dem Satz hinterher, den sie wie einen Kiesel über die glatte Wasseroberfläche geditscht hatte. Der Satz versank, aber im Versinken produzierte er Kreise, immer weitere Kreise, die sich durch sein Hirn fraßen und ihn ganz verrückt machten.

»Warum?«, fragte Luzie. »Warum? Ich verstehe das nicht. Warum hast du mir nicht gesagt, dass er tot ist? Es hätte doch nichts geändert!« Bei den letzten Worten war ihre Stimme lauter geworden, und ein unbeteiligter Beobachter hätte vielleicht denken können, dass hier eine klitzekleine Auseinandersetzung stattfand, wie es sie in allen Familien und Paaren gab, vorzugsweise am Sonntag.

Noch mehr Kiesel und noch mehr Kreise, immer mehr Kreise. Verwirrt sah Franco Fusco sie an, als hätte er die Sache noch nie von dieser Seite betrachtet. Er nahm die Sonnenbrille ab, sein Blick spiegelte kindliches Erstaunen, sie registrierte jetzt erst, dass er sich beim Rasieren offenbar geschnitten hatte. »Du hast Recht«, murmelte er. »Es hätte nichts geändert.«

»Hattest du Angst, dass ich zusammenbreche und anfange zu heulen, ist es das? Kannst du keine weinenden Frauen ertragen?«

Neinneinnein, er schüttelte heftig den Kopf und blickte wieder auf das Wasser, als suche er nach einem Anhaltspunkt, nach etwas, woran er sich festhalten könnte, eine Boje, ein Boot, das ihn mit fortnähme.

»Wie konntest du mir nur erzählen, dass Antonio auf einer langen Reise ist!«, fuhr Luzie fort. Sie spürte die Tränen, die in ihrer Stimme vibrierten, aber auch die Wut, die sie festigte.

»Aber er *ist* doch auf einer langen Reise«, sagte Franco Fusco überrascht, »auf einer sehr langen Reise. Ich selbst habe ihm das Ticket dafür besorgt ...«

Luzie schwieg verblüfft. Sie wartete. Franco setzte sich wieder in Bewegung, er achtete nicht mehr darauf, ob sie ihm folgte oder nicht. Er ging weiter am Ufer entlang, bis sie zu einer Stelle kamen, an der ein älterer Angler soeben sein Angelzeug zusammenpackte. Franco beugte sich über den Eimer des Anglers. »Was gefangen?«

»Eine Dorata und eine kleine Meeräsche«, erwiderte der Mann kurz angebunden.

»Ich gehe auch gern angeln«, sagte Franco, so wie ein Kind zu einem anderen sagt, dass es auch einen Gameboy hat. Der Mann reagierte nicht. Franco ging weiter, Luzie folgte ihm. Direkt vor einer Pinie, die am Rand der Uferbefestigung wuchs, blieb er stehen, umfasste ihren Stamm mit beiden Händen und murmelte bewundernd: »Du bist aber groß geworden seit damals.« Dann ging er wieder zurück zur Wasserkante. »Genau hier war es. Hier haben wir oft zusammen geangelt.«

Luzie brauchte nicht zu fragen, wen er meinte. Sie wusste es. Sie hielt die Luft an. Franco schien ihr etwas zeigen zu wollen. Sie musste nur warten.

»Hier waren wir auch an dem Morgen, als es passierte. Es kommt mir vor wie gestern. Ist das wirklich schon so lange her?« Er schlug die Stirn in Falten und sah schrecklich unglücklich aus.

»Zwanzig Jahre«, sagte Luzie. Es war offensichtlich, dass Franco Fusco ziemlich neben der Spur war. Er wirkte verwirrt. Irgendetwas stimmte nicht mit ihm.

»So lange ist das schon her«, staunte er. »Wie die Zeit vergeht. Wir haben hier gestanden und ...«

»Ist er ... ist das hier die Stelle, wo ...?«, fragte Luzie.

Franco Fusco nickte andächtig. »Hier ist es. Hier ist er aufgebrochen zu seiner großen Reise. Wie oft habe ich mir gewünscht, er hätte mich mitgenommen, ich war doch da, direkt neben ihm, aber leider hatte ich nur ein einziges Ticket besorgt ...«

Und Franco Fusco begann zu reden, als hätte er in seinem Innern auf einen Knopf gedrückt und eine Schallplatte in Gang gesetzt, eine Schallplatte mit einer einzigen langen Rille, und man durfte nicht eingreifen und unterbrechen, sonst würde sie nie zu Ende durchlaufen können. Luzie musste warten und sich anhören, was es anzuhören gab, auch wenn sie nicht alles verstand.

Wie eine Litanei, dachte Luzie erneut, Franco redete, sprach, betete, sang, in einer fast gleichbleibenden Tonlage ohne Höhen oder Tiefen, ohne Pausen oder hörbare Satzzeichen ...

Antonio habe ihm nie geschrieben, keine einzige Postkarte in all den Jahren von dieser langen Reise, ein treuloser Freund. Aber dann sei eines Tages sie aufgetaucht, Luzie, die Tochter seines Freundes, ganz plötzlich, ohne Ankündigung. Aus dem Nichts heraus hatte sie nach ihrem Vater gefragt, nach Antonio, der doch auf Nimmerwiedersehen auf dem großen Meer des Lebens verschwunden war, und alles war wieder aufgewirbelt worden, all der Dreck, der in zwei Jahrzehnten auf den Meeresboden gesunken war und sich dort abgelagert hatte zwischen Algen und Muscheln und Steinen. Die Erinnerung war aufgewirbelt worden und hatte Franco in schlaflosen Nächten mit Bildern erstickt: er und Antonio im Autoscooter, er und Antonio nebeneinander in der Schulbank, beim Abschreiben der Hausaufgaben in der Pause, er und Antonio beim Zelten in den Bergen, am Meer, beim Rauchen eines Joints, bei einer Friedensdemonstration, er und Antonio mittags in der Mensa und abends in der einen Bar und morgens in einer anderen, er und Antonio beim Angeln, ein Espresso vor dem Angeln und einer danach.

»Die Stille am Morgen«, sagte er, »Antonio hat sie gebrochen. Die Stille beim Angeln.« Er hielt sich die Ohren zu.

»Dein Vater«, hatte Antonio eines Morgens in die Stille hinein gesagt: »Dein Vater steckt da ziemlich tief mit drin, ich wollte nur, dass du das weißt«, dann war er wieder still. Franco hatte genickt, danke, *va bene*.

Aber nichts war gut gewesen, der Satz hatte ihm auf immer den Tag verdunkelt und auf immer die Stille genommen, so oft und in so vielen Varianten war dieser eine Satz vor seinem geistigen Auge auf und ab geflattert, ein Schwarm Heuschrecken, der den Himmel verdunkelte. Dieses *Dein Vater steckt da ziemlich tief mit drin, ich wollte nur, dass du das weißt*, hatte eine Bedeutung, eine einzige Bedeutung: Dreck am Stecken. Sein Vater hatte Dreck am Stecken, sagte Antonio, was überhaupt nicht möglich war, was nicht sein konnte – unmöglich! Nicht *sein* Vater, der ihm von klein auf den Unterschied zwischen Gut und Böse und Oben und Unten und Recht und Unrecht erklärt hatte, sein Vater, der nicht umsonst Recht studiert hatte und auf der richtigen, der rechtmäßigen, der guten Seite des Lebens stand und das Unrecht bekämpfte und der für alle Leute ein Vorbild war, in erster Linie aber für ihn, seinen einzigen Sohn.

Und was sollte dieser Sohn nun mit diesem scheinheiligen *Ich wollte nur, dass du das weißt* anfangen, was sollte er mit diesem hingeworfenen Satz anfangen, der nichts bedeutete und zugleich alles, denn die Saat des Zweifels ließ sich nicht mehr ausradieren, der Zweifel war da und verdunkelte die Sonne am Tag und blendete in der Nacht und gab unentwegt Störgeräusche von sich wie nach einem Hörsturz, aber er hatte keinen Hörsturz, mit ganz anderen Stürzen hatte er es zu tun, mit einem gestürzten Vater und einem gestürzten Freund. Nur einer konnte Recht haben, nur einer von beiden, der beste Freund oder der Vater. Zwei Tage lang hatte er, eingeklemmt in diesem Zwiespalt, ausgeharrt und sich entzweit gefühlt mit der Welt und mit sich selbst und hatte stumm getobt und geheult – und am dritten Tag hatte er es nicht mehr ausgehalten und war zum Vater gegangen und hatte ihm erzählt vom Angeln am frühen Morgen und von der Stille und den Recherchen, an denen Antonio saß, mit denen er als Journalist groß herauskommen wollte, und wie er ihn, den eisernen Verteidiger von Recht und Gerechtigkeit, diffamiert hatte, eine einzige große Lüge – *Nicht wahr, das ist alles nicht wahr, das hat er sich ausgedacht, um sich wichtig zu machen, Antonio ist übergeschnappt, sag, dass das nicht wahr ist* –, und sein Vater hatte nur wissend gelacht, so wie er immer lachte, und mit diesem wissenden Lachen alle Zweifel vom Tisch gefegt, auch wenn er nicht wirklich eine Antwort gegeben hatte, aber an dem wissenden Lachen konnte man sich besser festhalten als an einem fürchterlichen Verdacht, und Franco hatte sich gut gefühlt nach dem Gespräch, endlich wieder richtig gut, und hatte gedacht, also, wenn wir nächstes Mal angeln gehen, werde ich's dir zeigen, so blöde Gerüchte in die Welt zu setzen. Eine Woche später standen sie wieder am Kai, genau an dieser Stelle, bei der Pinie, und er wollte gerade loslegen und Antonio gründlich die Meinung sagen, als der Schuss fiel –

»Er hat mich erst ungläubig angesehen, dann wissend. Da bin ich abgehauen, aber sein Blick hat mich verfolgt, seither mein Leben lang verfolgt, denn er war tot, und ich war schuld daran, ich allein war schuld.«

Schweigen. Die Schallplatte war zu Ende. Franco Fusco löste den Blick vom Meer und richtete ihn auf Luzie. Seine Augen waren erloschen, sein Lebenswillen erstickt an einer bodenlosen Schuld, die ihm seit damals die Luft abschnürte und die er im Laufe von zwanzig Jahren nie losgeworden war.

»Es ist nicht zu ändern«, sagte sie leise. »Es ist so, wie es ist.«

»Es war so, wie es war«, korrigierte er und schien plötzlich wieder geistesgegenwärtig zu sein, im Kopf ganz klar. »Ich habe den Freund an den Vater verraten und alles verloren. Zwanzig Jahre lang habe ich mit dieser Schuld gelebt. Mit dem Wissen, dass Antonio Recht hatte. Dass mein Vater kein Held der Gerechtigkeit war. Dass mein Vater in Wirklichkeit auf der Seite des Bösen stand und über Leichen ging – sogar über die Leiche meines besten Freundes. Dass er Geld dafür kassierte, dreckiges, widerwärtiges, stinkendes Geld, mit dem er mich zu bestechen versuchte, mich zu kaufen versuchte, die Liebe und Achtung seines Sohnes, die er an diesem Unglückstag unwiderruflich verloren hatte.«

Er schloss kurz die Augen. Mit müder Stimme fuhr er fort: »Ich lebe seither wie ein Scheintoter. Ich habe nie mehr in meinem Leben etwas auf die Beine gestellt. Ich bin von Wohnung zu Wohnung geflüchtet und war trotzdem nirgendwo mehr zu Hause. Nie mehr, nirgends. Ich habe mich nicht mehr verlieben können und keine Familie gegründet. Ich habe keinen Beruf ausgeübt, nicht einmal unbeschwert in den Tag hineinleben konnte ich, wie auch. Und dann kamst auf einmal nach zwanzig Jahren du daher und hast nach deinem Vater gefragt, den du nie kennen gelernt hast und hast mich angesehen mit Antonios Augen, mit den Augen deines Vaters …« In seinem Blick lag jetzt die Bitte um Verzeihung. »Ich … ich konnte ihn dir nicht zurückholen. Ich konnte ihn nur für dich auf eine große Reise schicken … *Scusami.*« Er griff in die Tasche seines Jacketts.

»Ich wollte dir eigentlich etwas geben«, sagte Luzie. »Das habe ich doch schon am Telefon gesagt.«

Er hielt in seiner Bewegung inne.

»Für deinen Vater.«

Er runzelte verständnislos die Stirn.

»Antonios Manuskript«, sagte Luzie, ließ den Rucksack über die Schulter gleiten und zog den Reißverschluss auf. »Antonio hatte es damals an meine Mutter nach Hamburg geschickt, ich habe es erst vor kurzem wiedergefunden.« Sie griff in den Rucksack, zog den Umschlag heraus und hielt ihn Franco Fusco hin. »Das sind die Unterlagen, an denen Antonio damals arbeitete. Die Enthüllungen, mit denen Libero vermutlich versucht hat, deinen Vater zu erpressen … Hier, ich möchte sie euch zurückgeben. Gib sie deinem Vater. Damit sie keinen Schaden mehr anrichten können. Damit niemand mehr sterben muss.«

Franco stand wie vom Schlag getroffen. »Wird mein Vater darin belastet?«

Luzie nickte vorsichtig.

Da fing Franco Fusco an zu lachen. Er schwankte und tänzelte wie besoffen auf den Rand des Kais zu. Er breitete lachend die Arme aus, als wollte er das Meer umarmen, als wollte er ein Gleichgewicht halten, das vor vielen Jahren zerbrochen war. Noch einmal drehte er sich zu Luzie um und rief euphorisch: »Ich habe es geschafft! Ich bin wieder frei! Ich habe es ihm heimgezahlt, diesem Heuchler, diesem feigen Mörder. Ich habe Antonio gerächt. Jetzt kann ich endlich selbst auf die Reise gehen, endlich …«

Luzie sah, wie er schnell in die Jacketttasche griff, etwas Metallenes herauszog, gegen die Schläfe hielt und abdrückte. Es gab einen Knall, Sekunden später einen lauten Platscher.

Luzie schloss die Augen. Kurz darauf waren Gentilini und Sonja zur Stelle.

38

Ein Gärtner aus Sri Lanka sorgte seit einem halben Jahr dafür, dass es dem mediterranen Blumenmeer im Garten der Villa Fusco am Capo di Posillipo an nichts fehlte. Der englische Rasen wurde jeden dritten Tag auf zwei Zentimeter Länge gestutzt, damit er dicht und weich wie ein Teppich blieb, das Unkraut wurde per Hand gejätet, die Blumenbeete rund um die Terrasse wurden jeden Tag kurz nach Sonnenaufgang und jeden Abend kurz vor Sonnenuntergang gewässert. Der Gärtner – ein fünfundzwanzigjähriger Mann, der sich von dem Geld, das er in den nächsten drei Jahren in Neapel verdienen würde, ein Medizinstudium finanzieren wollte – versorgte die Rosen mit Dünger, schnitt alle Blüten, sobald sie nicht mehr taufrisch waren, sofort ab – und legte sie in seinem Zwölfquadratmeterzimmer im Souterrain des Hauses in eine große Schale. Er war auch dafür zuständig, dass der Zierbrunnen im Garten nicht verkalkte und nicht verstopfte und das Wasser im Swimmingpool jeden Morgen glasklar war, frei von ertrunkenen Insekten, herübergewehten Samen oder Blütenblättern. Mit dem Hausherrn, Gaetano Fusco, hatte der Gärtner selten zu tun, Fusco war zwar pensioniert, aber sehr beschäftigt und meistens nur sonntags zu Hause und sah ansonsten durch ihn hindurch. Seine Anweisungen nahm der Gärtner von der Signora entgegen, die jedoch seit einem Monat im Haus der Familie auf Capri weilte.

Am Sonntag hatte der Gärtner Ausgang. Er fuhr dann schon früh morgens mit dem Bus in die Stadt und sah sich die Kirchen an. In Neapel gab es an jeder zweiten Straßenecke eine Kirche, der Gärtner würde viele Sonntage brauchen, bis er alle gesehen hatte. Mittags kaufte er sich irgendwo eine Pizza, setzte sich dann in den Park und verbrachte den Rest des Tages mit Schauen und Lesen. Gegen Abend wartete er geduldig auf den Bus, der manchmal schon nach fünf Minuten kam, manchmal eine ganze Stunde lang nicht. So war es auch an diesem Sonntag. Gegen halb sieben kehrte der Gärtner in die Villa Fusco zurück. Er zog sich in seinem Zwölfquadratmeterzimmer um, tauschte seine Sonntagskleidung gegen Arbeitsklamotten und ging hinaus in den Garten. Bis er alle Pflanzen gewässert und den Rasen gesprengt hatte, vergingen gut zwei Stunden.

Deshalb fand er die Leiche erst kurz bevor es dunkel wurde. Sie lag im Swimmingpool und schwamm mit dem Rücken zuoberst auf dem Wasser, wie in einem Film. Der erste Gedanke des Gärtners war, dass er das Wasser vollständig würde wechseln müssen. Dann rannte er zurück ins Haus und wählte die Nummer der Signora auf Capri, die sie ihm hinterlassen hatte, für den Fall, dass es irgendwelche Fragen gäbe, was den Garten betraf. Dieser Fall war jetzt eingetreten. Signora Fusco benachrichtigte die Polizei. Als Gentilini und Stefano di Maio am Tatort eintrafen, war es schon stockfinster. Sternenklarer Himmel, die Grillen zirpten ihre rätselhaften Weisen.

Der Gerichtsmediziner war der Ansicht, dass Gaetano Fusco zu dem Zeitpunkt, als der Gärtner ihn fand, bereits zwischen acht und zwölf Stunden im Wasser gelegen hatte. Allerdings war Franco Fuscos Vater nicht ertrunken. Gentilini und di Maio hatten sofort einen Verdacht, von wem die todbringende Kugel in seinem Herzen stammte. Es war ein Verdacht, den die Ballistiker am nächsten Tag bestätigten. Gaetano Fusco war mit derselben Waffe erschossen worden, mit der auch sein Sohn sich in eine andere Welt katapultiert hatte.

»Erst hat er seinen Vater erschossen und dann sich selbst«, berichtete Gentilini, als er abends mit Sonja und Luzie in einer kleinen Trattoria in der Nähe seiner Wohnung saß. Bei *Figli di Totò* standen grundsolide, aber auch raffinierte neapolitanische Gerichte auf der Karte; nirgends wurden die *alici marinate* so schmackhaft zubereitet wie dort, fand der Commissario.

»Franco muss gleich frühmorgens rausgefahren sein in die Villa seiner Eltern«, sagte er, nachdem er den Teller mit einer Scheibe Weißbrot saubergewischt hatte. »Er wusste, dass seine Mutter nicht da war. Und er wusste auch, dass der Gärtner am Sonntag frei hat. Damit war die Bühne frei für Vater und Sohn.«

»Glaubst du, er hatte von Anfang an die Absicht, seinen Vater umzubringen?«, fragte Luzie. Sie war inzwischen mit Gennaro Gentilini per Du und fand sich sprachlich ziemlich passabel zurecht. Im Zweifelsfall zog sie Sonja als lebendes Wörterbuch zu Rate. »Vielleicht wollte er sich nur mit ihm aussprechen. Oder ihm endlich die Meinung sagen. Sich einmal richtig mit ihm streiten.« Sie sah Sonja von der Seite an. »So wie wir beide. Hat uns nicht geschadet, oder?«

»Sich streiten will gekonnt sein«, gab Sonja zurück. »Das haben wir aber auch jahrelang geübt.« Sie schüttelte den Kopf. »In diesem Fall ging es doch um so viel mehr. Sein Vater war immerhin verantwortlich für den Mord an seinem besten Freund.«

»Und er hat seinem Sohn das Leben zerstört«, ergänzte Gentilini. »Den Vater umzubringen war anscheinend der einzige Weg, der Franco Fusco noch offen stand, um reinen Tisch zu machen. Und um sicherzustellen, dass Verbrechen und Niedertracht eben doch nicht ungesühnt bleiben, genau wie sein Vater es sein Leben lang gepredigt hatte. Was wirklich zwischen den beiden passiert ist, werden wir nie erfahren.«

»Ich bin nur froh, dass alles vorbei ist«, sagte Luzie.

Sonja nickte. »Ich auch.

»Und was hast du jetzt für Pläne?«, erkundigte sich Gentilini.

»Hier bleiben natürlich«, antwortete Luzie, als wäre es das Natürlichste auf der Welt. »Neapel ist meine zweite Heimat, wie ihr wisst. Ich will die Sprache besser lernen, ich will die Neapolitaner verstehen und mit ihnen reden können. Außerdem bin ich gespannt auf meine neue Familie.«

»Ich habe heute Nachmittag mit Vittorio telefoniert«, sagte Sonja. »Seine Mutter, also Luzies Großmutter, ist völlig aus dem Häuschen und kann es kaum abwarten, bis sie uns endlich kennen lernt. Morgen sind wir alle bei ihr zum Mittagessen eingeladen, am Wochenende kommt sogar extra unseretwegen die Schwester aus Florenz angereist.«

»Unter fünf Stunden essen und palavern kommt ihr da nicht weg«, grinste Gentilini. »Und wann fliegst du zurück nach Hamburg?«

»Der Rückflug ist erst in drei Wochen«, sagte Sonja, ohne ihn anzusehen. »Ich habe unbezahlten Urlaub genommen und werde einen Teufel tun, auch nur einen einzigen Tag früher zurückzufahren, nur um irgendwelche schwachsinnigen Reportagen über exklusive Badezimmerarmaturen in Singlehaushalten zu schreiben. Swarowski-Kristallornamente in Wasserhähnen sind der letzte Schrei.«

»Heißt das etwa, dass es dir in dieser schrecklichen Stadt gefällt?«, fragte Gentilini, und die dunklen Flecken in seinen hellbraunen Augen kamen erneut auf Sonja zugetänzelt. Und wie bei ihrer ersten Begegnung fing Sonja seinen Blick auf – doch diesmal wusste sie, was sie damit anfangen sollte.

Nachbemerkung

Geschichten sind nicht zuletzt ein glücklicher Zufall. Sie entstehen nicht überall und jederzeit. Das Schreiben ist wie ein Streifzug durch fiktive und reale Lebenswelten, man vagabundiert, hört und sieht sich um, hebt Ideen auf, verwirft andere, manches fällt einem unverhofft zu.

Bei meinen Recherchen stieß ich auf den Fall Siani. Der junge neapolitanische Journalist Giancarlo Siani wurde am 23. September 1985 auf offener Straße erschossen, die Ermittlungen verliefen trotz diverser Hinweise im Sande. Erst in den Neunzigerjahren wurde der Camorra-Boss Lorenzo Nuvoletta als Auftraggeber des Mordes verhaftet und zu lebenslanger Haft verurteilt. Die Geschichte dieses realen Falls wird in dem Roman »L'abusivo« von Antonio Franchini erzählt, ihm verdanke ich Informationen und Anregungen. Die Verbindung zu meinem »Fall di Napoli« ist jedoch eine rein fiktive: Es war nicht meine Absicht, den Fall Siani tatsachengetreu aufzurollen und literarisch neu zu gestalten. Man suche also nicht nach Ähnlichkeiten mit lebenden oder toten Personen. Anknüpfungen sind beabsichtigt, aber rein zufällig.

Ohne die Jahre, die ich in Neapel verbracht habe, hätte ich dieses Buch nicht schreiben können. Aber auch ohne meine Freunde wäre der Roman so nicht entstanden. Nicht ohne die Gespräche mit Gerd auf Treppenabsätzen und in anderen Zwischenräumen des Alltags. Nicht ohne die Reise zu Andrea nach Bordeaux, die Spaziergänge mit Dany an Elbe und Donau, die Diskussionen mit Gaby im Schnee des Grenzlands. Julia und Karin danke ich für Vertrauen und langen Atem. Meiner Familie für Nachsicht und Aufmunterung.